LITTLE FRENCH MASTERPIECES

Bilingual Edition: English–French

PETITS CHEFS D'OEUVRE FRANÇAIS

Honoré de Balzac

SLEEPING CAT PRESS

LITTLE FRENCH MASTERPIECES, BILINGUAL EDITION: ENGLISH–FRENCH

Sleeping Cat Press (an imprint of Sleeping Cat Books)
https://sleepingcatpress.com
https://sleepingcatbooks.com

Cover design: Sarah E. Holroyd
Interior design: Sarah E. Holroyd

ISBN-13: 978-0-9971590-8-0

"Le Chef-d'œuvre inconnu" was first published in the newspaper L'Artiste with the title "Maître Frenhofer" in 1831.
"Un drame au bord de la mer" was published in 1834 and is one of the *Études philosophiques of La Comédie humaine*.
"Un épisode sous la Terreur" was published in 1830 in *Scènes de la vie politique*, part of the series of works that make up *La Comédie humaine*.
"La Grande Bretèche" was published in 1831. It is one of the *Scènes de la vie privée of La Comédie humaine*.
"Le Réquisitionnaire" was published in 1831 and is one of the *Études philosophiques of La Comédie humaine*.
"Une passion dans le désert" was published in 1830 and is one of the *Scènes de la vie militaire of La Comédie humaine*.

The original English translation was done by George Burnham Ives (1856–1930) and was published in 1903 by G. P. Putnam's Sons, New York and London, The Knickerbocker Press.
The English translation of "La Grande Bretèche" presented in this volume was done by Ellen Marriage (1865–1946) and Clara Bell (1835–1927).

The front cover image is a colorized daguerreotype portrait of Honoré de Balzac made in 1842.

ALSO AVAILABLE FROM SLEEPING CAT PRESS

BILINGUAL EDITIONS

The Picture of Dorian Gray, Bilingual Edition: English–French
Selected Works of Edgar Allan Poe, Bilingual Edition: English–French
Fables of Jean de La Fontaine, Bilingual Edition: English–French
Candide, Bilingual Edition: English–French
Shakespeare's Sonnets, Bilingual Edition: English–French
New Fairy Tales for Small Children, Bilingual Edition: English–French
The Tales of Mother Goose, Bilingual Edition: English–French
The Count of Monte Cristo, Unabridged Bilingual Edition: English–French, Vols. 1–4
The Last of the Mohicans, Bilingual Edition: English–French
ABC Short Stories, Bilingual Edition: English–French
A Christmas Carol, Illustrated Bilingual Edition: English–French
Madame Bovary, Bilingual Edition: English–French
Les Misérables, Unabridged Bilingual Edition: English–French, Vols. 1–5
Alice's Adventures in Wonderland, Bilingual Edition: English–French
Alice's Adventures in Wonderland, Bilingual Edition: English–Italian
A Tale of Two Cities, Bilingual Edition: English–French
The Song of Roland, Bilingual Edition: English–French
The Three Musketeers, Bilingual Edition: English–French, Vols. 1–2
Three Tales, Bilingual Edition: English–French
The Jungle Book, Bilingual Edition: English–French

OTHER WORKS

A Dickens Christmas: A Christmas Carol and Other Stories
The Storm is Coming: An Anthology
Trip of a Lifetime: An Anthology
Lords of the Housetops: Thirteen Illustrated Cat Tales

CONTENTS

INTRODUCTION

Honoré de Balzac was a French novelist and playwright, born in 1799 in Tours, France. His father was Secretary to the King's Council and a Freemason, and his mother came from a wealthy family of haberdashers. Balzac had difficulty with the strict nature of his early schooling, and was often sent to punishment in a small isolated cell. This caused early health problems that plagued him throughout his life—exacerbated by his rigorous writing schedule. Balzac is viewed as one of the founders of realism in European literature, creating complex characters who are flawed, morally ambiguous, and absolutely human. Many of his works have been translated into other languages, and made into movies, and he influenced many other well known writers, including Gustave Flaubert, Victor Hugo, and Charles Dickens.

After a lifetime of health issues, Honoré de Balzac died on August 28, 1850, in Paris, at the age of 51. He is buried in the Père Lachaise Cemetery.

Learning a foreign language can be difficult. A common method of practicing sentence structure and increasing vocabulary is to read fiction or poetry in the foreign language. But pausing to consult a dictionary or grammar reference can break your concentration and disrupt the flow of the story. With a bilingual text, the native language text that corresponds to the foreign language is on the facing page, making it a much simpler matter to glance across the spine and consult the familiar wording.

For some unexplained reason the English translation of "La Grande Bretèche" included in the original collection from George Burnham Ives does not follow the original French story. For that reason, I have

replaced it in this volume with a translation done by Ellen Marriage and Clara Bell that *does* follow the original French. But the French convention at the time was for exceedingly long paragraphs. In this story alone in this volume I have broken up the original French in certain places to make it align better with the English, and to make it easier to read for a modern audience.

Sleeping Cat Press is proud to present this series of bilingual English–French books. Given the nature of foreign language translations and the differences in grammar conventions between English and French, the same paragraph in each language is rarely made up of the same number of words. At times this leads to inelegant paragraph spacing. Some paragraphs in this volume are condensed, while others are widely spaced, and there are some spaces between paragraphs. But it is essential for each paragraph to begin on the same line in both language versions, so these spacing inconsistencies could not be helped. In addition, in a few instances the French translation had paragraph breaks where the original English text did not, or had one paragraph where the English had two. Such instances have been changed to align the French paragraph structure with the original English. The exception is where dialogue is concerned; the French translation tends to keep dialogue on separate lines from associated narrative, where the English combined this into one paragraph. This volume maintains the paragraphs of the French translation, but aligns the beginning of the following paragraphs across the spine.

We hope you find this volume useful as you expand your understanding of the new language.

Sarah E. Holroyd

THE UNKNOWN MASTERPIECE

To a Lord:

*   *   *   *   *   *

*   *   *   *   *   *

*   *   *   *   *   *

1845.

LE CHEF-D'OEUVRE INCONNU

À un Lord
* * * * * *
* * * * * *
* * * * * *

1845.

I. Gillette

Late in the year 1612, one cold morning in December, a young man whose garments seemed very thin was walking before the door of a house on Rue des Grands-Augustins, Paris. After pacing that street for a long time, with the indecision of a lover who dares not pay a visit to his first mistress, however kind she may be, he at last crossed the threshold of the door and asked if Master François Porbus was at home. Upon receiving an affirmative reply from a woman who was sweeping a room on the lower floor, the young man went slowly up-stairs, hesitating from stair to stair, like a courtier of recent creation, apprehensive of the greeting which he was to receive from the king. When he reached the top of the winding staircase, he stood for a moment on the landing, uncertain whether he should lift the grotesque knocker affixed to the door of the studio where the painter of Henri IV., cast aside for Rubens by Marie de Medici, was doubtless at work. The young man felt that profound emotion which must cause the hearts of all great artists to beat quickly, when, in the prime of youth and of their love for art, they approach a man of genius, or some noble masterpiece.

There exists in all human sentiments a primitive flower, engendered by a noble enthusiasm which grows constantly weaker and weaker, until happiness ceases to be more than a memory and glory more than a lie. Among these transitory sentiments, nothing bears so close a resemblance to love as the youthful passion of an artist just beginning to experience the delicious torture of his destiny of renown and of misfortune, a passion full of audacity and shyness, of vague beliefs and of certain discouragement. The youthful genius, with empty pockets, whose heart has not throbbed upon appearing before a master, will always lack one chord in his heart, some indefinable touch of the brush, some feeling in his work, some shade of poetical expression. If some boasters, puffed out with conceit, believe too early in the future, they are considered people of intellect by fools alone. In this regard, the young stranger seemed to possess real merit, if talent is to be measured by that early timidity, that indescribable modesty which people destined to glory gradually lose in

I. GILLETTE

Vers la fin de l'année 1612, par une froide matinée de décembre, un jeune homme dont le vêtement était de très mince apparence, se promenait devant la porte d'une maison située rue des Grands-Augustins, à Paris. Après avoir assez longtemps marché dans cette rue avec l'irrésolution d'un amant qui n'ose se présenter chez sa première maîtresse, quelque facile qu'elle soit, il finit par franchir le seuil de cette porte, et demanda si maître François PORBUS était en son logis. Sur la réponse affirmative que lui fit une vieille femme occupée à balayer une salle basse, le jeune homme monta lentement les degrés, et s'arrêta de marche en marche, comme quelque courtisan de fraîche date, inquiet de l'accueil que le roi va lui faire. Quand il parvint en haut de la vis, il demeura pendant un moment sur le palier, incertain s'il prendrait le heurtoir grotesque qui ornait la porte de l'atelier où travaillait sans doute le peintre de Henri IV délaissé pour Rubens par Marie de Médicis. Le jeune homme éprouvait cette sensation profonde qui a dû faire vibrer le cœur des grands artistes quand, au fort de la jeunesse et de leur amour pour l'art, ils ont abordé un homme de génie ou quelque chef-d'œuvre. Il existe dans tous les sentiments humains une fleur primitive, engendrée par un noble enthousiasme qui va toujours faiblissant jusqu'à ce que le bonheur ne soit plus qu'un souvenir et la gloire un mensonge. Parmi ces émotions fragiles, rien ne ressemble à l'amour comme la jeune passion d'un artiste commençant le délicieux supplice de sa destinée de gloire et de malheur, passion pleine d'audace et de timidité, de croyances vagues et de découragements certains. À celui qui léger d'argent, qui adolescent de génie, n'a pas vivement palpité en se présentant devant un maître, il manquera toujours une corde dans le cœur, je ne sais quelle touche de pinceau, un sentiment dans l'œuvre, une certaine expression de poésie. Si quelques fanfarons bouffis d'eux-mêmes croient trop tôt à l'avenir, ils ne sont gens d'esprit que pour les sots. À ce compte, le jeune inconnu paraissait avoir un vrai mérite, si le talent doit se mesurer sur cette timidité première, sur cette pudeur indéfinissable que les gens promis à la gloire savent perdre dans l'exercice de

the exercise of their art, as pretty women lose theirs in the manoeuvring of coquetry. The habitude of triumph lessens doubt, and modesty perhaps is a form of doubt.

Overwhelmed by surprise and distress at that moment of his overweening presumption, the poor neophyte would not have entered the studio of the painter to whom we owe the admirable portrait of Henri IV., except for an extraordinary reinforcement sent him by chance. An old man ascended the stairs. From the oddity of his costume, the magnificence of his lace ruff, the ponderous self-assurance of his gait, the young man divined that he was either the painter's patron or his friend; he drew back against the wall to make room for him, and gazed at him curiously, hoping to find in him the kindly nature of an artist, or the obliging disposition of those who love art; but he detected something diabolical in that face, and above all that indefinable expression which artists dote upon. Imagine a bald, prominent, even protuberant forehead, overshadowing a small, flattened nose, turned up at the end like Rabelais's or Socrates's; a smiling mouth, wrinkled at the corners; a short chin, proudly raised, and adorned with a gray beard trimmed to a point; sea-green eyes, apparently dulled by age, which, however, by virtue of the contrast of the pearly-white in which the pupils swam, sometimes emitted magnetic glances under the spur of wrath or enthusiasm. The face was woefully ravaged by the fatigues of age, and even more by the thoughts which tire mind and body alike. The eyes had no lashes, and one could barely detect a trace of eyebrows over their protruding arches. Place that head upon a slender and fragile body, surround it with a lace ruff of snowy whiteness and of a pattern as elaborate as that of a silver fish-knife, throw a heavy gold chain over the old man's black doublet, and you will have an imperfect image of that individual, to whom the dim light of the hall imparted an even stranger colouring. You would have said that it was one of Rembrandt's canvases, walking silently, without a frame, through the dark atmosphere which that great painter made his own. The old man cast a sagacious glance at the young one, tapped thrice on the door, and said to a sickly-looking personage of about forty years, who opened it:

"Good morning, master."

Porbus bowed respectfully; he admitted the young man, thinking that he had come with the other, and paid the less heed to him because

leur art, comme les jolies femmes perdent la leur dans le manège de la coquetterie. L'habitude du triomphe amoindrit le doute, et la pudeur est un doute peut-être.

Accablé de misère et surpris en ce moment de son outrecuidance, le pauvre néophyte ne serait pas entré chez le peintre auquel nous devons l'admirable portrait de Henri IV, sans un secours extraordinaire que lui envoya le hasard. Un vieillard vint à monter l'escalier. À la bizarrerie de son costume, à la magnificence de son rabat de dentelle, à la prépondérante sécurité de sa démarche, le jeune homme devina dans ce personnage ou le protecteur ou l'ami du peintre ; il se recula sur le palier pour lui faire place, et l'examina curieusement, espérant trouver en lui la bonne nature d'un artiste ou le caractère serviable des gens qui aiment les arts ; mais il aperçut quelque chose de diabolique dans cette figure, et surtout ce *je ne sais quoi* qui affriande les artistes. Imaginez un front chauve, bombé, proéminent, retombant en saillie sur un petit nez écrasé, retroussé du bout comme celui de Rabelais ou de Socrate ; une bouche rieuse et ridée, un menton court, fièrement relevé, garni d'une barbe grise taillée en pointe, des yeux vert de mer ternis en apparence par l'âge, mais qui par le contraste du blanc nacré dans lequel flottait la prunelle devaient parfois jeter des regards magnétiques au fort de la colère ou de l'enthousiasme. Le visage était d'ailleurs singulièrement flétri par les fatigues de l'âge, et plus encore par ces pensées qui creusent également l'âme et le corps. Les yeux n'avaient plus de cils, et à peine voyait-on quelques traces de sourcils au-dessus de leurs arcades saillantes. Mettez cette tête sur un corps fluet et débile, entourez-la d'une dentelle étincelante de blancheur et travaillée comme une truelle à poisson, jetez sur le pourpoint noir du vieillard une lourde chaîne d'or, et vous aurez une image imparfaite de ce personnage auquel le jour faible de l'escalier prêtait encore une couleur fantastique. Vous eussiez dit d'une toile de Rembrandt marchant silencieusement et sans cadre dans la noire atmosphère que s'est appropriée ce grand peintre. Le vieillard jeta sur le jeune homme un regard empreint de sagacité, frappa trois coups à la porte, et dit à un homme valétudinaire, âgé de quarante ans environ, qui vint ouvrir : – Bonjour, maître.

Porbus s'inclina respectueusement, il laissa entrer le jeune homme en le croyant amené par le vieillard et s'inquiéta d'autant moins de

the neophyte was evidently under the spell which a born painter inevitably experiences at the aspect of the first studio that he sees, where some of the material processes of art are revealed to him. A window in the ceiling lighted Master Porbus's studio. The light, concentrated upon a canvas standing on the easel, which as yet bore only a few light strokes, did not reach the dark recesses in the corners of that enormous room; but a few stray gleams lighted up the silver bull's-eye in the centre of a cavalryman's cuirass hanging on the wall in the ruddy shadow; illuminated with a sudden beam the carved and polished cornice of an old-fashioned sideboard, laden with curious vessels; or studded with dazzling points of light the rough woof of certain old curtains of gold brocade, with broad, irregular folds, scattered about as drapery. Plaster casts, busts, and fragments of antique goddesses, fondly polished by the kisses of centuries, lay about upon tables and consoles. Innumerable sketches, studies in coloured chalk, in red lead, or in pen and ink, covered the walls to the ceiling. Boxes of colours, bottles of oil and of essences, and overturned stools, left only a narrow path to the sort of halo projected by the high stained-glass window, through which the light fell full upon Porbus's pale face and upon the ivory skull of his strange visitor. The young man's attention was soon exclusively absorbed by a picture which had already become famous even in that epoch of commotion and revolution, and which was visited by some of those obstinate enthusiasts to whom we owe the preservation of the sacred fire during evil days. That beautiful canvas represented *St. Mary the Egyptian* preparing to pay for her passage in the boat. That masterpiece, painted for Marie de Medici, was sold by her in the days of her destitution.

"I like your saint," the old man said to Porbus, "and I would give you ten golden crowns above the price that the queen is to pay; but meddle in her preserves! the deuce!"

"You think it is well done, do you?"

"Hum!" said the old man, "well done? Yes and no. Your saint is not badly put together, but she is not alive. You fellows think that you have done everything when you have drawn a figure correctly and put everything in its place according to the laws of anatomy. You colour this feature with a flesh-tint prepared beforehand on your palette, taking care to keep one side darker than the other; and because you glance from

lui que le néophyte demeura sous le charme que doivent éprouver les peintres-nés à l'aspect du premier atelier qu'ils voient et où se révèlent quelques- uns des procédés matériels de l'art. Un vitrage ouvert dans la voûte éclairait l'atelier de maître Porbus. Concentré sur une toile accrochée au chevalet, et qui n'était encore touchée que de trois ou quatre traits blancs, le jour n'atteignait pas jusqu'aux noires profondeurs des angles de cette vaste pièce ; mais quelques reflets égarés allumaient dans cette ombre rousse une paillette argentée au ventre d'une cuirasse de reître suspendue à la muraille, rayaient d'un brusque sillon de lumière la corniche sculptée et cirée d'un antique dressoir chargé de vaisselles curieuses, ou piquaient de points éclatants la trame grenue de quelques vieux rideaux de brocart d'or aux grands plis cassés, jetés là comme modèles. Des écorchés de plâtre, des fragments et des torses de déesses antiques, amoureusement polis par les baisers des siècles, jonchaient les tablettes et les consoles. D'innombrables ébauches, des études aux trois crayons, à la sanguine ou à la plume, couvraient les murs jusqu'au plafond. Des boîtes à couleurs, des bouteilles d'huile et d'essence, des escabeaux renversés ne laissaient qu'un étroit chemin pour arriver sous l'auréole que projetait la haute verrière dont les rayons tombaient à plein sur la pâle figure de Porbus et sur le crâne d'ivoire de l'homme singulier. L'attention du jeune homme fut bientôt exclusivement acquise à un tableau qui, par ce temps de trouble et de révolutions, était déjà devenu célèbre, et que visitaient quelques-uns de ces entêtés auxquels on doit la conservation du feu sacré pendant les jours mauvais. Cette belle page représentait une *Marie égyptienne* se disposant à payer le passage du bateau. Ce chef-d'œuvre, destiné à Marie de Médicis, fut vendu par elle aux jours de sa misère.

— Ta sainte me plaît, dit le vieillard à Porbus, et je te la paierais dix écus d'or au-delà du prix que donne la reine ; mais aller sur ses brisées ?... du diable !

— Vous la trouvez bien ?

— Heu ! heu ! fit le vieillard, bien ?... oui et non. Ta bonne femme n'est pas mal troussée, mais elle ne vit pas. Vous autres, vous croyez avoir tout fait lorsque vous avez dessiné correctement une figure et mis chaque chose à sa place d'après les lois de l'anatomie ! Vous colorez ce linéament avec un ton de chair fait d'avance sur votre palette en ayant soin de tenir un côté plus sombre que l'autre, et parce que vous regardez

time to time at a nude woman standing on a table, you think that you have copied nature, you imagine that you are painters, and that you have discovered God's secret! Bah! To be a great poet, it is not enough to know syntax, and to avoid errors in grammar.

"Look at your saint, Porbus. At first glance she seems admirable; but at the second, one sees that she is glued to the canvas, and that it is impossible to walk about her body. She is a silhouette with but a single face, a figure cut out of canvas, an image that can neither turn nor change its position. I am not conscious of the air between that arm and the background of the picture; space and depth are lacking. However, everything is right so far as perspective is concerned, and the gradation of light and shade is scrupulously observed; but, despite such praise-worthy efforts, I am unable to believe that that beautiful body is animated with the warm breath of life. It seems to me that, if I should put my hand upon that firm, round breast, I should find it as cold as marble. No, my friend, the blood does not flow beneath that ivory skin; life does not swell with its purple dew the veins and fibres which intertwine like network beneath the transparent, amber-hued temples and breast. This place throbs with life, but that other place is motionless; life and death contend in every detail; here it is a woman, there a statue, and there a corpse. Your creation is incomplete. You have been able to breathe only a portion of your soul into your cherished work. The torch of Prometheus has gone out more than once in your hands, and many parts of your picture have not been touched by the celestial flame."

"But why, my dear master?" Porbus respectfully asked the old man, while the young man had difficulty in repressing a savage desire to strike him.

"Ah! it is this way," replied the little old man. "You have wavered irresolutely between the two systems, between drawing and colour, between the phlegmatic minuteness, the stiff precision of the old German masters, and the dazzling ardour and happy plenitude of the Italian painters. You have tried to imitate at the same time Hans Holbein and Titian, Albert Dürer and Paul Veronese. Assuredly that was a noble ambition! But what has happened? You have achieved neither the severe charm of precision, nor the deceitful magic of the chiaroscuro. In this spot, like melted bronze which bursts its too fragile mould, the rich, light colouring of Titian brings out too prominently the meagre outlines of Albert

de temps en temps une femme nue qui se tient debout sur une table, vous croyez avoir copié la nature, vous vous imaginez être des peintres et avoir dérobé le secret de Dieu !... Prrr ! Il ne suffit pas pour être un grand poète de savoir à fond la syntaxe et de ne pas faire de fautes de langue ! Regarde ta sainte, Porbus ? Au premier aspect, elle semble admirable mais au second coup d'œil on s'aperçoit qu'elle est collée au fond de la toile et qu'on ne pourrait pas faire le tour de son corps. C'est une silhouette qui n'a qu'une seule face, c'est une apparence découpée, une image qui ne saurait se retourner, ni changer de position. Je ne sens pas d'air entre ce bras et le champ du tableau ; l'espace et la profondeur manquent ; cependant tout est bien en perspective, et la dégradation aérienne est exactement observée ; mais, malgré de si louables efforts, je ne saurais croire que ce beau corps soit animé par le tiède souffle de la vie. Il me semble que si je portais la main sur cette gorge d'une si ferme rondeur, je la trouverais froide comme du marbre ! Non, mon ami, le sang ne court pas sous cette peau d'ivoire, l'existence ne gonfle pas de sa rosée de pourpre les veines et les fibrilles qui s'entrelacent en réseaux sous la transparence ambrée des tempes et de la poitrine. Cette place palpite, mais cette autre est immobile, la vie et la mort luttent dans chaque détail : ici c'est une femme, là une statue, plus loin un cadavre. Ta création est incomplète. Tu n'as pu souffler qu'une portion de ton âme à ton œuvre chérie. Le flambeau de Prométhée s'est éteint plus d'une fois dans tes mains, et beaucoup d'endroits de ton tableau n'ont pas été touchés par la flamme céleste.

— Mais pourquoi, mon cher maître ? dit respectueusement Porbus au vieillard tandis que le jeune homme avait peine à réprimer une forte envie de le battre.

— Ah ! voilà, dit le petit vieillard. Tu as flotté indécis entre les deux systèmes, entre le dessin et la couleur, entre le flegme minutieux, la raideur précise des vieux maîtres allemands et l'ardeur éblouissante, l'heureuse abondance des peintres italiens. Tu as voulu imiter à la fois Hans Holbein et Titien, Albrecht Durer et Paul Véronèse. Certes c'était là une magnifique ambition ! Mais qu'est-il arrivé ? Tu n'as eu ni le charme sévère de la sécheresse, ni les décevantes magies du clair-obscur. Dans cet endroit, comme un bronze en fusion qui crève son trop faible moule, la riche et blonde couleur du Titien a fait éclater le maigre contour d'Albrecht Durer où tu l'avais coulée. Ailleurs, le linéament

Dürer in which you moulded it. Elsewhere, the features have resisted and held in check the superb polish of the Venetian palette. Your face is neither perfectly drawn nor perfectly painted, and bears everywhere the traces of that unfortunate indecision. If you did not feel strong enough to melt together in the flame of your genius the two rival systems, you should have chosen frankly one or the other, in order to obtain the unity which represents one of the conditions of life. You are accurate only in the surroundings, your outlines are false, do not envelop each other, and give no promise of anything behind.

"There is a touch of truth here," said the old man, pointing to the saint's breast; "and here," he added, indicating the point where the shoulder came to an end. "But here," he said, reverting to the middle of the throat, "all is false. Let us not attempt to analyse anything; it would drive you to despair."

The old man seated himself on a stool, put his face in his hands, and said no more.

"Master," said Porbus, "I studied that throat very carefully in the nude figure; but, unfortunately for us, there are true effects in nature which seem improbable upon canvas."

"The mission of art is not to copy nature, but to express it! You are not a vile copyist, but a poet!" cried the old man, hastily interrupting Porbus with an imperious gesture. "Otherwise a sculptor would reach the end of his labours by moulding a woman! But try to mould your mistress's hand and to place it before you; you will find a horrible dead thing without any resemblance, and you will be obliged to resort to the chisel of the man who, without copying it exactly, will impart motion and life to it. We have to grasp the spirit, the soul, the physiognomy of things and of creatures. Effects! effects! why, they are the accidents of life and not life itself.

"A hand—as I have taken that example—a hand does not simply belong to the body; it expresses and carries out a thought, which you must grasp and represent. Neither the painter, nor the poet, nor the sculptor should separate the effect from the cause, for they are inseparably connected! The real struggle is there! Many painters triumph by instinct, without realising this axiom of art. You draw a woman, but you do not see her! That is not the way that one succeeds in forcing the secrets of nature. Your hand reproduces, without your knowledge, the

a résisté et contenu les magnifiques débordements de la palette véni-
tienne. Ta figure n'est ni parfaitement dessinée, ni parfaitement peinte,
et porte partout les traces de cette malheureuse indécision. Si tu ne te
sentais pas assez fort pour fondre ensemble au feu de ton génie les deux
manières rivales, il fallait opter franchement entre l'une ou l'autre, afin
d'obtenir l'unité qui simule une des conditions de la vie. Tu n'es vrai
que dans les milieux, tes contours sont faux, ne s'enveloppent pas et
ne promettent rien par derrière. Il y a de la vérité ici, dit le vieillard en
montrant la poitrine de la sainte. – Puis, ici, reprit-il en indiquant le
point où sur le tableau finissait l'épaule. – Mais là, fit-il en revenant au
milieu de la gorge, tout est faux. N'analysons rien, ce serait faire ton
désespoir.

Le vieillard s'assit sur une escabelle, se tint la tête dans les mains et
resta muet.

— Maître, lui dit Porbus, j'ai cependant bien étudié sur le nu cette
gorge ; mais, pour notre malheur, il est des effets vrais dans la nature
qui ne sont plus probables sur la toile...

— La mission de l'art n'est pas de copier la nature, mais de l'exprimer ! Tu n'es pas un vil copiste, mais un poète ! s'écria vivement le
vieillard en interrompant Porbus par un geste despotique. Autrement
un sculpteur serait quitte de tous ses travaux en moulant une femme !
Hé ! bien, essaie de mouler la main de ta maîtresse et de la poser devant
toi, tu trouveras un horrible cadavre sans aucune ressemblance, et tu
seras forcé d'aller trouver le ciseau de l'homme qui, sans te la copier
exactement, t'en figurera le mouvement et la vie. Nous avons à saisir
l'esprit, l'âme, la physionomie des choses et des êtres. Les effets ! les
effets ! mais ils sont les accidents de la vie, et non la vie. Une main,
puisque j'ai pris cet exemple, une main ne tient pas seulement au
corps, elle exprime et continue une pensée qu'il faut saisir et rendre.
Ni le peintre, ni le poète, ni le sculpteur ne doivent séparer l'effet de la
cause qui sont invinciblement l'un dans l'autre ! La véritable lutte est
là ! Beaucoup de peintres triomphent instinctivement sans connaître
ce thème de l'art. Vous dessinez une femme, mais vous ne la voyez
pas ! Ce n'est pas ainsi que l'on parvient à forcer l'arcane de la nature.
Votre main reproduit, sans que vous y pensiez, le modèle que vous avez

model that you have copied at your master's studio. You do not go down sufficiently into the inmost details of form, you do not pursue it with enough enthusiasm and perseverance in its windings and its flights.

"Beauty is a stern and exacting thing which does not allow itself to be caught so easily; we must await its pleasure, watch for it, seize it, and embrace it closely, in order to compel it to surrender. Form is a Proteus much more difficult to seize and more fertile in evasions than the Proteus of fable; only after long struggles can one compel it to show itself in its real guise. You are content with the first aspect under which it appears to you, or at most with the second or third; that is not true of the victorious fighters! The invincible painters do not allow themselves to be deceived by all these subterfuges; they persevere until nature is reduced to the point where she must stand forth naked and in her real shape.

"That was the process adopted by Raphael," said the old man, removing his black velvet cap to express the respect inspired by the king of art; "his great superiority comes from the secret perception which, in him, seems determined to shatter form. In his figures form is what it really is in us, an interpreter for the communication of ideas and sensations, a vast poetic conception. Every figure is a world, a portrait, whose model has appeared in a sublime vision, tinged with light, indicated by an inward voice, disrobed by a divine figure, which points out the sources of expression in the past of a whole life. You give your women lovely robes of flesh, lovely draperies of hair; but where is the blood which engenders tranquillity or passion, and which causes special effects? Your saint is a dark woman, but this one, my poor Porbus, is a blonde! Your figures are pale, coloured spectres which you parade before our eyes, and you call that painting and art!

"Because you have made something which looks more like a woman than like a house, you think that you have attained your end; and, over-joyed because you no longer have to write beside your figures, *currus venustus*, or *pulcher homo*, like the first painters, you fancy that you are marvellous artists! Ah, no! you are not that yet, my good fellows; you will have to use up more pencils and cover many canvases before you reach that point! To be sure, a woman carries her head like that, she wears her skirts as this one does, her eyes languish and melt with that air of mild resignation, the quivering shadow of the eyelashes trembles thus upon her

copié chez votre maître. Vous ne descendez pas assez dans l'intimité de la forme, vous ne la poursuivez pas avec assez d'amour et de persévérance dans ses détours et dans ses fuites. La beauté est une chose sévère et difficile qui ne se laisse point atteindre ainsi, il faut attendre ses heures, l'épier, la presser et l'enlacer étroitement pour la forcer à se rendre. La Forme est un Protée bien plus insaisissable et plus fertile en replis que le Protée de la fable, ce n'est qu'après de longs combats qu'on peut la contraindre à se montrer sous son véritable aspect ; vous autres ! vous vous contentez de la première apparence qu'elle vous livre, ou tout au plus de la seconde, ou de la troisième ; ce n'est pas ainsi qu'agissent les victorieux lutteurs ! Ces peintres invaincus ne se laissent pas tromper à tous ces faux-fuyants, ils persévèrent jusqu'à ce que la nature en soit réduite à se montrer toute nue et dans son véritable esprit. Ainsi a procédé Raphaël, dit le vieillard en ôtant son bonnet de velours noir pour exprimer le respect que lui inspirait le roi de l'art, sa grande supériorité vient du sens intime qui, chez lui, semble vouloir briser la Forme. La Forme est, dans ses figures, ce qu'elle est chez nous, un truchement pour se communiquer des idées, des sensations, une vaste poésie. Toute figure est un monde, un portrait dont le modèle est apparu dans une vision sublime, teint de lumière, désigné par une voix intérieure, dépouillé par un doigt céleste qui a montré, dans le passé de toute une vie, les sources de l'expression. Vous faites à vos femmes de belles robes de chair, de belles draperies de cheveux, mais où est le sang qui engendre le calme ou la passion et qui cause des effets particuliers. Ta sainte est une femme brune, mais ceci, mon pauvre Porbus, est d'une blonde ! Vos figures sont alors de pâles fantômes colorés que vous nous promenez devant les yeux, et vous appelez cela de la peinture et de l'art. Parce que vous avez fait quelque chose qui ressemble plus à une femme qu'à une maison, vous pensez avoir touché le but, et, tout fiers de n'être plus obligés d'écrire à côté de vos figures, *currus venustus* ou *pulcher homo*, comme les premiers peintres, vous vous imaginez être des artistes merveilleux ! Ha ! ha ! vous n'y êtes pas encore, mes braves compagnons, il vous faudra user bien des crayons, couvrir bien des toiles avant d'arriver. Assurément, une femme porte sa tête de cette manière, elle tient sa jupe ainsi, ses yeux s'allanguissent et se fondent avec cet air de douceur résignée, l'ombre palpitante des cils flotte ainsi sur les joues ! C'est cela, et ce

cheek! That is accurate and it is not accurate. What does it lack? A mere nothing, but that nothing is everything. You produce the appearance of life, but you do not express its overflow, that indefinable something which perhaps is the soul, and which floats cloud-like upon the outer envelope; in a word, that flower of life which Titian and Raphael discovered.

"Starting from the farthest point that you have reached, an excellent painting might perhaps be executed; but you grow weary too soon. The common herd admires, but the connoisseur smiles. O Mabuse, O my master," added this extraordinary individual, "you are a thief; you carried life away with you!—However," he continued, "this canvas is worth more than the painting of that mountebank of a Rubens, with his mountains of Flemish flesh powdered with vermillion, his waves of red hair, and his wilderness of colours. At all events, you have here colouring, drawing, and sentiment, the three essential parts of art."

"But that saint is sublime, my good man!" cried the young man, in a loud voice, emerging from a profound reverie. "Those two figures, of the saint and the boatman, have a delicacy of expression utterly unknown to the Italian painters; I don't know a single one of them who could have achieved the hesitation of the boatman."

"Does this little knave belong to you?" Porbus asked the old man.

"Alas! pray excuse my presumption, master," replied the neophyte, blushing. I am a stranger, a dauber by instinct, only lately arrived in this city, the source of all knowledge."

"To work!" said Porbus, handing him a pencil and a sheet of paper.

In a twinkling the stranger copied the *Mary*.

"O-ho!" cried the old man. "Your name?"

The young man wrote at the foot of the drawing: *Nicolas Poussin*.

"That is not bad for a beginner," said the strange creature who harangued so wildly. "I see that we can safely talk painting before you. I don't blame you for admiring Porbus's saint. It is a masterpiece for the world, and only those who are initiated in the most profound secrets of art can discover wherein it offends. But since you are worthy of the lesson and capable of understanding, I will show you how little is necessary to complete the work. Be all eyes and all attention; such an opportunity for instruction will never occur again perhaps.—Your palette, Porbus!"

n'est pas cela. Qu'y manque-t-il ? un rien, mais ce rien est tout. Vous avez l'apparence de la vie, mais vous n'exprimez pas son trop-plein qui déborde, ce je ne sais quoi qui est l'âme peut-être et qui flotte nuageusement sur l'enveloppe ; enfin cette fleur de vie que Titien et Raphaël ont surprise. En partant du point extrême où vous arrivez, on ferait peut-être d'excellente peinture ; mais vous vous lassez trop vite. Le vulgaire admire, et le vrai connaisseur sourit. Ô Mabuse, ô mon maître, ajouta ce singulier personnage, tu es un voleur, tu as emporté la vie avec toi ! – À cela près, reprit- il, cette toile vaut mieux que les peintures de ce faquin de Rubens avec ses montagnes de viandes fla- mandes, saupoudrées de vermillon, ses ondées de chevelures rousses, et son tapage de couleurs. Au moins, avez-vous là couleur, sentiment et dessin, les trois parties essentielles de l'Art.

— Mais cette sainte est sublime, bon homme ! s'écria d'une voix forte le jeune homme en sortant d'une rêverie profonde. Ces deux figures, celle de la sainte et celle du batelier, ont une finesse d'intention ignorée des peintres italiens, je n'en sais pas un seul qui eût inventé l'indécision du batelier.

— Ce petit drôle est-il à vous ? demanda Porbus au vieillard.

— Hélas ! maître, pardonnez à ma hardiesse, répondit le néophyte en rougissant. Je suis inconnu, barbouilleur d'instinct, et arrivé depuis peu dans cette ville, source de toute science.

— À l'œuvre ! lui dit Porbus en lui présentant un crayon rouge et une feuille de papier.

L'inconnu copia lestement la Marie au trait.

— Oh ! oh ! s'écria le vieillard. Votre nom ?

Le jeune homme écrivit au bas Nicolas Poussin.

— Voilà qui n'est pas mal pour un commençant, dit le singulier per- sonnage qui discourait si follement. Je vois que l'on peut parler peinture devant toi. Je ne te blâme pas d'avoir admiré la sainte de Porbus. C'est un chef- d'œuvre pour tout le monde, et les initiés aux plus profonds arcanes de l'art peuvent seuls découvrir en quoi elle pèche. Mais puis- que tu es digne de la leçon, et capable de comprendre, je vais te faire voir combien peu de chose il faudrait pour compléter cette œuvre. Sois tout œil et tout attention, une pareille occasion de t'instruire ne se représen- tera peut-être jamais. Ta palette, Porbus ?

Porbus went to fetch palette and brushes. The little old man turned up his sleeves with a convulsive movement, passed his thumb over the palette laden with colours, which Porbus handed to him, and snatched rather than took from his hands a handful of brushes of all sizes; his pointed beard twitched with the mighty efforts that denoted the concupiscence of an amorous imagination. As he dipped his brush in the paint, he grumbled between his teeth:

"These colours are good for nothing but to throw out of the window, with the man who made them! They are disgustingly crude and false! How can one paint with such things?"

Then, with feverish vivacity, he dipped the point of the brush in different mounds of colour, sometimes running through the entire scale more rapidly than a cathedral organist runs over his keyboard in playing the *O Filii* at Easter.

Porbus and Poussin stood like statues, each on one side of the canvas, absorbed in the most intense contemplation.

"You see, young man," said the old man, without turning—"you see how, by means of three or four touches and a little blue varnish, one can make the air circulate around the head of the poor saint, who surely must be stifling and feel imprisoned in that dense atmosphere! See how that drapery flutters about now, and how readily one can realise that the wind is raising it! Formerly it looked like starched linen held in place by pins. Do you see how perfectly the satinlike gloss with which I have touched the breast represents the supple plumpness of a maiden's flesh, and how the mixture of reddish brown and ochre warms the gray coldness of that tall ghost, in which the blood congealed instead of flowing? Young man, young man, what I am showing you now, no master could teach you! Mabuse alone possessed the secret of imparting life to figures. Mabuse had but one pupil, and that was I. I have had none, and I am growing old! You have intelligence enough to guess the rest from this glimpse that I give you."

While he spoke, the strange old man touched all the parts of the picture: here two strokes of the brush and there only one; but always so opportunely that one would have said that it was a new painting, but a painting drenched with light. He worked with such impassioned zeal that the perspiration stood upon his high forehead; he moved so swiftly, with such impatient, jerky little movements, that to young Poussin it

Porbus alla chercher palette et pinceaux. Le petit vieillard retroussa ses manches avec un mouvement de brusquerie convulsive, passa son pouce dans la palette diaprée et chargée de tons que Porbus lui tendait ; il lui arracha des mains plutôt qu'il ne les prit une poignée de brosses de toutes dimensions, et sa barbe taillée en pointe se remua soudain par des efforts menaçant qui exprimaient le prurit d'une amoureuse fantaisie. Tout en chargeant son pinceau de couleur, il grommelait entre ses dents : – Voici des tons bons à jeter par la fenêtre avec celui qui les a composés, ils sont d'une crudité et d'une fausseté révoltantes, comment peindre avec cela ? Puis il trempait avec une vivacité fébrile la pointe de la brosse dans les différents tas de couleurs dont il parcourait quelquefois la gamme entière plus rapidement qu'un organiste de cathédrale ne parcourt l'étendue de son clavier à l'*O Filii* de Pâques.

Porbus et Poussin se tenaient immobiles chacun d'un côté de la toile, plongés dans la plus véhémente contemplation.

— Vois-tu, jeune homme, disait le vieillard sans se détourner, vois-tu comme au moyen de trois ou quatre touches et d'un petit glacis bleuâtre, on pouvait faire circuler l'air autour de la tête de cette pauvre sainte qui devait étouffer et se sentir prise dans cette atmosphère épaisse ! Regarde comme cette draperie voltige à présent et comme on comprend que la brise la soulève ! Auparavant elle avait l'air d'une toile empesée et soutenue par des épingles. Remarques-tu comme le luisant satiné que je viens de poser sur la poitrine rend bien la grasse souplesse d'une peau de jeune fille, et comme le ton mélangé de brun- rouge et d'ocre calciné réchauffe la grise froideur de cette grande ombre où le sang se figeait au lieu de courir. Jeune homme, jeune homme, ce que je te montre là, aucun maître ne pourrait te l'enseigner. Mabuse seul possédait le secret de donner de la vie aux figures. Mabuse n'a eu qu'un élève, qui est moi. Je n'en ai pas eu, et je suis vieux ! Tu as assez d'intelligence pour deviner le reste, par ce que je te laisse entrevoir.

Tout en parlant, l'étrange vieillard touchait à toutes les parties du tableau : ici deux coups de pinceau, là un seul, mais toujours si à propos qu'on aurait dit une nouvelle peinture, mais une peinture trempée de lumière. Il travaillait avec une ardeur si passionnée que la sueur se perla sur son front dépouillé ; il allait si rapidement par de petits mouvements si impatients, si saccadés, que pour le jeune Poussin il sem-

seemed as if there must be in that strange man's body a demon acting through his hands and guiding them erratically, against his will. The superhuman gleam of his eyes, the convulsions which seemed to be the effect of resistance, gave to that idea a semblance of truth, which was certain to act upon a youthful imagination. The old man worked on, saying:

"Paff! paff! paff! this is how we do it, young man! Come, my little touches, warm up this frigid tone for me! Come, come! pon! pon! pon!" he said, touching up the points where he had indicated a lack of life, effacing by a few daubs of paint the differences of temperament, and restoring the unity of tone which a warm-blooded Egyptian demanded. "You see, my boy, it is only the last stroke of the brush that counts. Porbus has given a hundred, but I give only one. Nobody gives us credit for what is underneath. Be sure to remember that!"

At last the demon paused, and, turning to Porbus and Poussin, who were dumb with admiration, he said to them:

"This doesn't come up to my *Belle Noiseuse*; however, a man could afford to put his name at the foot of such a work. Yes, I would sign it," he added, rising and taking a mirror in which he looked at it. "Now let us go to breakfast," he said. "Come to my house, both of you. I have some smoked ham and some good wine! Despite the evil times, we will talk painting. We are experts. This little man," he added, tapping Nicolas Poussin on the shoulder, "has a facile touch."

Noticing the Norman's shabby jacket at that moment, he took from his belt a goat-skin purse, opened it, took out two gold-pieces and said, offering them to him:

"I will buy your sketch."

"Take it," said Porbus to Poussin, seeing him start and blush with shame, for the young neophyte had all the pride of the poor man. "Take it, he has the ransom of two kings in his wallet."

All three went down from the studio, and, discoursing on art as they walked, bent their steps to a handsome wooden house near Pont St.-Michel, the decorations of which, the knocker, the window-frames, and the arabesques, aroused Poussin's wondering admiration. The painter in embryo suddenly found himself in a room on the lower floor, before a bright fire, beside a table laden with appetising dishes, and, by incredible good fortune, in the company of two great artists overflowing with good nature.

blait qu'il y eût dans le corps de ce bizarre personnage un démon qui agissait par ses mains en les prenant fantastiquement contre le gré de l'homme. L'éclat surnaturel des yeux, les convulsions qui semblaient l'effet d'une résistance donnaient à cette idée un semblant de vérité qui devait agir sur une jeune imagination. Le vieillard allait disant : – Paf, paf, paf ! Voilà comment cela se beurre, jeune homme ! Venez, mes petites touches, faites-moi roussir ce ton glacial ! Allons donc ! Pon ! pon ! pon ! disait-il en réchauffant les parties où il avait signalé un défaut de vie, en faisant disparaître par quelques plaques de couleur les différences de tempérament, et rétablissant l'unité de ton que voulait une ardente Égyptienne.

— Vois-tu, petit, il n'y a que le dernier coup de pinceau qui compte. Porbus en a donné cent, moi je n'en donne qu'un. Personne ne nous sait gré de ce qui est dessous. Sache bien cela !

Enfin ce démon s'arrêta, et se tournant vers Porbus et Poussin muets d'admiration, il leur dit :

— Cela ne vaut pas encore ma *Belle Noiseuse*, cependant on pourrait mettre son nom au bas d'une pareille œuvre. Oui, je la signerais, ajouta-t-il en se levant pour prendre un miroir dans lequel il la regarda. – Maintenant, allons déjeuner, dit-il. Venez tous deux à mon logis. J'ai du jambon fumé, du bon vin ! Hé ! hé ! malgré le malheur des temps, nous causerons peinture ! Nous sommes de force. Voici un petit bonhomme, ajouta-t-il en frappant sur l'épaule de Nicolas Poussin, qui a de la facilité.

Apercevant alors la piètre casaque du Normand, il tira de sa ceinture une bourse de peau, y fouilla, prit deux pièces d'or, et les lui montrant : – J'achète ton dessin, dit-il. – Prends, dit Porbus à Poussin en le voyant tressaillir et rougir de honte, car ce jeune adepte avait la fierté du pauvre. Prends donc, il a dans son escarcelle la rançon de deux rois !

Tous trois, ils descendirent de l'atelier et cheminèrent en devisant sur les arts, jusqu'à une belle maison de bois, située près du pont Saint-Michel, et dont les ornements, le heurtoir, les encadrements de croisées, les arabesques émerveillèrent Poussin. Le peintre en espérance se trouva tout à coup dans une salle basse, devant un bon feu, près d'une table chargée de mets appétissants, et par un bonheur inouï, dans la compagnie de deux grands artistes pleins de bonhomie.

"Young man," said Porbus, seeing that he stood in open-mouthed admiration before a picture, "don't look at that canvas too closely, or you will be driven to despair."

It was the *Adam* which Mabuse painted in order to obtain his release from the prison in which his creditors kept him so long. In truth, that face was of such startling reality that Nicolas Poussin began at that moment to understand the true meaning of the old man's confused remarks. The latter glanced at the picture with a satisfied expression, but without enthusiasm, and seemed to say: "I have done better than that!"

"There is life in it," he said; "my poor master surpassed himself; but it still lacks a little truth in the background. The man is thoroughly alive; he is about to rise and walk towards us. But the air, the sky, the wind, which we breathe and see and feel, are not there. And then there is only a man! Now the only man that ever came forth from the hands of God ought to have something of the divine, which he lacks. Mabuse himself said so with irritation, when he was not drunk."

Poussin glanced at the old man and Porbus in turn, with restless curiosity. He approached the latter as if to ask him the name of their host; but the painter put his finger to his lips with a mysterious air, and the young man, intensely interested, kept silence, hoping that sooner or later some chance remark would enable him to discover the name of his host, whose wealth and talent were sufficiently attested by the respect which Porbus manifested for him and by the marvellous things collected in that room.

Seeing a superb portrait of a woman upon the oaken wainscoting, Poussin exclaimed:

"What a beautiful Giorgione!"

"No," replied the old man; "you are looking at one of my first daubs."

"*Tu-dieu!* then I must be in the house of the god of painting!" said Poussin, ingenuously.

The old man smiled like one long familiar with such praise.

"Master Frenhofer!" said Porbus, "couldn't you send for a little of your fine Rhine wine for me?"

"Two casks!" replied the old man; "one to pay for the pleasure which I enjoyed this morning in seeing your pretty sinner, and the other as a

— Jeune homme lui dit Porbus en le voyant ébahi devant un tableau, ne regardez pas trop cette toile, vous tomberiez dans le désespoir.

C'était l'*Adam* que fit Mabuse pour sortir de prison où ses créanciers le retinrent si longtemps. Cette figure offrait, en effet, une telle puissance de réalité, que Nicolas Poussin commença dès ce moment à comprendre le véritable sens des confuses paroles dites par le vieillard. Celui-ci regardait le tableau d'un air satisfait, mais sans enthousiasme, et semblait dire : « J'ai fait mieux ! »

— Il y a de la vie, dit-il, mon pauvre maître s'y est surpassé ; mais il manquait encore un peu de vérité dans le fond de la toile. L'homme est bien vivant, il se lève et va venir à nous. Mais l'air, le ciel, le vent que nous respirons, voyons et sentons, n'y sont pas. Puis il n'y a encore là qu'un homme ! Or le seul homme qui soit immédiatement sorti des mains de Dieu, devait avoir quelque chose de divin qui manque. Mabuse le disait lui-même avec dépit quand il n'était pas ivre.

Poussin regardait alternativement le vieillard et Porbus avec une inquiète curiosité. Il s'approcha de celui-ci comme pour lui demander le nom de leur hôte ; mais le peintre se mit un doigt sur les lèvres d'un air de mystère, et le jeune homme, vivement intéressé, garda le silence, espérant que tôt ou tard quelque mot lui permettrait de deviner le nom de son hôte, dont la richesse et les talents étaient suffisamment attestés par le respect que Porbus lui témoignait, et par les merveilles entassées dans cette salle.

Poussin, voyant sur la sombre boiserie de chêne un magnifique portrait de femme, s'écria :

— Quel beau Giorgion !

— Non ! répondit le vieillard, vous voyez un de mes premiers barbouillages !

— Tudieu ! je suis donc chez le dieu de la peinture, dit naïvement le Poussin.

Le vieillard sourit comme un homme familiarisé depuis longtemps avec cet éloge.

— Maître Frenhofer ! dit Porbus, ne sauriez- vous faire venir un peu de votre bon vin du Rhin pour moi ?

— Deux pipes, répondit le vieillard. Une pour m'acquitter du plaisir que j'ai eu ce matin en voyant ta jolie pécheresse, et l'autre comme un

friendly gift."

"Ah! if I were not always ill," rejoined Porbus, "and if you would let me see your *Belle Noiseuse*, I might be able to paint a picture, high and wide and deep, in which the figures would be life-size."

"Show my work!" cried the old man, intensely excited. "No, no! I still have to perfect it. Yesterday, towards night," he said, "I thought that it was finished. The eyes seemed to me moist, the flesh quivered; the tresses of the hair moved. It breathed! Although I have discovered the means of producing upon flat canvas the relief and roundness of nature, I realised my error this morning, by daylight. Ah! to attain that glorious result, I have thoroughly studied the great masters of colouring, I have analysed and raised, layer by layer, the pictures of Titian, that king of light; like that sovereign painter, I have sketched my figure in a light shade, with soft, thick colour—for shading is simply an accident, remember that, my boy!—Then I returned to my work, and by means of half-tints, and of varnish, the transparency of which I lessened more and more, I made the shadows more and, more pronounced, even to the deepest blacks; for the shadows of ordinary painters are of a different nature from their light tones; they are wood, brass, whatever you choose, except flesh in shadow. One feels that, if a figure should change its posture, the shaded places would not brighten, and would never become light. I have avoided that fault, into which many of the most illustrious artists have fallen, and in my work the whiteness of the flesh stands out under the darkness of the deepest shadow.

"I have not, like a multitude of ignorant fools, who fancy that they draw correctly because they make a carefully shaded stroke, marked distinctly the outer lines of my figure and given prominence to the most trivial anatomical details, for the human body does not end in lines. In that regard, sculptors can approach the truth more nearly than we can. Nature demands a succession of rounded outlines which shade into one another. Strictly speaking, drawing does not exist!—Do not laugh, young man! However strange that remark may seem to you, you will understand its meaning some day.—The line is the means by which man interprets the effect of light upon objects; but there are no lines in nature, where everything is full; it is in modelling that one draws, that is to say, that one removes things from the surroundings in which

présent d'amitié.

— Ah ! si je n'étais pas toujours souffrant, reprit Porbus, et si vous vouliez me laisser voir votre *Belle Noiseuse*, je pourrais faire quelque peinture haute, large et profonde, où les figures seraient de grandeur naturelle.

— Montrer mon œuvre, s'écria le vieillard tout ému. Non, non, je dois la perfectionner encore. Hier, vers le soir, dit-il, j'ai cru avoir fini. Ses yeux me semblaient humides, sa chair était agitée. Les tresses de ses cheveux remuaient. Elle respirait ! Quoique j'aie trouvé le moyen de réaliser sur une toile plate le relief et la rondeur de la nature, ce matin, au jour, j'ai reconnu mon erreur. Ah ! pour arriver à ce résultat glorieux, j'ai étudié à fond les grands maîtres du coloris, j'ai analysé et soulevé couche par couche les tableaux de Titien, ce roi de la lumière, j'ai, comme ce peintre souverain, ébauché ma figure dans un ton clair avec une pâte souple et nourrie, car l'ombre n'est qu'un accident, retiens cela, petit. Puis je suis revenu sur mon œuvre, et au moyen de demi-teintes et de glacis dont je diminuais de plus en plus la transparence, j'ai rendu les ombres les plus vigoureuses et jusqu'aux noirs les plus fouillés ; car les ombres des peintres ordinaires sont d'une autre nature que leurs tons éclairés ; c'est du bois, de l'airain, c'est tout ce que vous voudrez, excepté de la chair dans l'ombre. On sent que si leur figure changeait de position, les places ombrées ne se nettoieraient pas et ne deviendraient pas lumineuses. J'ai évité ce défaut où beaucoup d'entre les plus illustres sont tombés, et chez moi la blancheur se révèle sous l'opacité de l'ombre la plus soutenue ! Comme une foule d'ignorants qui s'imaginent dessiner correctement parce qu'ils font un trait soigneusement ébarbé, je n'ai pas marqué sèchement les bords extérieurs de ma figure et fait ressortir jusqu'au moindre détail anatomique, car le corps humain ne finit pas par des lignes. En cela, les sculpteurs peuvent plus approcher de la vérité que nous autres. La nature comporte une suite de rondeurs qui s'enveloppent les unes dans les autres. Rigoureusement parlant, le dessin n'existe pas ! Ne riez pas, jeune homme ! Quelque singulier que vous paraisse ce mot, vous en comprendrez quelque jour les raisons. La ligne est le moyen par lequel l'homme se rend compte de l'effet de la lumière sur les objets ; mais il n'y a pas de lignes dans la nature où tout est plein : c'est en modelant qu'on dessine, c'est-à-dire qu'on détache les choses du milieu où elles

they are; the distribution of light alone gives reality to the body! So that I have not sharply outlined the features; I have spread over the outlines a cloud of light, warm half-tints, the result being that one cannot place one's finger upon the exact spot where the outline ends and the background begins. Seen at close quarters, the work seems cottony and to lack precision; but two yards away, everything becomes distinct and stands out; the body moves, the forms become prominent, and one can feel the air circulating all about. However, I am not satisfied yet; I still have doubts.

"Perhaps I should not have drawn a single line; perhaps it would be better to attack a figure in the middle, devoting one's self first to the prominences which are most in the light, and passing then to the darker portions. Is not that the way in which the sun, that divine painter of the universe, proceeds? O Nature, Nature! who has ever surprised thee in thy flights? I tell you that too much knowledge, like ignorance, ends in a negation. I doubt my work!"

The old man paused, then continued:

"For ten years, young man, I have been working, but what are ten short years when it is a question of contending with nature? We have no idea how long a time Pygmalion employed in making the only statue that ever walked!"

The old man fell into a profound reverie, and sat with staring eyes, mechanically toying with his knife.

"He is conversing with his *spirit* now!" said Porbus in an undertone.

At that word Nicolas Poussin became conscious of the presence of an indefinable artistic curiosity. That old man with the white eyes, staring and torpid, became in his eyes more than a man; he assumed the aspect of an unreal genius living in an unknown sphere. He stirred a thousand confused ideas in his mind. The mental phenomenon of that species of fascination can no more be defined than one can define the emotion aroused by a ballad which recalls the fatherland to the exile's heart. The contempt which that old man affected to express for the most beautiful works of art, his wealth, his manners, the deference with which Porbus treated him, that work kept secret so long—a work of patience and of genius doubtless, judging by the head of a *Virgin* which young Poussin had so enthusiastically admired, and which, still beautiful, even beside Mabuse's *Adam*, bore witness to the imperial workmanship of one of

sont, la distribution du jour donne seule l'apparence au corps ! Aussi, n'ai-je pas arrêté les linéaments, j'ai répandu sur les contours un nuage de demi-teintes blondes et chaudes qui fait que l'on ne saurait précisément poser le doigt sur la place où les contours se rencontrent avec les fonds. De près, ce travail semble cotonneux et paraît manquer de précision, mais à deux pas, tout se raffermit, s'arrête et se détache ; le corps tourne, les formes deviennent saillantes, l'on sent l'air circuler tout autour. Cependant je ne suis pas encore content, j'ai des doutes. Peut-être faudrait-il ne pas dessiner un seul trait, et vaudrait-il mieux attaquer une figure par le milieu en s'attachant d'abord aux saillies les plus éclairées, pour passer ensuite aux portions les plus sombres. N'est-ce pas ainsi que procède le soleil, ce divin peintre de l'univers. Oh ! nature, nature ! qui jamais t'a surprise dans tes fuites ! Tenez, le trop de science, de même que l'ignorance, arrive à une négation. Je doute de mon œuvre !

Le vieillard fit une pause, puis il reprit : – Voilà dix ans, jeune homme, que je travaille ; mais que sont dix petites années quand il s'agit de lutter avec la nature ? Nous ignorons le temps qu'employa le seigneur Pygmalion pour faire la seule statue qui ait marché !

Le vieillard tomba dans une rêverie profonde, et resta les yeux fixes en jouant machinalement avec son couteau.

— Le voilà en conversation avec son *esprit*, dit Porbus à voix basse.

À ce mot, Nicolas Poussin se sentit sous la puissance d'une inexplicable curiosité d'artiste. Ce vieillard aux yeux blancs, attentif et stupide, devenu pour lui plus qu'un homme, lui apparut comme un génie fantasque qui vivait dans une sphère inconnue. Il réveillait mille idées confuses en l'âme. Le phénomène moral de cette espèce de fascination ne peut pas plus se définir qu'on ne peut traduire l'émotion excitée par un chant qui rappelle la patrie au cœur de l'exilé. Le mépris que ce vieil homme affectait d'exprimer pour les belles tentatives de l'art, sa richesse, ses manières, les déférences de Porbus pour lui, cette œuvre tenue si long-temps secrète, œuvre de patience, œuvre de génie sans doute, s'il fallait en croire la tête de vierge que le jeune Poussin avait si franchement admirée, et qui belle encore, même près de l'*Adam* de Mabuse, attestait le faire impérial d'un des princes de l'art ; tout en ce

the princes of art—everything, in short, about the old man went beyond the bounds of human nature.

The one point which was perfectly clear and manifest to Nicolas Poussin's fertile imagination was a complete image of the artistic nature, of that irresponsible nature to which so many powers are entrusted, and which too often misuses them, leading cold reason, the honest bourgeois, and even some experts, through innumerable rock-strewn paths, where there is nothing so far as they are concerned; whereas that white-winged damsel, unreasoning in her fancies, discovers these epic poems, châteaux, and works of art. A sardonic but kindly nature; fertile but sterile. Thus, to the enthusiastic Poussin, that old man had become, by an abrupt transfiguration, art itself, art with its secrets, its unruly impulses, and its reveries.

"Yes, my dear Porbus," Frenhofer resumed, "I have failed thus far to meet an absolutely flawless woman, a body the outlines of which are perfectly beautiful, and whose colouring—But where is she to be found in real life?" he asked, interrupting himself, "that undiscoverable Venus of the ancients, so often sought, of whom we find only a few scattered charms? Oh! to see for an instant, but a single time, that divine, complete, in a word, ideal nature, I would give my whole fortune. Aye, I would seek thee in the abode of the dead, O divine beauty! Like Orpheus, I would go down into the hell of art to bring life back thence."

"We may go away," said Porbus to Poussin; "he neither hears nor sees us now."

"Let us go to his studio," suggested the wonder-struck youth.

"Oh! the old fellow knows how to keep people out. His treasures are too well guarded for us to obtain a glimpse of them. I have not awaited your suggestion and your longing before attacking the mystery."

"So there is a mystery?"

"Yes," Porbus replied. "Old Frenhofer is the only pupil whom Mabuse would ever consent to take. Having become his friend, his saviour, his father, Frenhofer sacrificed the greater part of his property to humour Mabuse's passions; in exchange Mabuse bequeathed to him the secret of *relief*, the power of imparting to figures that extraordinary appearance of life, that touch of nature, which is our never-ending despair, but of which he was such a thorough master that one day, having sold and drunk the flowered damask which he was to wear on the occasion

vieillard allait au-delà des bornes de la nature humaine. Ce que la riche imagination de Nicolas Poussin put saisir de clair et de perceptible en voyant cet être surnaturel, était une complète image de la nature artiste, de cette nature folle à laquelle tant de pouvoirs sont confiés, et qui trop souvent en abuse, emmenant la froide raison, les bourgeois et même quelques amateurs, à travers mille routes pierreuses, où, pour eux, il n'y a rien ; tandis que folâtre en ses fantaisies, cette fille aux ailes blanches y découvre des épopées, des châteaux, des œuvres d'art. Nature moqueuse et bonne, féconde et pauvre ! Ainsi, pour l'enthousiaste Poussin, ce vieillard était devenu, par une transfiguration subite, l'Art lui-même, l'art avec ses secrets, ses fougues et ses rêveries.

— Oui, mon cher Porbus, reprit Frenhofer, il m'a manqué jusqu'à présent de rencontrer une femme irréprochable, un corps dont les contours soient d'une beauté parfaite, et dont la carnation... Mais où est-elle vivante, dit-il en s'interrompant, cette introuvable Vénus des anciens, si souvent cherchée, et de qui nous rencontrons à peine quelques beautés éparses ? Oh ! pour voir un moment, une seule fois, la nature divine, complète, l'idéal enfin, je donnerais toute ma fortune, mais j'irais te chercher dans tes limbes, beauté céleste ! Comme Orphée, je descendrais dans l'enfer de l'art pour en ramener la vie.

— Nous pouvons partir d'ici, dit Porbus à Poussin, il ne nous entend plus, ne nous voit plus !

— Allons à son atelier, répondit le jeune homme émerveillé.

— Oh ! le vieux reître a su en défendre l'entrée. Ses trésors sont trop bien gardés pour que nous puissions y arriver. Je n'ai pas attendu votre avis et votre fantaisie pour tenter l'assaut du mystère.

— Il y a donc un mystère ?

— Oui, répondit Porbus. Le vieux Frenhofer est le seul élève que Mabuse ait voulu faire. Devenu son ami, son sauveur, son père, Frenhofer a sacrifié la plus grande partie de ses trésors à satisfaire les passions de Mabuse ; en échange, Mabuse lui a légué le secret du relief, le pouvoir de donner aux figures cette vie extraordinaire, cette fleur de nature, notre désespoir éternel, mais dont il possédait si bien *le faire*, qu'un jour, ayant vendu et bu le damas à fleurs avec lequel il devait s'habiller à l'entrée de Charles Quint, il accompagna son maître avec un

of Charles V.'s entry into Paris, he attended his master in a garment of paper painted to represent damask. The peculiar brilliancy of the fabric worn by Mabuse surprised the Emperor, who, when he attempted to compliment the old drunkard's patron, discovered the fraud.

"Frenhofer is passionately devoted to our art, and he looks higher and farther ahead than other painters. He has given much profound thought to the subject of colouring and to the absolute accuracy of lines; but he has studied so much that he has reached the point where he is uncertain of the very object of his studies. In his moments of despair he declares that drawing does not exist and that only geometrical figures can be made with lines; which is going beyond the truth, for with lines and with black, which is not a colour, a human figure maybe drawn; which proves that our art, like nature, is made up of an infinite number of elements: drawing furnishes a skeleton, colour gives life; but life without the skeleton is much less complete than the skeleton without life. In short, there is one thing which is more true than any of these, and that is that practice and observation are everything with a painter, and that, if reason and poetic sense quarrel with the brush, we arrive at doubt, like our excellent friend here, who is as much madman as painter. A sublime artist, he was unfortunate enough to be born rich, which permitted him to go astray; do not imitate him! Work! Painters ought not to meditate, except with brush in hand."

"We will find our way there!" cried Poussin, no longer listening to Porbus, and undeterred by doubts.

Porbus smiled at the young stranger's enthusiasm, and, when they parted, invited him to come to see him.

Nicolas Poussin walked slowly back to Rue de la Harpe, and passed, unperceiving, the modest house in which he lodged. Ascending his wretched staircase with anxious haste, he reached a room high up beneath a roof supported by pillars, a simple and airy style of architecture found in the houses of old Paris. Beside the single, dark window of that room sat a girl, who, when she heard the door, sprang at once to her feet with a loving impulse; she recognised the painter by the way he raised the latch.

"What's the matter?" she asked.

"The matter—the matter——" he cried, choking with joy; "the matter is that I have come to feel that I am a painter. I have always doubted

vêtement de papier peint en damas. L'éclat particulier de l'étoffe portée par Mabuse surprit l'empereur, qui, voulant en faire compliment au protecteur du vieil ivrogne, découvrit la supercherie. Frenhofer est un homme passionné pour notre art, qui voit plus haut et plus loin que les autres peintres. Il a profondément médité sur les couleurs, sur la vérité absolue de la ligne ; mais, à force de recherches, il est arrivé à douter de l'objet même de ses recherches. Dans ses moments de désespoir, il prétend que le dessin n'existe pas et qu'on ne peut rendre avec des traits que des figures géométriques ; ce qui est au delà du vrai, puisque avec le trait et le noir, qui n'est pas une couleur, on peut faire une figure ; ce qui prouve que notre art est, comme la nature, composé d'une infinité d'éléments : le dessin donne un squelette, la couleur est la vie, mais la vie sans le squelette est une chose plus incomplète que le squelette sans la vie. Enfin, il y a quelque chose de plus vrai que tout ceci, c'est que la pratique et l'observation sont tout chez un peintre, et que si le raisonnement et la poésie se querellent avec les brosses, on arrive au doute comme le bonhomme, qui est aussi fou que peintre. Peintre sublime, il a eu le malheur de naître riche, ce qui lui a permis de divaguer, ne l'imitez pas ! Travaillez ! les peintres ne doivent méditer que les brosses à la main.

— Nous y pénétrerons, s'écria Poussin n'écoutant plus Porbus et ne doutant plus de rien.

Porbus sourit à l'enthousiasme du jeune inconnu, et le quitta en l'invitant à venir le voir.

Nicolas Poussin revint à pas lents vers la rue de la Harpe, et dépassa sans s'en apercevoir la modeste hôtellerie où il était logé. Montant avec une inquiète promptitude son misérable escalier, il parvint à une chambre haute, située sous une toiture en colombage, naïve et légère couverture des maisons du vieux Paris. Près de l'unique et sombre fenêtre de cette chambre, il vit une jeune fille qui, au bruit de la porte, se dressa soudain par un mouvement d'amour ; elle avait reconnu le peintre à la manière dont il avait attaqué le loquet.

— Qu'as-tu ? lui dit-elle.

— J'ai, j'ai, s'écria-t-il en étouffant de plaisir, que je me suis senti peintre ! J'avais douté de moi jusqu'à présent, mais ce matin j'ai cru en

myself before, but this morning I believe in myself! I tell you, Gillette, we shall be rich, happy! There is gold in these brushes."

But suddenly he ceased to speak. His strong and serious face lost its joyous expression when he compared the vastness of his hopes with the paucity of his resources. The walls were covered with pieces of common paper on which were sketches in pencil. He owned no clean canvases. Paints commanded a high price in those days, and the poor young man's palette was almost bare. In the depths of his poverty he possessed and was conscious of an incredible store of courage and a superabundance of all-consuming genius. Brought to Paris by a gentleman who was a friend of his, or perhaps by his own talent, he had almost immediately fallen in with a mistress, one of those noble and devoted souls who suffer beside a great man, espouse his troubles, and try to understand his caprices; strong in poverty and love, as other women are fearless in bearing the burden of luxury and in parading their lack of feeling. The smile that played about Gillette's lips diffused a golden light through that garret, and overspread the sky with brightness. The sun did not always shine, whereas she was always there, sedate in her passion, clinging to her happiness and her suffering, encouraging the genius which overflowed in love before seizing upon art.

"Listen, Gillette—come here."

The light-hearted, obedient girl jumped upon the painter's knees. She was all grace, all beauty, lovely as a spring day, adorned by all womanly charms, and illumining them with the glow of a lovely soul.

"O God!" he cried, "I shall never dare to tell her."

"A secret?" said she; "I insist upon knowing it."

Poussin seemed lost in thought.

"Speak, I say."

"Gillette—poor, beloved darling!"

"Ah! you want something of me, do you?"

"Yes."

"If you want me to pose for you as I did the other day," she said, with a little pout, "I shall never consent; for at those times your eyes have nothing at all to say to me. You forget all about me, and yet you look at me."

"Would you prefer to see me painting another woman?"

"Perhaps so," she said, "if she was very ugly."

moi- même ! Je puis être un grand homme ! Va, Gillette, nous serons riches, heureux ! Il y a de l'or dans ces pinceaux.

Mais il se tut soudain. Sa figure grave et vigoureuse perdit son expression de joie quand il compara l'immensité de ses espérances à la médiocrité de ses ressources. Les murs étaient couverts de simples papiers chargés d'esquisses au crayon. Il ne possédait pas quatre toiles propres. Les couleurs avaient alors un haut prix, et le pauvre gentil-homme voyait sa palette à peu près nue. Au sein de cette misère, il possédait et ressentait d'incroyables richesses de cœur, et la surabondance d'un génie dévorant. Amené à Paris par un gentilhomme de ses amis, ou peut- être par son propre talent, il y avait rencontré soudain une maîtresse, une de ces âmes nobles et généreuses qui viennent souffrir près d'un grand homme, en épousent les misères et s'efforcent de com-prendre leurs caprices ; forte pour la misère et l'amour, comme d'autres sont intrépides à porter le luxe, à faire parader leur insensibilité. Le sourire errant sur les lèvres de Gillette dorait ce grenier et rivalisait avec l'éclat du ciel. Le soleil ne brillait pas toujours, tandis qu'elle était toujours là, recueillie dans sa passion, attachée à son bonheur, à sa souf-france, consolant le génie qui débordait dans l'amour avant de s'empa-rer de l'art.

— Écoute, Gillette, viens.

L'obéissante et joyeuse fille sauta sur les genoux du peintre. Elle était toute grâce, toute beauté, jolie comme un printemps, parée de toutes les richesses féminines et les éclairant par le feu d'une belle âme.

— Ô Dieu ! s'écria-t-il, je n'oserai jamais lui dire...

— Un secret ? reprit-elle, je veux le savoir. Le Poussin resta rêveur.

— Parle donc.

— Gillette ! pauvre cœur aimé !

— Oh ! tu veux quelque chose de moi ?

— Oui.

— Si tu désires que je pose encore devant toi comme l'autre jour, reprit-elle d'un petit air boudeur, je n'y consentirai plus jamais, car, dans ces moments-là, tes yeux ne me disent plus rien. Tu ne penses plus à moi, et cependant tu me regardes.

— Aimerais-tu mieux me voir copiant une autre femme ?

— Peut-être, dit-elle, si elle était bien laide.

"Well," rejoined Poussin, in a serious tone, "suppose that, for any future glory, to make me a great painter, it were necessary for you to pose for another artist?"

"You can test me all you choose," she replied. "You know that I would not go."

Poussin let his head fall on his breast, like one who surrenders to a joy or a sorrow that is too great for his heart.

"Listen," said she, plucking at the sleeve of Poussin's threadbare doublet, "I have told you, Nick, that I would give my life for you; but I never promised to give up my love while I am alive."

"Give it up?" cried the young artist.

"If I should show myself like that to another man, you would cease to love me, and I should deem myself unworthy of you. Is it not a most simple and natural thing to obey your whims? In spite of myself, I am happy, aye, proud, to do your dear will. But for another man—ah, no!"

"Forgive me, my Gillette," cried the painter, throwing himself at her feet. "I prefer to be beloved rather than famous. In my eyes you are fairer than wealth and honours. Go, throw away my brushes, burn these sketches. I have made a mistake. My vocation is to love you. I am no painter, I am a lover. Away with art and all its secrets!"

She gazed admiringly at him, happy, overjoyed. She was queen; she felt instinctively that art was forgotten for her, and cast at her feet like a grain of incense.

"And yet it is only an old man," continued Poussin. "He could see only the woman in you—you are so perfect!"

"One must needs love," she cried, ready to sacrifice the scruples of her love to repay her lover for all the sacrifices that he made for her. "But," she added, "it would be my ruin. Ah! ruin for you—yes, that would be very lovely! But you will forget me! Oh! what a wicked idea this is of yours!"

"I conceived the idea, and I love you," he said with a sort of contrition; "but am I for that reason a villain?"

"Let us consult Father Hardouin," she said.

"Oh, no! let it be a secret between us."

"Very good, I will go. But do not be there," she cried. "Stay at the door, with your dagger drawn; if I cry out, come in and kill the painter."

With no eyes for aught but his art, Poussin threw his arms about Gillette.

— Eh ! bien, reprit Poussin d'un ton sérieux, si pour ma gloire à venir, si pour me faire grand peintre, il fallait aller poser chez un autre ?

— Tu veux m'éprouver, dit-elle. Tu sais bien que je n'irais pas.

Le Poussin pencha sa tête sur sa poitrine comme en homme qui succombe à une joie ou à une douleur trop forte pour son âme.

— Écoute, dit-elle en tirant Poussin par la manche de son pourpoint usé, je t'ai dit, Nick, que je donnerais ma vie pour toi ; mais je ne t'ai jamais promis, moi vivante, de renoncer à mon amour.

— Y renoncer ? s'écria Poussin.

— Si je me montrais ainsi à un autre, tu ne m'aimerais plus. Et, moi-même, je me trouverais indigne de toi. Obéir à tes caprices, n'est-ce pas chose naturelle et simple ? Malgré moi, je suis heureuse, et même fière de faire ta chère volonté. Mais pour un autre ! fi donc.

— Pardonne, ma Gillette, dit le peintre en se jetant à ses genoux. J'aime mieux être aimé que glorieux. Pour moi, tu es plus belle que la fortune et les honneurs. Va, jette mes pinceaux, brûle ces esquisses. Je me suis trompé. Ma vocation, c'est de t'aimer. Je ne suis pas peintre, je suis amoureux. Périssent et l'art et tous ses secrets !

Elle l'admirait, heureuse, charmée ! Elle régnait, elle sentait instinctivement que les arts étaient oubliés pour elle, et jetés à ses pieds comme un grain d'encens.

— Ce n'est pourtant qu'un vieillard, reprit Poussin. Il ne pourra voir que la femme en toi. Tu es si parfaite !

— Il faut bien aimer, s'écria-t-elle, prête à sacrifier ses scrupules d'amour pour récompenser son amant de tous les sacrifices qu'il lui faisait. Mais, reprit-elle, ce serait me perdre. Ah ! me perdre pour toi. Oui, cela est bien beau ! Mais tu m'oublieras. Oh ! quelle mauvaise pensée as-tu donc eue là !

— Je l'ai eue et je t'aime, dit-il avec une sorte de contrition ; mais je suis donc un infâme.

— Consultons le père Hardouin ? dit-elle.

— Oh, non ! Que ce soit un secret entre nous deux.

— Eh ! bien, j'irai ; mais ne sois pas là, dit-elle. Reste à la porte, armé de ta dague ; si je crie, entre et tue le peintre.

Ne voyant plus que son art, le Poussin pressa Gillette dans ses bras.

"He no longer loves me!" thought Gillette, when she was alone.

Already she repented her decision. But she was soon seized by a terror more painful than her regret; she strove to drive away a shocking thought that stole into her mind. She fancied that she already loved the painter less, because she suspected that he was less estimable than she had hitherto believed.

— Il ne m'aime plus ! pensa Gillette quand elle se trouva seule.

Elle se repentait déjà de sa résolution. Mais elle fut bientôt en proie à une épouvante plus cruelle que son repentir, elle s'efforça de chasser une pensée affreuse qui s'élevait dans son cœur. Elle croyait aimer déjà moins le peintre en le soupçonnant moins estimable qu'auparavant.

II. Catherine Lescault

Three months after the meeting of Poussin and Porbus, the latter went to see Master Frenhofer. The old man was then in the depths of one of those periods of profound and sudden discouragement, the cause of which, if we are to believe the mathematicians of medicine, consists in bad digestion, the wind, the heat, or some disturbance in the hypochondriac region; and, according to the spiritualists, in the imperfection of our moral nature. The good man had simply tired himself out in finishing his mysterious picture. He was languidly reclining in an enormous chair of carved oak, upholstered in black leather; and without changing his depressed attitude, he darted at Porbus the glance of a man who had determined to make the best of his ennui.

"Well, master," said Porbus, "was the ultramarine, that you went to Bruges for, very bad? Haven't you been able to grind our new white? Is your oil poor, or are your brushes unmanageable?"

"Alas!" cried the old man, "I thought for a moment that my work was finished; but I certainly have gone astray in some details, and my mind will not be at rest until I have solved my doubts. I have almost decided to travel, to go to Turkey, to Greece, and to Asia, in search of a model, and to compare my picture with nature in different climes. It may be that I have up-stairs," he continued with a smile of satisfaction, "Nature herself. Sometimes I am almost afraid that a breath will awaken that woman and that she will disappear."

Then he rose abruptly, as if to go.

"Ah!" replied Porbus; "I have come just in time to save you the expense and the fatigue of the journey."

"How so?" asked Frenhofer in amazement.

"Young Poussin is loved by a woman whose incomparable beauty is absolutely without a flaw. But, my dear master, if he consents to lend her to you, you must at least let us see your picture."

The old man stood, perfectly motionless, in a state of utter stupefaction.

"What!" he cried at last, in a heartrending voice, "show my creation,

II. Catherine Lescault

Trois mois après la rencontre du Poussin et de Porbus, celui-ci vint voir maître Frenhofer. Le vieillard était alors en proie à l'un de ces découragements profonds et spontanés dont la cause est, s'il faut en croire les mathématiciens de la médecine, dans une digestion mauvaise, dans le vent, la chaleur ou quelque empâtement des hypochondres ; et, suivant les spiritualistes, dans l'imperfection de notre nature morale. Le bonhomme s'était purement et simplement fatigué à parachever son mystérieux tableau. Il était languissamment assis, dans une vaste chaire de chêne sculpté, garnie de cuir noir ; et, sans quitter son attitude mélancolique, il lança sur Porbus le regard d'un homme qui s'était établi dans son ennui.

— Eh ! bien, maître, lui dit Porbus, l'outremer que vous êtes allé chercher à Bruges était-il mauvais, est-ce que vous n'avez pas su broyer notre nouveau blanc, votre huile est-elle méchante, ou les pinceaux rétifs ?

— Hélas ! s'écria le vieillard, j'ai cru pendant un moment que mon œuvre était accomplie ; mais je me suis, certes, trompé dans quelques détails, et je ne serai tranquille qu'après avoir éclairci mes doutes. Je me décide à voyager et vais aller en Turquie, en Grèce, en Asie pour y chercher un modèle et comparer mon tableau à diverses natures. Peut-être ai-je là-haut, reprit-il en laissant échapper un sourire de contentement, la nature elle-même. Parfois, j'ai quasi peur qu'un souffle ne me réveille cette femme et qu'elle ne disparaisse.

Puis il se leva tout à coup, comme pour partir.

— Oh ! oh ! répondit Porbus, j'arrive à temps pour vous éviter la dépense et les fatigues du voyage.

— Comment ? demanda Frenhofer étonné.

— Le jeune Poussin est aimé par une femme dont l'incomparable beauté se trouve sans imperfection aucune. Mais, mon cher maître, s'il consent à vous la prêter, au moins faudra-t-il nous laisser voir votre toile.

Le vieillard resta debout, immobile, dans un état de stupidité parfaite.

— Comment ! s'écria-t-il enfin douloureusement, montrer ma créa-

my spouse? Tear away the veil with which I have modestly covered my happiness? Why, that would be the most shocking prostitution! For ten years I have lived with that woman; she is mine, mine alone, she loves me. Does she not smile at every stroke of the brush which I give her? She has a soul, the soul with which I have endowed her. She would blush if other eyes than mine should rest upon her. Show her! Where is the husband, the lover, base enough to lend his wife to dishonour? When you paint a picture for the court, you do not put your whole soul into it, you sell to the courtiers nothing more than coloured mannikins. My painting is not a painting; it is a sentiment, a passion! Born in my studio, it must remain there unsullied, and can not come forth until it is clothed. Poesy and women never abandon themselves naked to any but their lovers! Do we possess Raphael's model, Ariosto's Angelica, or Dante's Beatrice? No! We see only their shapes. Very well; the work which I have up-stairs under lock and key is an exception in our art. It is not a canvas, it is a woman; a woman with whom I weep, and laugh, and talk, and think. Do you expect me suddenly to lay aside a joy that has lasted ten years, as one lays aside a cloak? Do you expect me suddenly to cease to be father, lover, and God? That woman is not a creature, she is a creation. Let your young man come—I will give him my wealth; I will give him pictures by Correggio, Michelangelo, or Titian; I will kiss his footprints in the dust; but make him my rival? Shame! Ah! I am even more lover than painter. Yes, I shall have the strength to burn my *Belle Noiseuse* when I breathe my last; but to force her to endure the glance of a man, of a young man, of a painter? No, no! I would kill to-morrow the man who should sully her with a look! I would kill you on the instant, my friend, if you did not salute her on your knees! Do you expect me now to subject my idol to the insensible glances and absurd criticisms of fools? Ah! love is a mystery, it lives only in the deepest recesses of the heart, and all is lost when a man says, even to his friend: 'This is she whom I love!'"

The old man seemed to have become young again; his eyes gleamed with life; his pale cheeks flushed a bright red, and his hands shook. Porbus, surprised by the passionate force with which the words were spoken, did not know what reply to make to an emotion no less novel than profound. Was Frenhofer sane or mad? Was he under the spell of an artistic caprice, or did the ideas which he had expressed proceed

ture, mon épouse ? déchirer le voile sous lequel j'ai chastement couvert mon bonheur ? Mais ce serait une horrible prostitution ! Voilà dix ans que je vis avec cette femme, elle est à moi, à moi seul, elle m'aime. Ne m'a-t-elle pas souri à chaque coup de pinceau que je lui ai donné ? Elle a une âme, l'âme dont je l'ai douée. Elle rougirait si d'autres yeux que les miens s'arrêtaient sur elle. La faire voir ! Mais quel est le mari, l'amant assez vil pour conduire sa femme au déshonneur ? Quand tu fais un tableau pour la cour, tu n'y mets pas toute ton âme, tu ne vends aux courtisans que des mannequins coloriés. Ma peinture n'est pas une peinture, c'est un sentiment, une passion ! Née dans mon atelier, elle doit y rester vierge, et n'en peut sortir que vêtue. La poésie et les femmes ne se livrent nues qu'à leurs amants ! Possédons- nous le modèle de Raphaël, l'Angélique de l'Arioste, la Béatrix du Dante ? Non ! nous n'en voyons que les Formes. Eh ! bien, l'œuvre que je tiens là-haut sous mes verrous est une exception dans notre art. Ce n'est pas une toile, c'est une femme ! une femme avec laquelle je pleure, je ris, je cause et pense. Veux-tu que tout à coup je quitte un bonheur de dix années comme on jette un manteau ? Que tout à coup je cesse d'être père, amant et Dieu. Cette femme n'est pas une créature, c'est une création. Vienne ton jeune homme, je lui donnerai mes trésors, je lui donnerai des tableaux du Corrège, de Michel- Ange, du Titien, je baiserai la marque de ses pas dans la poussière ; mais en faire mon rival ? Honte à moi ! Ha ! ha ! je suis plus amant encore que je ne suis peintre. Oui, j'aurai la force de brûler ma *Belle Noiseuse* à mon dernier soupir ; mais lui faire supporter le regard d'un homme, d'un jeune homme, d'un peintre ? non, non ! Je tuerais le lendemain celui qui l'aurait souillée d'un regard ! Je te tuerais à l'instant, toi, mon ami, si tu ne la saluais pas à genoux ! Veux-tu maintenant que je soumette mon idole aux froids regards et aux stupides critiques des imbéciles ? Ah ! l'amour est un mystère, il n'a de vie qu'au fond des cœurs, et tout est perdu quand un homme dit même à son ami : – Voilà celle que j'aime !

Le vieillard semblait être redevenu jeune ; ses yeux avaient de l'éclat et de la vie ; ses joues pâles étaient nuancées d'un rouge vif, et ses mains tremblaient. Porbus, étonné de la violence passionnée avec laquelle ces paroles furent dites, ne savait que répondre à un sentiment aussi neuf que profond. Frenhofer était-il raisonnable ou fou ? Se trouvait-il subjugué par une fantaisie d'artiste, ou les idées qu'il avait exprimées pro-

from that strange fanaticism produced in us by the long gestation of a great work? Could one hope ever to come to an understanding with that extraordinary passion?

Engrossed by all these thoughts, Porbus said to the old man:

"But is it not woman for woman? Will not Poussin abandon his mistress to your eyes?"

"What mistress?" rejoined Frenhofer. "She will betray him sooner or later. Mine will always be faithful to me!"

"Very well!" said Porbus, "let us say no more about it. But, perhaps, before you find, even in Asia, a woman so lovely, so perfect as is she of whom I speak, you will die without finishing your picture."

"Ah! it is finished," said Frenhofer. "Whoever should see it would think that he was looking at a woman lying upon a velvet couch, behind a curtain. Beside her is a golden tripod containing perfumes. You would be tempted to seize the tassel of the cords which hold the curtain, and you would fancy that you saw the bosom of Catherine Lescault, a beautiful courtesan called *La Belle Noiseuse*, rise and fall with the movement of her breath. However, I should like to be certain——"

"Oh! go to Asia," Porbus replied, as he detected a sort of hesitation in Frenhofer's expression.

And Porbus walked towards the door of the room.

At that moment Gillette and Nicolas Poussin arrived at Frenhofer's house. When the girl was about to enter, she stepped back, as if she were oppressed by some sudden presentiment.

"Why have I come here, pray?" she asked her lover in a deep voice, gazing at him steadfastly.

"Gillette, I left you entirely at liberty, and I mean to obey you in everything. You are my conscience and my renown. Go back to the house; I shall be happier perhaps than if you——"

"Do I belong to myself when you speak to me thus? Oh no! I am nothing more than a child. Come," she added, apparently making a mighty effort; "if our love dies, and if I plant in my heart a never-ending regret, will not your fame be the reward of my compliance with your wishes? Let us go in; it will be like living again to be always present as a memory on your palette."

As they opened the door of the house, the two lovers met Porbus,

cédaient-elles de ce fanatisme inexprimable produit en nous par le long enfantement d'une grande œuvre ? Pouvait-on jamais espérer de transiger avec cette passion bizarre ?

En proie à toutes ces pensées, Porbus dit au vieillard :

— Mais n'est-ce pas femme pour femme ? Poussin ne livre-t-il pas sa maîtresse à vos regards ?

— Quelle maîtresse, répondit Frenhofer. Elle le trahira tôt ou tard. La mienne me sera toujours fidèle !

— Eh ! bien, reprit Porbus, n'en parlons plus. Mais avant que vous ne trouviez, même en Asie, une femme aussi belle, aussi parfaite que celle dont je parle, vous mourrez peut-être sans avoir achevé votre tableau.

— Oh ! il est fini, dit Frenhofer. Qui le verrait, croirait apercevoir une femme couchée sur un lit de velours, sous des courtines. Près d'elle un trépied d'or exhale des parfums. Tu serais tenté de prendre le gland des cordons qui retiennent les rideaux, et il te semblerait voir le sein de *Catherine Lescault*, une belle courtisane appelée *la Belle Noiseuse*, rendre le mouvement de sa respiration. Cependant, je voudrais bien être certain...

— Va donc en Asie, répondit Porbus en apercevant une sorte d'hésitation dans le regard de Frenhofer.

Et Porbus fit quelques pas vers la porte de la salle.

En ce moment, Gillette et Nicolas Poussin étaient arrivés près du logis de Frenhofer. Quand la jeune fille fut sur le point d'y entrer, elle quitta le bras du peintre, et se recula comme si elle eût été saisie par quelque soudain pressentiment.

— Mais que viens-je donc faire ici, demanda-t- elle à son amant d'un son de voix profond et en le regardant d'un œil fixe.

— Gillette, je t'ai laissée maîtresse et veux t'obéir en tout. Tu es ma conscience et ma gloire. Reviens au logis, je serai plus heureux, peut-être, que si tu...

— Suis-je à moi quand tu me parles ainsi ? Oh ! non, je ne suis plus qu'une enfant. – Allons, ajouta-t-elle en paraissant faire un violent effort, si notre amour périt, et si je mets dans mon cœur un long regret, ta célébrité ne sera-t-elle pas le prix de mon obéissance à tes désirs ? Entrons, ce sera vivre encore que d'être toujours comme un souvenir dans ta palette.

En ouvrant la porte de la maison, les deux amants se rencontrèrent

who, startled by the beauty of Gillette, whose eyes were then filled with tears, seized her, trembling from head to foot as she was, and said, leading her into the old man's presence:

"Look! is she not above all the masterpieces on earth?"

Frenhofer started. Gillette stood there in the ingenuous and unaffected attitude of a young Georgian girl, innocent and timid, abducted by brigands and offered for sale to a slave-merchant. A modest flush tinged her cheeks, she lowered her eyes, her hands were hanging at her side, her strength seemed to abandon her, and tears protested against the violence done to her modesty. At that moment Poussin, distressed beyond words because he had taken that lovely pearl from his garret, cursed himself. He became more lover than artist, and innumerable scruples tortured his heart when he saw the old man's kindling eye, as, in accordance with the habit of painters, he mentally disrobed the girl, so to speak, divining her most secret forms. Thereupon the young man reverted to the savage jealousy of true love.

"Let us go, Gillette," he cried.

At that tone, at that outcry, his mistress looked up at him in rapture, saw his face and ran into his arms.

"Ah! you do love me then?" she replied, melting into tears.

Although she had mustered energy to impose silence upon her suffering, she lacked strength to conceal her joy.

"Oh! leave her with me for a moment," said the old painter, "and you may compare her to my *Catherine*. Yes, I consent."

There was love in Frenhofer's cry, too. He seemed to be acting the part of a coquette for his counterfeit woman, and to enjoy in advance the triumph which the beauty of his creation would certainly win over that of a girl of flesh and blood.

"Do not let him retract!" cried Porbus, bringing his hand down on Poussin's shoulder. "The fruits of love soon pass away, those of art are immortal."

"In his eyes," retorted Gillette, looking earnestly at Poussin and Porbus, "in his eyes am I nothing more than a woman?"

She tossed her head proudly; but when, after a flashing glance at Frenhofer, she saw her lover gazing at the portrait which he had formerly mistaken for a Giorgione, she said:

"Ah! let us go up! He never looked at me like that."

avec Porbus qui, surprise par la beauté de Gillette dont les yeux étaient alors pleins de larmes, la saisit toute tremblante, et l'amenant devant le vieillard : – Tenez, dit-il, ne vaut-elle pas tous les chefs-d'œuvre du monde ?

Frenhofer tressaillit. Gillette était là, dans l'attitude naïve et simple d'une jeune Géorgienne innocente et peureuse, ravie et présentée par des brigands à quelque marchand d'esclaves. Une pudique rougeur colorait son visage, elle baissait les yeux, ses mains étaient pendantes à ses côtés, ses forces semblaient l'abandonner, et des larmes protestaient contre la violence faite à sa pudeur. En ce moment, Poussin, au désespoir d'avoir sorti ce beau trésor de son grenier, se maudit lui- même. Il devint plus amant qu'artiste, et mille scrupules lui torturèrent le cœur quand il vit l'œil rajeuni du vieillard, qui, par une habitude de peintre, déshabilla, pour ainsi dire, cette jeune fille en en devinant les formes les plus secrètes. Il revint alors à la féroce jalousie du véritable amour.

— Gillette, partons ! s'écria-t-il.

À cet accent, à ce cri, sa maîtresse joyeuse leva les yeux sur lui, le vit, et courut dans ses bras.

— Ah ! tu m'aimes donc, répondit-elle en fondant en larmes.

Après avoir eu l'énergie de taire sa souffrance, elle manquait de force pour cacher son bonheur.

— Oh ! laissez-la-moi pendant un moment, dit le vieux peintre, et vous la comparerez à ma Catherine. Oui, j'y consens.

Il y avait encore de l'amour dans le cri de Frenhofer. Il semblait avoir de la coquetterie pour son semblant de femme, et jouir par avance du triomphe que la beauté de sa vierge allait remporter sur celle d'une vraie jeune fille.

— Ne le laissez pas se dédire, s'écria Porbus en frappant sur l'épaule de Poussin. Les fruits de l'amour passent vite, ceux de l'art sont immortels.

— Pour lui, répondit Gillette en regardant attentivement le Poussin et Porbus, ne suis-je donc pas plus qu'une femme ? Elle leva la tête avec fierté ; mais quand, après avoir jeté un coup d'œil étincelant à Frenhofer, elle vit son amant occupé à contempler de nouveau le portrait qu'il avait pris naguère pour un Giorgion : – Ah ! dit- elle, montons ! Il ne m'a jamais regardée ainsi.

"Old man," said Poussin, roused from his meditation by Gillette's voice, "look at this sword: I will bury it in your heart at the first word of complaint that this girl utters; I will set fire to your house and no one shall leave it! Do you understand?"

Nicolas Poussin's face was dark, and his voice was terrible. The young painter's attitude, and above all his gesture, comforted Gillette, who almost forgave him for sacrificing her to painting and to his glorious future. Porbus and Poussin remained at the door of the studio, looking at each other in silence. Although, at first, the painter of *Mary the Egyptian* indulged in an exclamation or two: "Ah! she is undressing; he is telling her to stand in the light; now he is comparing her with the other!" he soon held his peace at the aspect of Poussin, whose face was profoundly wretched; and although the old painters had none of those scruples which seem so trivial in the presence of art, he admired them, they were so attractive and so innocent. The young man had his hand on the hilt of his dagger and his ear almost glued to the door. The two men, standing thus in the darkness, resembled two conspirators awaiting the moment to strike down a tyrant.

"Come in, come in," cried the old man, radiant with joy. "My work is perfect, and now I can show it with pride. Never will painter, brushes, colours, canvas, and light produce a rival to Catherine Lescault, the beautiful courtesan!"

Impelled by the most intense curiosity, Porbus and Poussin hurried to the centre of an enormous studio covered with dust, where everything was in disorder, and where they saw pictures hanging on the walls here and there. They paused at first in front of a life-size figure of a woman, half nude, which aroused their admiration.

"Oh, don't pay any attention to that," said Frenhofer; "that is a sketch that I dashed off to study a pose; it is worth nothing as a picture. There are some of my mistakes," he continued, pointing to a number of fascinating compositions hanging on the walls about them.

At those words, Porbus and Poussin, thunderstruck by his contempt for such works, looked about for the famous portrait, but could not discover it.

"Well, there it is!" said the old man, whose hair was dishevelled, whose face was inflamed by superhuman excitement, whose eyes sparkled, and who panted like a young man drunk with love. "Aha!" he

— Vieillard, reprit Poussin tiré de sa méditation par la voix de Gillette, vois cette épée, je la plongerai dans ton cœur au premier mot de plainte que prononcera cette jeune fille, je mettrai le feu à ta maison, et personne n'en sortira. Comprends-tu ?

Nicolas Poussin était sombre, et sa parole fut terrible. Cette attitude et surtout le geste du jeune peintre consolèrent Gillette qui lui pardonna presque de la sacrifier à la peinture et à son glorieux avenir. Porbus et Poussin restèrent à la porte de l'atelier, se regardant l'un l'autre en silence. Si, d'abord, le peintre de la *Marie égyptienne* se permit quelques exclamations : – Ah ! elle se déshabille, il lui dit de se mettre au jour ! Il la compare ! Bientôt il se tut à l'aspect du Poussin dont le visage était profondément triste ; et, quoique les vieux peintres n'aient plus de ces scrupules si petits en présence de l'art, il les admira tant ils étaient naïfs et jolis. Le jeune homme avait la main sur la garde de sa dague et l'oreille presque collée à la porte. Tous deux, dans l'ombre et debout, ressemblaient ainsi à deux conspirateurs attendant l'heure de frapper un tyran.

— Entrez, entrez, leur dit le vieillard rayonnant de bonheur. Mon œuvre est parfaite, et maintenant je puis la montrer avec orgueil. Jamais peintre, pinceaux, couleurs, toile et lumière ne feront une rivale à Catherine Lescault la belle courtisane.

En proie à une vive curiosité, Porbus et Poussin coururent au milieu d'un vaste atelier couvert de poussière, où tout était en désordre, où ils virent çà et là des tableaux accrochés aux murs. Ils s'arrêtèrent tout d'abord devant une figure de femme de grandeur naturelle, demi-nue, et pour laquelle ils furent saisis d'admiration.

— Oh ! ne vous occupez pas de cela, dit Frenhofer, c'est une toile que j'ai barbouillée pour étudier une pose, ce tableau ne vaut rien. Voilà mes erreurs, reprit-il en leur montrant de ravissantes compositions suspendues aux murs, autour d'eux.

À ces mots, Porbus et Poussin, stupéfaits de ce dédain pour de telles œuvres, cherchèrent le portrait annoncé, sans réussir à l'apercevoir.

— Eh ! bien, le voilà ! leur dit le vieillard dont les cheveux étaient en désordre, dont le visage était enflammé par une exaltation surnaturelle, dont les yeux pétillaient, et qui haletait comme un jeune homme ivre

cried, "you did not expect such absolute perfection! You are before a woman, and you are looking for a picture. There is so much depth on this canvas, the air is so real, that you cannot distinguish it from the air that surrounds us. Where is art? Lost, vanished! Behold the actual form of a young girl. Have I not obtained to perfection the colour, the sharpness of the line which seems to bound the body? Is it not the same phenomenon presented by objects in the atmosphere, as well as by fishes in the water? Observe how the outlines stand out from the background! Does it not seem to you that you could pass your hand over that back? Why, for seven years I studied the effects of the conjunction of light and of objects. And that hair, does not the light fairly inundate it? Why, she actually breathed, I believe!—Look at that bosom! Ah! who would not adore her on his knees? The flesh quivers. She is going to rise—wait!"

"Can you see anything?" Poussin asked Porbus.

"No. And you?"

"Nothing."

The two painters left the old man to his dreams, and looked to see whether the light, falling straight upon the canvas to which he was pointing, did not efface all the lines. They examined the picture from the right, from the left, and in front, alternately stooping and rising.

"Yes, yes, it's really canvas," said Frenhofer, mistaking the purpose of that careful scrutiny. "See, here is the frame and the easel, and here are my colours and my brushes."

And he seized a brush and handed it to them with an artless gesture.

"The old villain is making sport of us," said Poussin, returning to his position in front of the alleged picture. "I can see nothing but a confused mass of colours, surrounded by a multitude of curious lines which form a wall of painting."

"We were mistaken; look!" replied Porbus.

On going nearer, they saw in the corner of the canvas the end of a bare foot emerging from that chaos of vague colours and shades, that sort of shapeless mist; but a most lovely, a living foot! They stood speechless with admiration before that fragment, which had escaped a slow, relentless, incomprehensible destruction. That foot was like a bust of Venus in Parian marble, rising amid the ruins of a burned city.

d'amour. – Ah ! ah ! s'écria-t- il, vous ne vous attendiez pas à tant de perfection ! Vous êtes devant une femme et vous cherchez un tableau. Il y a tant de profondeur sur cette toile, l'air y est si vrai, que vous ne pouvez plus le distinguer de l'air qui nous environne. Où est l'art ? perdu, disparu ! Voilà les formes mêmes d'une jeune fille. N'ai-je pas bien saisi la couleur, le vif de la ligne qui paraît terminer le corps ? N'est-ce pas le même phénomène que nous présentent les objets qui sont dans l'atmosphère comme les poissons dans l'eau ? Admirez comme les contours se détachent du fond ? Ne semble-t-il pas que vous puissiez passer la main sur ce dos ? Aussi, pendant sept années, ai-je étudié les effets de l'accouplement du jour et des objets. Et ces cheveux, la lumière ne les inonde-t-elle pas ?... Mais elle a respiré, je crois !... Ce sein, voyez ? Ah ! qui ne voudrait l'adorer à genoux ? Les chairs palpitent. Elle va se lever, attendez.

— Apercevez-vous quelque chose ? demanda Poussin à Porbus.

— Non. Et vous ?

— Rien.

Les deux peintres laissèrent le vieillard à son extase, regardèrent si la lumière, en tombant d'aplomb sur la toile qu'il leur montrait, n'en neutralisait pas tous les effets. Ils examinèrent alors la peinture en se mettant à droite, à gauche, de face, en se baissant et se levant tour à tour.

— Oui, oui, c'est bien une toile, leur disait Frenhofer en se méprenant sur le but de cet examen scrupuleux. Tenez, voilà le châssis, le chevalet, enfin voici mes couleurs, mes pinceaux.

Et il s'empara d'une brosse qu'il leur présenta par un mouvement naïf.

— Le vieux lansquenet se joue de nous, dit Poussin en revenant devant le prétendu tableau. Je ne vois là que des couleurs confusément amassées et contenues par une multitude de lignes bizarres qui forment une muraille de peinture.

— Nous nous trompons, voyez !... reprit Porbus.

En s'approchant, ils aperçurent dans un coin de la toile le bout d'un pied nu qui sortait de ce chaos de couleurs, de tons, de nuances indécises, espèce de brouillard sans forme ; mais un pied délicieux, un pied vivant ! Ils restèrent pétrifiés d'admiration devant ce fragment échappé à une incroyable, à une lente et progressive destruction. Ce pied apparaissait là comme le torse de quelque Vénus en marbre de Paros qui

"There is a woman underneath!" cried Porbus, calling Poussin's attention to the coats of paint which the old painter had laid on one after another, thinking that he was perfecting his work.

The two artists turned impulsively towards Frenhofer, beginning to understand, although but vaguely, the state of ecstasy in which he lived.

"He acts in perfect good faith," said Porbus.

"Yes, my friend," said the old man, rousing himself, "one must have faith, faith in art, and must live a long while with his work, to produce such a creation. Some of those shadows have cost me many hours of toil. See, on the cheek, just below the eye, there is a faint penumbra, which, if you notice it in nature, will seem to you almost beyond reproduction. Well, do you think that that effect did not cost me unheard-of trouble? But look closely at my work, my dear Porbus, and you will understand better what I said to you as to the method of treating modelling and outlines. Look at the light on the breast, and see how, by a succession of strongly emphasised touches and retouches, I have succeeded in reproducing the real light, and in combining it with the polished whiteness of the light tones; and how by the opposite means, by effacing the lumps and the roughness of the colours, I have been able, by softly retouching the outline of my figure, drowned in the half-tint, to take away even a suggestion of drawing and of artificial means, and to give it the aspect and the roundness of nature itself. Go nearer, and you will see the work better. At a distance it is imperceptible. Look, just here it is very remarkable, I think."

And with the end of his brush he pointed out to the two painters a layer of light paint.

Porbus laid his hand on the old man's shoulder and said, turning to Poussin:

"Do you know that we have before us a very great painter?"

"He is even more poet than painter," replied Poussin, gravely.

"Here," rejoined Porbus, pointing to the canvas, "here ends our art on earth."

"And from here it soars upwards and disappears in the skies," said Poussin.

"How much pleasure is concentrated on this piece of canvas!" cried

surgirait parmi les décombres d'une ville incendiée.

— Il y a une femme là-dessous, s'écria Porbus en faisant remarquer à Poussin les courbes de couleurs que le vieux peintre avait successivement superposées en croyant perfectionner sa peinture.

Les deux peintres se tournèrent spontanément vers Frenhofer, en commençant à s'expliquer, mais vaguement, l'extase dans laquelle il vivait.

— Il est de bonne foi, dit Porbus.

— Oui, mon ami, répondit le vieillard en se réveillant, il faut de la foi, de la foi dans l'art, et vivre pendant longtemps avec son œuvre pour produire une création semblable. Quelques-unes de ces ombres m'ont coûté bien des travaux. Tenez, il y a là sur sa joue, au-dessous des yeux, une légère pénombre qui, si vous l'observez dans la nature, vous paraîtra presque intraduisible. Eh ! bien, croyez-vous qu'elle ne m'ait pas coûté des peines inouïes à reproduire ? Mais aussi, mon cher Porbus, regarde attentivement mon travail, et tu comprendras mieux ce que je te disais sur la manière de traiter le modelé et les contours. Regarde la lumière du sein, et vois comme, par une suite de touches et de *rehauts* fortement empâtés, je suis parvenu à accrocher la véritable lumière et à la combiner avec la blancheur luisante des tons éclairés ; et comme, par un travail contraire, en effaçant les saillies et le grain de la pâte, j'ai pu, à force de caresser le contour de ma figure, noyé dans la demi-teinte, ôter jusqu'à l'idée de dessin et de moyens artificiels, et lui donner l'aspect et la rondeur même de la nature. Approchez, vous verrez mieux ce travail. De loin, il disparaît. Tenez ! Là il est, je crois, très remarquable.

Et du bout de sa brosse, il désignait aux deux peintres un pâté de couleur claire.

Porbus frappa sur l'épaule du vieillard en se tournant vers Poussin : – Savez-vous que nous voyons en lui un bien grand peintre ? dit-il.

— Il est encore plus poète que peintre, répondit gravement Poussin.

— Là, reprit Porbus en touchant la toile, finit notre art sur terre.

— Et, de là, il va se perdre dans les cieux, dit Poussin.

— Combien de jouissances sur ce morceau de toile ! s'écria Porbus.

Porbus.

The old man, completely distraught, did not listen to them; he was smiling at that ideal woman.

"But sooner or later he will discover that there is nothing on his canvas!" exclaimed Poussin.

"Nothing on my canvas!" cried Frenhofer, gazing at the two painters and at his alleged picture in turn.

"What have you done?" whispered Porbus to Poussin.

The old man grasped the young man's arm violently, and said to him:

"You see nothing, you clown! you boor! you idiot! you villain! Then why did you come up here?—My dear Porbus," he continued, turning towards the painter; "is it possible that you too would mock at me? I am your friend; tell me, have I spoiled my picture?"

Porbus hesitated, not daring to say anything; but the anxiety depicted on the old man's pale face was so heartrending that he pointed to the canvas, saying:

"Look!"

Frenhofer gazed at his picture for a moment, and staggered.

"Nothing! nothing! and after working ten years!"

He sat down and wept.

"So I am an idiot, a madman! I have neither talent nor capacity! I am nothing more than a rich man, who, when I walk, do nothing but walk! So I have produced nothing!"

He gazed at his canvas through his tears; suddenly he rose with a gesture of pride and cast a flashing glance at the two painters.

"By the blood, by the body, by the head of the Christ! you are jealous hounds who wish to make me believe that it is spoiled, in order to steal it from me! But I can see her!" he cried, "and she is wonderfully lovely!"

At that moment, Poussin heard Gillette crying in a corner where she was cowering, entirely forgotten.

"What is the matter, my angel?" asked the painter, suddenly become the lover once more.

"Kill me!" she said. "I should be a shameless creature to love you still, for I despise you. I admire you and I have a horror of you! I love you, and I believe that I hate you already."

While Poussin listened to Gillette. Frenhofer covered his *Catherine* with a green curtain, with the calm gravity of a jeweller closing his

Le vieillard absorbé ne les écoutait pas, et souriait à cette femme imaginaire.

— Mais, tôt ou tard, il s'apercevra qu'il n'y a rien sur sa toile, s'écria Poussin.

— Rien sur ma toile, dit Frenhofer en regardant tour à tour les deux peintes et son prétendu tableau.

— Qu'avez-vous fait ! répondit Porbus à Poussin.

Le vieillard saisit avec force le bras du jeune homme et lui dit : – Tu ne vois rien, manant ! maheustre ! bélître ! bardache ! Pourquoi donc es-tu monté ici ? – Mon bon Porbus, reprit-il en se tournant vers le peintre, est-ce que, vous aussi, vous vous joueriez de moi ? Répondez ! Je suis votre ami, dites, aurais je donc gâté mon tableau ?

Porbus, indécis, n'osa rien dire ; mais l'anxiété peinte sur la physionomie blanche du vieillard était si cruelle, qu'il montra la toile en disant :

— Voyez !

Frenhofer contempla son tableau pendant un moment et chancela.

— Rien, rien ! Et avoir travaillé dix ans !

Il s'assit et pleura.

— Je suis donc un imbécile, un fou ! je n'ai donc ni talent, ni capacité, je ne suis plus qu'un homme riche qui, en marchant, ne fait que marcher ! Je n'aurai donc rien produit !

Il contempla sa toile à travers ses larmes, il se releva tout à coup avec fierté, et jeta sur les deux peintres un regard étincelant.

— Par le sang, par le corps, par la tête du Christ, vous êtes des jaloux qui voulez me faire croire qu'elle est gâtée pour me la voler ! Moi, je la vois ! cria-t-il, elle est merveilleusement belle.

En ce moment, Poussin entendit les pleurs de Gillette, oubliée dans un coin.

— Qu'as-tu, mon ange ? lui demanda le peintre redevenu subitement amoureux.

— Tue-moi ! dit-elle. Je serais une infâme de t'aimer encore, car je te méprise. Je t'admire, et tu me fais horreur. Je t'aime et je crois que je te hais déjà.

Pendant que Poussin écoutait Gillette, Frenhofer recouvrait sa Catherine d'une serge verte, avec la sérieuse tranquillité d'un joaillier

drawers when he thinks that he is in the company of clever thieves. He bestowed upon the two painters a profoundly cunning glance, full of contempt and suspicion, and silently ushered them out of his studio, with convulsive haste; then standing in his doorway, he said to them:

"Adieu, my little friends."

That "adieu" horrified the two painters. The next day Porbus, in his anxiety, went again to see Frenhofer, and learned that he had died in the night, after burning all his pictures.

1831.

qui ferme ses tiroirs en se croyant en compagnie d'adroits larrons. Il jeta sur les deux peintres un regard profondément sournois, plein de mépris et de soupçon, les mit silencieusement à la porte de son atelier, avec une promptitude convulsive. Puis, il leur dit sur le seuil de son logis : – Adieu, mes petits amis.

Cet adieu glaça les deux peintres. Le lendemain, Porbus inquiet, revint voir Frenhofer, et apprit qu'il était mort dans la nuit, après avoir brûlé ses toiles.

Paris, février 1832.

A Seashore Drama

To MADAME LA PRINCESSE CAROLINE GALITZIN DE
GENTHOD, NÉE COMTESSE WALEWSKA:
The author's homage and remembrances.

Un drame au bord de la mer

À madame la princesse Caroline Gallitzin de Genthod, née comtesse Walewska.

Hommage et souvenir de l'auteur.

Young men almost always have a pair of compasses with which they delight to measure the future; when their will is in accord with the size of the angle which they make, the world is theirs. But this phenomenon of moral life takes place only at a certain age. That age, which in the case of all men comes between the years of twenty-two and twenty-eight, is the age of noble thoughts, the age of first conceptions, because it is the age of unbounded desires, the age at which one doubts nothing; he who talks of doubt speaks of impotence. After that age, which passes as quickly as the season for sowing, comes the age of execution. There are in a certain sense two youths: one during which one thinks, the other during which one acts; often they are blended, in men whom nature has favoured, and who, like Caesar, Newton, and Bonaparte, are the greatest among great men.

I was reckoning how much time a thought needs to develop itself; and, compasses in hand, standing on a cliff a hundred fathoms above the ocean, whose waves played among the reefs, I laid out my future, furnishing it with works, as an engineer draws fortresses and palaces upon vacant land. The sea was lovely; I had just dressed after bathing; I was waiting for Pauline, my guardian angel, who was bathing in a granite bowl full of white sand, the daintiest bath-tub that Nature ever designed for any of her sea-fairies. We were at the extreme point of Le Croisic, a tiny peninsula of Brittany; we were far from the harbour, in a spot which the authorities considered so inaccessible that the customs-officers almost never visited it. To swim in the air after swimming in the sea! Ah! who would not have swum into the future? Why did I think? Why does evil happen? Who knows? Ideas come to your heart, or your brain, without consulting you. No courtesan was ever more whimsical or more imperious than is conception in an artist; it must be caught, like fortune, by the hair, when it comes. Clinging to my thought, as Astolphe clung to his hippogriff, I galloped through the world, arranging everything therein to suit my pleasure.

When I looked about me in search of some omen favourable to the audacious schemes which my wild imagination advised me to undertake, a sweet cry, the cry of a woman calling in the silence of the desert, the cry of a woman coming from the bath, refreshed and joyous, drowned the murmur of the fringe of foam tossed constantly back and forth by the rising and falling of the waves in the indentations of the

Les jeunes gens ont presque tous un compas avec lequel ils se plaisent à mesurer l'avenir ; quand leur volonté s'accorde avec la hardiesse de l'angle qu'ils ouvrent, le monde est à eux. Mais ce phénomène de la vie morale n'a lieu qu'à un certain âge. Cet âge, qui pour tous les hommes se trouve entre vingt-deux et vingt-huit ans, est celui des grandes pensées, l'âge des conceptions premières, parce qu'il est l'âge des immenses désirs, l'âge où l'on ne doute de rien : qui dit doute, dit impuissance. Après cet âge rapide comme une semaison, vient celui de l'exécution. Il est en quelque sorte deux jeunesses, la jeunesse durant laquelle on croit, la jeunesse pendant laquelle on agit ; souvent elles se confondent chez les hommes que la nature a favorisés, et qui sont, comme César, Newton et Bonaparte, les plus grands parmi les grands hommes.

Je mesurais ce qu'une pensée veut de temps pour se développer ; et, mon compas à la main, debout sur un rocher, à cent toises au-dessus de l'Océan, dont les lames se jouaient dans les brisants, j'arpentais mon avenir en le meublant d'ouvrages, comme un ingénieur qui, sur un terrain vide, trace des forteresses et des palais. La mer était belle, je venais de m'habiller après avoir nagé, j'attendais Pauline, mon ange gardien, qui se baignait dans une cuve de granit pleine d'un sable fin, la plus coquette baignoire que la nature ait dessinée pour ses fées marines. Nous étions à l'extrémité du Croisic, une mignonne presqu'île de la Bretagne ; nous étions loin du port, dans un endroit que le Fisc a jugé tellement inabordable que le douanier n'y passe presque jamais. Nager dans les airs après avoir nagé dans la mer ! ah ! qui n'aurait nagé dans l'avenir ? Pourquoi pensais-je ? pourquoi vient un mal ? qui le sait ? Les idées vous tombent au cœur ou à la tête sans vous consulter. Nulle courtisane ne fut plus fantasque ni plus impérieuse que ne l'est la Conception pour les artistes ; il faut la prendre comme la Fortune, à pleins cheveux, quand elle vient. Grimpé sur ma pensée comme Astolphe sur son hippogriffe, je chevauchais donc à travers le monde, en y disposant de tout à mon gré. Quand je voulus chercher autour de moi quelque présage pour les audacieuses constructions que ma folle imagination me conseillait d'entreprendre, un joli cri, le cri d'une femme qui vous appelle dans le silence d'un désert, le cri d'une femme qui sort du bain, ranimée, joyeuse, domina le murmure des franges incessamment mobiles que dessinaient le flux et le reflux sur les décou-

shore. When I heard that note, uttered by the soul, I fancied that I had seen on the cliff the foot of an angel, who, as she unfolded her wings, had called to me: "Thou shalt have success!" I descended, radiant with joy and light as air; I went bounding down, like a stone down a steep slope. When she saw me, she said to me: "What is the matter?" I did not answer, but my eyes became moist. The day before, Pauline had understood my pain, as she understood at that moment my joy, with the magical sensitiveness of a harp which follows the variations of the atmosphere. The life of man has some glorious moments! We walked silently along the shore. The sky was cloudless, the sea without a ripple; others would have seen only two blue plains, one above the other; but we who understood each other without need of speech, we who could discover between those two swaddling-cloths of infinity the illusions with which youth is nourished, we pressed each other's hand at the slightest change which took place either in the sheet of water or in the expanse of air; for we took those trivial phenomena for material interpretations of our twofold thought.

Who has not enjoyed that unbounded bliss in pleasure, when the soul seems to be released from the bonds of the flesh, and to be restored as it were to the world whence it came? Pleasure is not our only guide in those regions. Are there not times when the sentiments embrace each other as of their own motion, and fly thither, like two children who take each other's hands and begin to run without knowing why or whither? We walked along thus.

At the moment that the roofs of the town appeared on the horizon, forming a grayish line, we met a poor fisherman who was returning to Le Croisic. His feet were bare, his canvas trousers were ragged on the edges, with many holes imperfectly mended; he wore a shirt of sailcloth, wretched list suspenders, and his jacket was a mere rag. The sight of that misery distressed us—a discord, as it were, in the midst of our harmony. We looked at each other, to lament that we had not at that moment the power to draw upon the treasury of Aboul-Cacem. We saw a magnificent lobster and a crab hanging by a cord which the fisherman carried in his right hand, while in the other he had his nets and his fishing apparatus. We accosted him, with the purpose of buying his fish, an idea which occurred to both of us, and which expressed itself in a smile, to which I replied by slightly pressing the arm which I held and drawing

pures de la côte. En entendant cette note jaillie de l'âme, je crus avoir vu dans les rochers le pied d'un ange qui, déployant ses ailes, s'était écrié : – Tu réussiras ! Je descendis, radieux, léger ; je descendis en bondissant comme un caillou jeté sur une pente rapide. Quand elle me vit, elle me dit : – Qu'as-tu ? Je ne répondis pas, mes yeux se mouillèrent. La veille, Pauline avait compris mes douleurs, comme elle comprenait en ce moment mes joies, avec la sensibilité magique d'une harpe qui obéit aux variations de l'atmosphère. La vie humaine a de beaux moments ! Nous allâmes en silence le long des grèves. Le ciel était sans nuages, la mer était sans rides ; d'autres n'y eussent vu que deux steppes bleus l'un sur l'autre ; mais nous, nous qui nous entendions sans avoir besoin de la parole, nous qui pouvions faire jouer entre ces deux langes de l'infini, les illusions avec lesquelles on se repaît au jeune âge, nous nous serrions la main au moindre changement que présentaient, soit la nappe d'eau, soit les nappes de l'air, car nous prenions ces légers phénomènes pour des traductions matérielles de notre double pensée. Qui n'a pas savouré dans les plaisirs ce moment de joie illimitée où l'âme semble s'être débarrassée des liens de la chair, et se trouver comme rendue au monde d'où elle vient ? Le plaisir n'est pas notre seul guide en ces régions. N'est-il pas des heures où les sentiments s'enlacent d'eux-mêmes et s'y élancent, comme souvent deux enfants se prennent par la main et se mettent à courir sans savoir pourquoi. Nous allions ainsi. Au moment où les toits de la ville apparurent à l'horizon en y traçant une ligne grisâtre, nous rencontrâmes un pauvre pêcheur qui retournait au Croisic ; ses pieds étaient nus, son pantalon de toile était déchiqueté par le bas, troué, mal raccommodé ; puis, il avait une chemise de toile à voile, de mauvaises bretelles en lisière, et pour veste un haillon. Cette misère nous fit mal, comme si c'eût été quelque dissonance au milieu de nos harmonies. Nous nous regardâmes pour nous plaindre l'un à l'autre de ne pas avoir en ce moment le pouvoir de puiser dans les trésors d'Aboul-Casem. Nous aperçûmes un superbe homard et une araignée de mer accrochés à une cordelette que le pêcheur balançait dans sa main droite, tandis que de l'autre il maintenait ses agrès et ses engins. Nous l'accostâmes, dans l'intention de lui acheter sa pêche, idée qui nous vint à tous deux et qui s'exprima dans un sourire auquel je répondis par une légère pression du bras que je tenais et que je ramenai près de mon cœur. C'est de ces riens dont

it closer to my heart. It was one of those nothings which the memory afterward transforms into a poem, when, sitting by the fire, we recall the time when that nothing moved us, the place where it happened, and that mirage, the effects of which have never been defined, but which often exerts an influence upon the objects which surround us, when life is pleasant and our hearts are full.

The loveliest places are simply what we make them. Who is the man, however little of a poet he may be, who has not in his memory a bowlder that occupies more space than the most famous landscape visited at great expense? Beside that bowlder what tempestuous thoughts! there, a whole life mapped out; here, fears banished; there, rays of hope entered the heart. At that moment, the sun, sympathising with these thoughts of love and of the future, cast upon the yellowish sides of that cliff an ardent beam; some mountain wild-flowers attracted the attention; the tranquillity and silence magnified that uneven surface, in reality dark of hue, but made brilliant by the dreamer; then it was beautiful, with its meagre vegetation, its warm-hued camomile, its Venus's hair, with the velvety leaves. A prolonged festivity, superb decorations, placid exaltation of human strength! Once before, the Lake of Bienne, seen from Île St.-Pierre, had spoken to me thus; perhaps the cliff of Le Croisic would be the last of those delights. But, in that case, what would become of Pauline?

"You have had fine luck this morning, my good man," I said to the fisherman.

"Yes, monsieur," he replied, stopping to turn towards us the tanned face of those who remain for hours at a time exposed to the reflection of the sun on the water.

That face indicated endless resignation; the patience of the fisherman, and his gentle manners. That man had a voice without trace of harshness, kindly lips, no ambition; an indefinably frail and sickly appearance. Any other type of face would have displeased us.

"Where are you going to sell your fish?"

"At the town."

"How much will you get for the lobster?"

"Fifteen sous."

"And for the crab?"

"Twenty sous."

"Why so much difference between the lobster and the crab?"

plus tard le souvenir fait des poèmes, quand auprès du feu nous nous rappelons l'heure où ce rien nous a émus, le lieu où ce fut, et ce mirage dont les effets n'ont pas encore été constatés, mais qui s'exerce souvent sur les objets qui nous entourent dans les moments où la vie est légère et où nos cœurs sont pleins. Les sites les plus beaux ne sont que ce que nous les faisons. Quel homme un peu poète n'a dans ses souvenirs un quartier de roche qui tient plus de place que n'en ont pris les plus célèbres aspects de pays cherchés à grand frais ! Près de ce rocher, de tumultueuses pensées ; là, toute une vie employée, là des craintes dissipées ; là des rayons d'espérance sont descendus dans l'âme. En ce moment, le soleil, sympathisant avec ces pensées d'amour ou d'avenir, a jeté sur les flancs fauves de cette roche une lueur ardente ; quelques fleurs des montagnes attiraient l'attention ; le calme et le silence grandissaient cette anfractuosité sombre en réalité, colorée par le rêveur ; alors elle était belle avec ses maigres végétations, ses camomilles chaudes, ses cheveux de Vénus aux feuilles veloutées. Fête prolongée, décorations magnifiques, heureuse exaltation des forces humaines ! Une fois déjà le lac de Bienne, vu de l'île Saint-Pierre, m'avait ainsi parlé ; le rocher du Croisic sera peut-être la dernière de ces joies ! Mais alors, que deviendra Pauline ?

— Vous avez fait une belle pêche ce matin, mon brave homme ? dis-je au pêcheur.

— Oui, monsieur, répondit-il en s'arrêtant et nous montrant la figure bistrée des gens qui restent pendant des heures entières exposés à la réverbération du soleil sur l'eau.

Ce visage annonçait une longue résignation, la patience du pêcheur et ses mœurs douces. Cet homme avait une voix sans rudesse, des lèvres bonnes, nulle ambition, je ne sais quoi de grêle, de chétif. Toute autre physionomie nous aurait déplu.

— Où allez-vous vendre ça ?

— À la ville.

— Combien vous paiera-t-on le homard ?

— Quinze sous.

— L'araignée ?

— Vingt sous.

— Pourquoi tant de différence entre le homard et l'araignée ?

"The crab is much more delicate, monsieur; and then it's as cunning as a monkey, and don't often allow itself to be caught."

"Will you let us have both for a hundred sous?" said Pauline.

The man was thunderstruck.

"You sha'n't have them!" I said laughingly; "I will give ten francs. We must pay for emotions all that they are worth."

"Very well," she replied, "I propose to have them; I will give ten francs two sous."

"Ten sous."

"Twelve francs."

"Fifteen francs."

"Fifteen francs fifty," she said.

"One hundred francs."

"One hundred and fifty."

I bowed. At that moment we were not rich enough to carry the bidding any farther. The poor fisherman did not know whether he ought to be angry as at a practical joke, or to exult; we relieved him from his dilemma by giving him the name of our landlady and telling him to take the lobster and the crab to her house.

"Do you earn a living?" I asked him, in order to ascertain to what cause his destitution should be attributed.

"With much difficulty and many hardships," he replied. "Fishing on the seashore, when you have neither boat nor nets, and can fish only with a line, is a risky trade. You see you have to wait for the fish or the shell-fish to come, while the fishermen with boats can go out to sea after them. It is so hard to earn a living this way, that I am the only man who fishes on the shore. I pass whole days without catching anything. The only way I get anything is when a crab forgets himself and goes to sleep, as this one did, or a lobster is fool enough to stay on the rocks. Sometimes, after a high sea, the wolf-fish come in, and then I grab them."

"Well, take one day with another, what do you earn?"

"Eleven or twelve sous. I could get along with that if I were alone; but I have my father to support, and the poor man can't help me, for he's blind."

At that sentence, uttered with perfect simplicity, Pauline and I looked at each other without a word.

"You have a wife or a sweetheart?"

— Monsieur, l'araignée (il la nommait une *iraigne*) est bien plus délicate ! puis elle est maligne comme un singe, et se laisse rarement prendre.

— Voulez-vous nous donner le tout pour cent sous ? dit Pauline.

L'homme resta pétrifié.

— Vous ne l'aurez pas ! dis-je en riant, j'en donne dix francs. Il faut
savoir payer les émotions ce qu'elles valent.

— Eh ! bien, répondit-elle, je l'aurai ! j'en donne dix francs deux sous.

— Dix sous.

— Douze francs.

— Quinze francs.

— Quinze francs cinquante centimes, dit-elle.

— Cent francs.

— Cent cinquante.

Je m'inclinai. Nous n'étions pas en ce moment assez riches pour
pousser plus haut cette enchère. Notre pauvre pêcheur ne savait pas s'il
devait se fâcher d'une mystification ou se livrer à la joie, nous le tirâmes
de peine en lui donnant le nom de notre hôtesse et lui recommandant
de porter chez elle le homard et l'araignée.

— Gagnez-vous votre vie ? lui demandai-je pour savoir à quelle cause
devait être attribué son dénuement.

— Avec bien de la peine et en souffrant bien des misères, me dit-il.
La pêche au bord de la mer, quand on n'a ni barque ni filets et qu'on ne
peut la faire qu'aux engins ou à la ligne, est un chanceux métier. Voyez-
vous, il faut y attendre le poisson ou le coquillage, tandis que les grands
pêcheurs vont le chercher en pleine mer. Il est si difficile de gagner sa vie
ainsi, que je suis le seul qui pêche à la côte. Je passe des journées entières
sans rien rapporter. Pour attraper quelque chose, il faut qu'une iraigne
se soit oubliée à dormir comme celle-ci, ou qu'un homard soit assez
étourdi pour rester dans les rochers. Quelquefois il y vient des lubines
après la haute mer, alors je les empoigne.

— Enfin, l'un portant l'autre, que gagnez-vous par jour ?

— Onze à douze sous. Je m'en tirerais, si j'étais seul, mais j'ai mon
père à nourrir, et le bonhomme ne peut pas m'aider, il est aveugle.

À cette phrase, prononcée simplement, nous nous regardâmes,
Pauline et moi, sans mot dire.

— Vous avez une femme ou quelque bonne amie ?

He cast at us one of the most pitiful glances that I ever saw, as he replied:

"If I had a wife, then I should have to let my father go; I couldn't support him, and a wife and children too."

"Well, my poor fellow, how is it that you don't try to earn more by carrying salt to the harbour, or by working in the salt marshes?"

"Oh? I couldn't do that for three months, monsieur. I am not strong enough; and if I should die, my father would have to beg. What I must have is a trade that requires very little skill and a great deal of patience."

"But how can two people live on twelve sous a day?"

"Oh, monsieur, we eat buckwheat cakes, and barnacles that I take off the rocks."

"How old are you?"

"Thirty-seven."

"Have you ever been away from here?"

"I went to Guérande once, to draw my lot in the draft, and I went to Savenay, to show myself to some gentlemen who measured me. If I had been an inch taller I should have been drafted. I should have died on the first long march, and my poor father would have been asking alms to-day."

I had thought out many dramas; Pauline was accustomed to intense emotions, living with a man in my condition of health; but neither of us had ever listened to more touching words than those of that fisherman. We walked some distance in silence, both of us measuring the silent depths of that unknown life, admiring the nobility of that self-sacrifice which was unconscious of itself; the strength of his weakness surprised us; that unconscious generosity made us small in our own eyes. I saw that poor creature, all instinct, chained to that rock as a galley-slave is chained to his ball, watching for twenty years for shell-fish to support himself, and sustained in his patience by a single sentiment. How many hours passed on the edge of that beach! how many hopes crushed by a squall, by a change of weather! He hung over the edge of a granite shelf, his arms stretched out like those of an Indian fakir, while his father, sitting on a stool, waited in silence and darkness for him to bring him the

Il nous jeta l'un des plus déplorables regards que j'aie vus, en répondant : – Si j'avais une femme, il faudrait donc abandonner mon père ; je ne pourrais pas le nourrir et nourrir encore une femme et des enfants.

— Hé ! bien, mon pauvre garçon, comment ne cherchez-vous pas à gagner davantage en portant du sel sur le port ou en travaillant aux marais salants !

— Ha ! monsieur, je ne ferais pas ce métier pendant trois mois. Je ne suis pas assez fort, et si je mourais, mon père serait à la mendicité. Il me fallait un métier qui ne voulût qu'un peu d'adresse et beaucoup de patience.

— Et comment deux personnes peuvent-elles vivre avec douze sous par jour ?

— Oh ! monsieur, nous mangeons des galettes de sarrasin et des bernicles que je détache des rochers.

— Quel âge avez-vous donc ?

— Trente-sept ans.

— Êtes-vous sorti d'ici ?

— Je suis allé une fois à Guérande pour tirer à la milice, et suis allé à Savenay pour me faire voir à des messieurs qui m'ont mesuré. Si j'avais eu un pouce de plus, j'étais soldat. Je serais crevé à la première fatigue, et mon pauvre père demanderait aujourd'hui la charité.

J'avais pensé bien des drames ; Pauline était habituée à de grandes émotions, près d'un homme souffrant comme je le suis ; eh ! bien, jamais ni l'un ni l'autre nous n'avions entendu de paroles plus émouvantes que ne l'étaient celles de ce pêcheur. Nous fîmes quelques pas en silence, mesurant tous deux la profondeur muette de cette vie inconnue, admirant la noblesse de ce dévouement qui s'ignorait lui-même ; la force de cette faiblesse nous étonna ; cette insoucieuse générosité nous rapetissa. Je voyais ce pauvre être tout instinctif rivé sur ce rocher comme un galérien l'est à son boulet, y guettant depuis vingt ans des coquillages pour gagner sa vie, et soutenu dans sa patience par un seul sentiment. Combien d'heures consumées au coin d'une grève ! Combien d'espérances renversées par un grain, par un changement de temps ! Il restait suspendu au bord d'une table de granit, le bras tendu comme celui d'un fakir de l'Inde, tandis que son père, assis sur une escabelle, attendait,

coarsest of shell-fish and of bread, if the sea were willing.

"Do you ever drink wine?" I asked him.

"Three or four times a year."

"Well, you shall drink some to-day, you and your father, and we will send you a white loaf."

"You are very kind, monsieur."

"We will give you your dinner, if you will guide us along the shore as far as Batz, where we are going, to see the tower which overlooks the basin and the coast between Batz and Le Croisic."

"With pleasure," he said. "Go straight ahead, follow the road you are now on; I will overtake you after I have got rid of my fish and my tackle."

We nodded simultaneously, and he hurried off towards the town, light at heart. That meeting held us in the same mental situation in which we were previously, but it had lowered our spirits.

"Poor man!" said Pauline, with that accent which takes away from a woman's compassion whatever there may be offensive in pity; "does it not make one feel ashamed to be happy when one sees such misery?"

"Nothing is more cruel than to have impotent desires," I replied. "Those two poor creatures, father and son, will no more know how keen our sympathy is than the world knows how noble their lives are; for they are laying up treasures in heaven."

"What a wretched country!" she said, as she pointed out to me, along a field surrounded by a loose stone wall, lumps of cow-dung arranged symmetrically. "I asked some one what those were. A peasant woman, who was putting them in place, answered that she was *making wood*. Just fancy, my dear, that when these blocks of dung are dried, these poor people gather them, pile them up, and warm themselves with them. During the winter they are sold, like lumps of peat. And what do you suppose the best paid dressmaker earns? Five sous a day," she said, after a pause; "but she gets her board."

"See," I said to her, "the winds from the ocean wither or uproot everything; there are no trees; the wrecks of vessels that are beyond use are sold to the rich, for the cost of transportation prevents them from using the firewood in which Brittany abounds. This province is beautiful only to great souls; people without courage could not live here; it is

dans le silence et dans les ténèbres, le plus grossier des coquillages, et du pain, si le voulait la mer.

— Buvez-vous quelquefois du vin ? lui demandai-je.

— Trois ou quatre fois par an.

— Hé ! bien, vous en boirez aujourd'hui, vous et votre père, et nous vous enverrons un pain blanc.

— Vous êtes bien bon, monsieur.

— Nous vous donnerons à dîner si vous voulez nous conduire par le bord de la mer jusqu'à Batz, où nous irons voir la tour qui domine le bassin et les côtes entre Batz et le Croisic.

— Avec plaisir, nous dit-il. Allez droit devant vous, en suivant le chemin dans lequel vous êtes, je vous y retrouverai après m'être débarrassé de mes agrès et de ma pêche.

Nous fîmes un même signe de consentement, et il s'élança joyeusement vers la ville. Cette rencontre nous maintint dans la situation morale où nous étions, mais elle en avait affaibli la gaieté.

— Pauvre homme ! me dit Pauline avec cet accent qui ôte à la compassion d'une femme ce que la pitié peut avoir de blessant, n'a-t-on pas honte de se trouver heureux en voyant cette misère ?

— Rien n'est plus cruel que d'avoir des désirs impuissants, lui répondis-je. Ces deux pauvres êtres, le père et le fils, ne sauront pas plus combien ont été vives nos sympathies que le monde ne sait combien leur vie est belle, car ils amassent des trésors dans le ciel.

— Le pauvre pays ! dit-elle en me montrant le long d'un champ environné d'un mur à pierres sèches, des bouses de vache appliquées symétriquement. J'ai demandé ce que c'était que cela. Une paysanne, occupée à les coller, m'a répondu qu'elle *faisait du bois*. Imaginez-vous, mon ami, que, quand ces bouses sont séchées, ces pauvres gens les récoltent, les entassent et s'en chauffent. Pendant l'hiver, on les vend comme on vend les mottes de tan. Enfin, que crois-tu que gagne la couturière la plus chèrement payée ? Cinq sous par jour, dit-elle après une pause ; mais on la nourrit.

— Vois, lui dis-je, les vents de mer dessèchent ou renversent tout, il n'y a point d'arbres ; les débris des embarcations hors de service se vendent aux riches, car le prix des transports les empêche sans doute de consommer le bois de chauffage dont abonde la Bretagne. Ce pays n'est beau que pour les grandes âmes ; les gens sans cœur n'y vivraient pas ; il

no place for anybody except poets or barnacles. The storehouse for salt had to be built on the cliff, to induce anybody to live in it. On one side, the sea; on the other, the sands; above, space."

We had already passed the town and were within the species of desert which separates Le Croisic from the village of Batz. Imagine, my dear uncle, a plain two leagues in length, covered by the gleaming sand that we see on the seashore. Here and there a few rocks raised their heads, and you would have said that they were gigantic beasts lying among the dunes. Along the shore there is an occasional reef, about which the waves play, giving them the aspect of great white roses floating on the liquid expanse and coming to rest on the shore. When I saw that plain bounded by the ocean on the right, and on the left by the great lake that flows in between Le Croisic and the sandy heights of Guérande, at the foot of which there are salt marshes absolutely without vegetation, I glanced at Pauline and asked her if she had the courage to defy the heat of the sun, and the strength to walk through the sand.

"I have on high boots; let us go thither," she said, pointing to the tower of Batz, which circumscribed the view by its enormous mass, placed there like a pyramid, but a slender, indented pyramid, so poetically adorned that it allowed the imagination to see in it the first ruins of a great Asiatic city. We walked a few yards and sat down under a rock which was still in the shadow; but it was eleven o'clock in the morning, and that shadow, which ceased at our feet, rapidly disappeared.

"How beautiful the silence is," she said to me; "and how its intensity is increased by the regular plashing of the sea on the beach!"

"If you choose to abandon your understanding to the three immensities that surround us, the air, the water, and the sand, listening solely to the repeated sound of the flow and the outflow," I replied, "you will not be able to endure its language; you will fancy that you discover therein a thought which will overwhelm you. Yesterday, at sunset, I had that sensation; it prostrated me."

"Oh, yes, let us talk," she said, after a long pause. "No orator can be more terrible than this silence. I fancy that I have discovered the causes of the harmony which surrounds us," she continued. "This landscape,

ne peut être habité que par des poètes ou par des bernicles. N'a-t-il pas fallu que l'entrepôt du sel se plaçât sur ce rocher pour qu'il fût habité. D'un côté, la mer ; ici, des sables ; en haut, l'espace.

Nous avions déjà dépassé la ville, et nous étions dans l'espèce de désert qui sépare le Croisic du bourg de Batz. Figurez-vous, mon cher oncle, une lande de deux lieues remplie par le sable luisant qui se trouve au bord de la mer. Çà et là quelques rochers y levaient leurs têtes, et vous eussiez dit des animaux gigantesques couchés dans les dunes. Le long de la mer apparaissaient quelques récifs autour desquels se jouait l'eau en leur donnant l'apparence de grandes roses blanches flottant sur l'étendue liquide et venant se poser sur le rivage. En voyant cette savane terminée par l'Océan sur la droite, bordée sur la gauche par le grand lac que fait l'irruption de la mer entre le Croisic et les hauteurs sablonneuses de Guérande, au bas desquelles se trouvent des marais salants dénués de végétation, je regardai Pauline en lui demandant si elle se sentait le courage d'affronter les ardeurs du soleil et la force de marcher dans le sable.

— J'ai des brodequins, allons-y, me dit-elle en me montrant la tour de Batz qui arrêtait la vue par une immense construction placée là comme une pyramide, mais une pyramide fuselée, découpée, une pyramide si poétiquement ornée qu'elle permettait à l'imagination d'y voir la première des ruines d'une grande ville asiatique. Nous fîmes quelques pas pour aller nous asseoir sur la portion d'une roche qui se trouvait encore ombrée ; mais il était onze heures du matin, et cette ombre, qui cessait à nos pieds, s'effaçait avec rapidité.

— Combien ce silence est beau, me dit-elle, et comme la profondeur en est étendue par le retour égal du frémissement de la mer sur cette plage !

— Si tu veux livrer ton entendement aux trois immensités qui nous entourent, l'eau, l'air et les sables, en écoutant exclusivement le son répété du flux et du reflux, lui répondis-je, tu n'en supporteras pas le langage, tu croiras y découvrir une pensée qui t'accablera. Hier, au coucher du soleil, j'ai eu cette sensation ; elle m'a brisé.

— Oh ! oui, parlons, dit-elle après une longue pause. Aucun orateur n'est plus terrible. Je crois découvrir les causes des harmonies qui nous environnent, reprit-elle. Ce paysage, qui n'a que trois cou-

which has only three sharp colours, the brilliant yellow of the sand, the blue of the sky, and the smooth green of the sea, is grand without being wild, it is immense without being a desert, it is changeless without being monotonous; it has only three elements, but it is diversified."

"Women alone can express their impressions thus," I replied; "you would drive a poet to despair, dear heart, whom I divined so perfectly."

"The excessive noonday heat imparts a gorgeous colour to those three expressions of infinity," replied Pauline, laughing. "I can imagine here the poesy and the passion of the Orient."

"And I can imagine its despair."

"Yes," she said; "that dune is a sublime cloister."

We heard the hurried step of our guide; he had dressed himself in his best clothes. We said a few formal words to him; he evidently saw that our frame of mind had changed, and, with the reserve that misfortune imparts, he kept silent. Although we pressed each other's hands from time to time, to advise each other of the unity of our impressions, we walked for half an hour in silence, whether because we were overwhelmed by the heat, which rose in shimmering waves from the sand, or because the difficulty of walking absorbed our attention. We walked on, hand in hand, like two children; we should not have taken a dozen steps if we had been arm in arm. The road leading to Batz was not marked out; a gust of wind was enough to efface the footprints of horses or the wheel-ruts; but our guide's practised eye recognised the road by the droppings of cattle or of horses. Sometimes it went down towards the sea, sometimes rose towards the upland, at the caprice of the slopes, or to skirt a rock. At noon, we were only half-way.

"We will rest there," said I, pointing to a promontory formed of rocks high enough to lead one to suppose that we should find a grotto there.

When I spoke, the fisherman, who had followed the direction of my finger, shook his head and said:

"There's some one there! People who go from Batz to Le Croisic, or from Le Croisic to Batz, always make a detour in order not to pass that rock."

leurs tranchées, le jaune brillant des sables, l'azur du ciel et le vert uni de la mer, est grand sans être sauvage ; il est immense, sans être désert ; il est monotone, sans être fatigant ; il n'a que trois éléments ; il est varié.

— Les femmes seules savent rendre ainsi leurs impressions, répondis-je, tu serais désespérante pour un poète, chère âme que j'ai si bien devinée !

— L'excessive chaleur du midi jette à ces trois expressions de l'infini une couleur dévorante, reprit Pauline en riant. Je conçois ici les poésies et les passions de l'Orient.

— Et moi, j'y conçois le désespoir.

— Oui, dit-elle, cette dune est un cloître sublime.

Nous entendîmes le pas pressé de notre guide ; il s'était endimanché. Nous lui adressâmes quelques paroles insignifiantes ; il crut voir que nos dispositions d'âme avaient changé ; et avec cette réserve que donne le malheur, il garda le silence. Quoique nous nous pressassions de temps en temps la main pour nous avertir de la mutualité de nos idées et de nos impressions, nous marchâmes pendant une demi-heure en silence, soit que nous fussions accablés par la chaleur qui s'élançait en ondées brillantes du milieu des sables, soit que la difficulté de la marche employât notre attention. Nous allions en nous tenant par la main, comme deux enfants ; nous n'eussions pas fait douze pas si nous nous étions donné le bras. Le chemin qui mène au bourg de Batz n'était pas tracé ; il suffisait d'un coup de vent pour effacer les marques que laissaient les pieds de chevaux ou les jantes de charrette ; mais l'œil exercé de notre guide reconnaissait à quelques fientes de bestiaux, à quelques parcelles de crottin, ce chemin qui tantôt descendait vers la mer, tantôt remontait vers les terres au gré des pentes, ou pour tourner des roches. À midi nous n'étions qu'à mi-chemin.

— Nous nous reposerons là-bas, dis-je en montrant un promontoire composé de rochers assez élevés pour faire supposer que nous y trouverions une grotte.

En m'entendant, le pêcheur, qui avait suivi la direction de mon doigt, hocha la tête, et me dit : – Il y a là quelqu'un. Ceux qui viennent du bourg de Batz au Croisic, ou du Croisic au bourg de Batz, font tous un détour pour n'y point passer.

The man said this in a low voice, and we divined a mystery.

"Is he a thief, an assassin?"

Our guide replied only by a long-drawn breath which increased our curiosity.

"But will anything happen to us if we pass by there?"

"Oh no!"

"Will you go with us?"

"No, monsieur."

"We will go then, if you assure us that we shall be in no danger."

"I don't say that," replied the fisherman hastily; "I say simply that the man who is there won't say anything to you, or do any harm to you. Oh, bless my soul! he won't so much as move from his place!"

"Who is he, pray?"

"A man!"

Never were two syllables uttered in such a tragic tone. At that moment we were twenty yards from that reef, about which the sea was playing; our guide took the road which skirted the rocks; we went straight ahead, but Pauline took my arm. Our guide quickened his pace in order to reach the spot where the two roads met again at the same time that we did. He evidently supposed that, after seeing the man, we would quicken our pace. That circumstance kindled our curiosity, which then became so intense that our hearts throbbed as if they had felt a thrill of fear. Despite the heat of the day and the fatigue caused by walking through the sand, our hearts were still abandoned to the indescribable languor of a blissful harmony of sensations; they were filled with that pure pleasure which can only be described by comparing it to the pleasure which one feels in listening to some lovely music, like Mozart's *Andiano mio ben*. Do not two pure sentiments, which blend, resemble two beautiful voices singing? In order fully to appreciate the emotion which seized us, you must share the semivoluptuous condition in which the events of that morning had enveloped us. Gaze for a long while at a turtle-dove perched on a slender twig, near a spring, and you will utter a cry of pain when you see a hawk pounce upon it, bury its steel claws in its heart, and bear it away with the murderous rapidity that powder communicates to the bullet.

Les paroles de cet homme furent dites à voix basse, et supposaient un mystère.

— Est-ce donc un voleur, un assassin ?

Notre guide ne nous répondit que par une aspiration creusée qui redoubla notre curiosité.

— Mais, si nous y passons, nous arrivera-t-il quelque malheur ?

— Oh ! non.

— Y passerez-vous avec nous ?

— Non, monsieur.

— Nous irons donc, si vous nous assurez qu'il n'y a nul danger pour nous.

— Je ne dis pas cela, répondit vivement le pêcheur. Je dis seulement que celui qui s'y trouve ne vous dira rien et ne vous fera aucun mal. Oh ! mon Dieu, il ne bougera seulement pas de sa place.

— Qui est-ce donc ?

— Un homme !

Jamais deux syllabes ne furent prononcées d'une façon si tragique. En ce moment nous étions à une vingtaine de pas de ce récif dans lequel se jouait la mer ; notre guide prit le chemin qui entourait les rochers ; nous continuâmes droit devant nous ; mais Pauline me prit le bras. Notre guide hâta le pas, afin de se trouver en même temps que nous à l'endroit où les deux chemins se rejoignaient. Il supposait sans doute qu'après avoir vu l'homme, nous irions d'un pas pressé. Cette circonstance alluma notre curiosité, qui devint alors si vive, que nos cœurs palpitèrent comme si nous eussions éprouvé un sentiment de peur. Malgré la chaleur du jour et l'espèce de fatigue que nous causait la marche dans les sables, nos âmes étaient encore livrées à la mollesse indicible d'une harmonieuse extase ; elles étaient pleines de ce plaisir pur qu'on ne saurait peindre qu'en le comparant à celui qu'on ressent en écoutant quelque délicieuse musique, l'*andiamo mio ben* de Mozart. Deux sentiments purs qui se confondent, ne sont-ils pas comme deux belles voix qui chantent ? Pour pouvoir bien apprécier l'émotion qui vint nous saisir, il faut donc partager l'état à demi voluptueux dans lequel nous avaient plongés les événements de cette matinée. Admirez pendant longtemps une tourterelle aux jolies couleurs, posée sur un souple rameau, près d'une source, vous jetterez un cri de douleur en voyant tomber sur elle un émouchet qui lui enfonce ses griffes d'acier jusqu'au cœur et l'em-

When we had walked a yard or two across the open space that lay in front of the grotto, a sort of platform a hundred feet above the ocean, and sheltered from its rage by a succession of steep rocks, we were conscious of an electric shock not unlike that caused by a sudden noise in the midst of the night. We had spied a man seated on a bowlder of granite, and he had looked at us. His glance, like the flash of a cannon, came from two bloodshot eyes, and his stoical immobility could be compared only to the unchanging posture of the masses of granite which surrounded him. His eyes moved slowly; his body, as if it were petrified, did not move at all. After flashing at us that glance which gave us such a rude shock, he turned his eyes to the vast expanse of the ocean, and gazed at it, despite the dazzling light which rose therefrom, as the eagles are said to gaze at the sun, without lowering the lids, which he did not raise again. Try to recall, my dear uncle, one of those old druidical oaks, whose gnarled trunk, newly stripped of its branches, rises fantastically above a deserted road, and you will have an accurate image of that man. He had one of those shattered herculean frames, and the face of Olympian Jove, but ravaged by age, by the hard toil of the seafaring man, by grief, by coarse food, and blackened as if struck by lightning. As I glanced at his calloused, hairy hands, I saw chords which resembled veins of iron. However, everything about him indicated a robust constitution. I noticed a large quantity of moss in a corner of the grotto, and upon a rough table, hewn out by chance in the midst of the granite, a broken loaf covering an earthen jug. Never had my imagination, when it carried me back to the deserts where the first hermits of Christianity lived, conceived a face more grandly religious, or more appallingly penitent than was the face of that man.

Even you, who have listened to confessions, my dear uncle, have perhaps never met with such sublime remorse; but that remorse was drowned in the waves of prayer, the incessant prayer of silent despair. That fisherman, that sailor, that rude Breton, was sublime by virtue of some unknown sentiment. But had those eyes wept? Had that statuelike hand struck its fellow man? Was that stern forehead, instinct with pitiless uprightness, on which, however, strength had left those marks of gentleness which are the accompaniment of all true strength—was that

porte avec la rapidité meurtrière que la poudre communique au boulet. Quand nous eûmes fait un pas dans l'espace qui se trouvait devant la grotte, espèce d'esplanade située à cent pieds au-dessus de l'Océan, et défendue contre ses fureurs par une cascade de rochers abrupts, nous éprouvâmes un frémissement électrique assez semblable au sursaut que cause un bruit soudain au milieu d'une nuit silencieuse. Nous avions vu, sur un quartier de granit, un homme assis qui nous avait regardés. Son coup d'œil, semblable à la flamme d'un canon, sortit de deux yeux ensanglantés, et son immobilité stoïque ne pouvait se comparer qu'à l'inaltérable attitude des piles granitiques qui l'environnaient. Ses yeux se remuèrent par un mouvement lent, son corps demeura fixe, comme s'il eût été pétrifié ; puis, après nous avoir jeté ce regard qui nous frappa violemment, il reporta ses yeux sur l'étendue de l'Océan, et la contempla malgré la lumière qui en jaillissait, comme on dit que les aigles contemplent le soleil, sans baisser ses paupières, qu'il ne releva plus. Cherchez à vous rappeler, mon cher oncle, une de ces vieilles truisses de chêne, dont le tronc noueux, ébranché de la veille, s'élève fantastiquement sur un chemin désert, et vous aurez une image vraie de cet homme. C'était des formes herculéennes ruinées, un visage de Jupiter olympien, mais détruit par l'âge, par les rudes travaux de la mer, par le chagrin, par une nourriture grossière, et comme noirci par un éclat de foudre. En voyant ses mains poilues et dures, j'aperçus des nerfs qui ressemblaient à des veines de fer. D'ailleurs, tout en lui dénotait une constitution vigoureuse. Je remarquai dans un coin de la grotte une assez grande quantité de mousse, et sur une grossière tablette taillée par le hasard au milieu du granit, un pain rond cassé qui couvrait une cruche de grès. Jamais mon imagination, quand elle me reportait vers les déserts où vécurent les premiers anachorètes de la chrétienté, ne m'avait dessiné de figure plus grandement religieuse ni plus horriblement repentante que l'était celle de cet homme. Vous qui avez pratiqué le confessionnal, mon cher oncle, vous n'avez jamais peut-être vu un si beau remords, mais ce remords était noyé dans les ondes de la prière, la prière continue d'un muet désespoir. Ce pêcheur, ce marin, ce Breton grossier était sublime par un sentiment inconnu. Mais ces yeux avaient-ils pleuré ? Cette main de statue ébauchée avait-elle frappé ? Ce front rude, empreint de probité farouche, et sur lequel la force avait néanmoins laissé les vestiges de cette douceur qui est l'apanage de toute force vraie, ce front sillonné de

forehead, furrowed by wrinkles, in harmony with a noble heart? Why was that man among the granite? Why the granite in that man? Where was the man? Where was the granite? A whole world of thoughts rushed through our minds. As our guide had anticipated, we had passed in silence, rapidly; and when he met us, we were tremulous with terror, or overwhelmed with amazement. But he did not use the fulfillment of his prediction as a weapon against us.

"Did you see him?" he asked.

"Who is that man?" said I.

"They call him *The Man of the Vow.*"

You can imagine how quickly our two faces turned towards our fisherman at those words! He was a simple-minded man; he understood our silent question; and this is what he said, in his own language, the popular tone of which I shall try to retain:

"Madame, the people of Le Croisic, like the people of Batz, believe that that man is guilty of something, and that he is doing a penance ordered by a famous priest to whom he went to confess, a long way beyond Nantes. Other people think that Cambremer—that's his name—has an evil spell that he communicates to everybody who passes through the air he breathes. So a good many people, before they pass that rock, look to see what way the wind is. If it's from *galerne*," he said, pointing towards the west, "they wouldn't go on, even if it was a matter of searching for a piece of the true Cross; they turn back, because they're frightened. Other people, the rich people of Le Croisic, say that he's made a vow, and that's why he's called *The Man of the Vow.* He is always there, night and day; never comes out.

"These reports about him have some appearance of sense. You see," he added, turning to point out a thing which we had not noticed, "he has stuck up there, on the left, a wooden cross, to show that he has put himself under the protection of God, the Blessed Virgin, and the saints. Even if he hadn't consecrated himself like that, the fear everybody has of him would make him as safe there as if he were guarded by soldiers. He hasn't said a word since he shut himself up there in the open air; he lives on bread and water that his brother's daughter brings him every morning—a little maid of twelve years, that he's left his property to; and she's a pretty thing, as gentle as a lamb, a nice little girl and very clever. She has blue eyes as long as that," he said, holding up his thumb, "and

rides, était-il en harmonie avec un grand cœur ? Pourquoi cet homme dans le granit ? Pourquoi ce granit dans cet homme ? Où était l'homme, où était le granit ? Il nous tomba tout un monde de pensées dans la tête. Comme l'avait supposé notre guide, nous passâmes en silence, promptement, et il nous revit émus de terreur ou saisis d'étonnement, mais il ne s'arma point contre nous de la réalité de ses prédictions.

— Vous l'avez vu ? dit-il.

— Quel est cet homme ? dis-je.

— On l'appelle *l'Homme-au-vœu*.

Vous figurez-vous bien à ce mot le mouvement par lequel nos deux têtes se tournèrent vers notre pêcheur ! C'était un homme simple ; il comprit notre muette interrogation, et voici ce qu'il nous dit dans son langage, auquel je tâche de conserver son allure populaire.

— Madame, ceux du Croisic comme ceux de Batz croient que cet homme est coupable de quelque chose, et fait une pénitence ordonnée par un fameux recteur auquel il est allé se confesser plus loin que Nantes. D'autres croient que Cambremer, c'est son nom, a une mauvaise chance qu'il communique à qui passe sous son air. Aussi plusieurs, avant de tourner sa roche, regardent-ils d'où vient le vent ! S'il est de galerne, dit-il en nous montrant l'ouest, ils ne continueraient pas leur chemin quand il s'agirait d'aller quérir un morceau de la vraie croix ; ils retournent, ils ont peur. D'autres, les riches du Croisic, disent que Cambremer a fait un vœu, d'où son nom d'Homme-au-vœu. Il est là nuit et jour, sans en sortir. Ces dires ont une apparence de raison. Voyez-vous, dit-il en se retournant pour nous montrer une chose que nous n'avions pas remarquée, il a planté là, à gauche, une croix de bois pour annoncer qu'il s'est mis sous la protection de Dieu, de la sainte Vierge et des saints. Il ne se serait pas sacré comme ça, que la frayeur qu'il donne au monde, fait qu'il est là en sûreté comme s'il était gardé par de la troupe. Il n'a pas dit un mot depuis qu'il s'est enfermé en plein air ; il se nourrit de pain et d'eau que lui apporte tous les matins la fille de son frère, une petite tronquette de douze ans à laquelle il a laissé ses biens, et qu'est une jolie créature, douce comme un agneau, une bien mignonne fille, bien plaisante. Elle vous a, dit-il en montrant son pouce, des yeux bleus *longs comme ça*, sous une chevelure de chérubin. Quand on lui demande : « Dis donc, Pérotte ?... (Ça veut dire chez

a cherub's head of hair. When any one says to her: 'I say, Pérotte' (that means Pierrette among us," he said, interrupting himself: "she is consecrated to St. Pierre; Cambremer's name is Pierre, and he was her godfather), 'I say, Pérotte, what does your uncle say to you?' 'He don't say anything,' she'll answer, 'not anything at all, nothing!' 'Well, then, what does he do to you?' 'He kisses me on the forehead Sundays!' 'Aren't you afraid of him?' 'Why no, he's my godfather.' He won't let any one else bring him anything to eat. Pérotte says that he smiles when she comes; but that's like a sunbeam in a fog, for they say he's as gloomy as a fog."

"But," I said, "you arouse our curiosity without gratifying it. Do you know what brought him here? Was it grief, was it repentance, was it insanity, was it a crime, was it——?"

"Oh! only my father and I know the truth of the thing, monsieur. My dead mother worked for a judge to whom Cambremer told the whole story, by the priest's order; for he wouldn't give him absolution on any other condition, according to what the people at the harbour said. My poor mother overheard what Cambremer said, without meaning to, because the judge's kitchen was right next to his study, and she listened. She's dead, and the judge who heard him is dead. My mother made father and me promise never to tell anything to the people about here; but I can tell you that the night my mother told it to us, the hair on my head turned gray."

"Well, tell us, my fine fellow; we will not mention it to anybody."

The fisherman looked at us, and continued thus:

"Pierre Cambremer, whom you saw yonder, is the oldest of the Cambremers, who have always been sailors, from father to son; that's what their name says—the sea has always bent under them. The man you saw was a boat fisherman. So he had boats and went sardine-fishing; he went deep-sea fishing, too, for the dealers. He'd have fitted out a vessel and gone after cod, if he hadn't been so fond of his wife; a fine woman she was, a Brouin from Guérande; a magnificent girl, and she had a big heart. She was so fond of Cambremer that she'd never let her man leave her any longer than he had to, to go after sardines. They used to live over there—look!" said the fisherman, ascending a hillock to point to an islet in the little inland sea between the dunes, across which we were walking, and the salt marshes of Guérande. "Do you see that house? That was his.

nous Pierrette, fit-il en s'interrompant ; elle est vouée à saint Pierre, Cambremer s'appelle Pierre, il a été son parrain.) – Dis donc, Pérotte, reprit-il, qué qui te dit ton oncle ? – Il ne me dit rin, qu'elle répond, rin du tout, rin – Eh ! ben, qué qu'il te fait ? – Il m'embrasse au front le dimanche. – Tu n'en as pas peur ? – Ah ! ben, qu'a dit, il est mon parrain. Il n'a pas voulu d'autre personne pour lui apporter à manger. » Pérotte prétend qu'il sourit quand elle vient, mais autant dire un rayon de soleil dans la brouine, car on dit qu'il est nuageux comme un brouillard.

— Mais, lui dis-je, vous excitez notre curiosité sans la satisfaire. Savez-vous ce qui l'a conduit là ? Est-ce le chagrin, est-ce le repentir, est-ce une manie, est-ce un crime, est-ce...

— Eh ! monsieur, il n'y a guère que mon père et moi qui sachions la vérité de la chose. Défunt ma mère servait un homme de justice à qui Cambremer a tout dit par ordre du prêtre qui ne lui a donné l'absolution qu'à cette condition-là, à entendre les gens du port. Ma pauvre mère a entendu Cambremer sans le vouloir, parce que la cuisine du justicier était à côté de sa salle, elle a écouté ! Elle est morte ; le juge qu'a écouté est défunt aussi. Ma mère nous a fait promettre, à mon père et à moi, de n'en rin afférer aux gens du pays, mais je puis vous dire à vous que le soir où ma mère nous a raconté ça, les cheveux me grésillaient dans la tête.

— Hé ! bien, dis-nous ça, mon garçon, nous n'en parlerons à personne.

Le pêcheur nous regarda, et continua ainsi : Pierre Cambremer, que vous avez vu là, est l'aîné des Cambremer, qui de père en fils sont marins ; leur nom le dit, la mer a toujours plié sous eux. Celui que vous avez vu s'était fait pêcheur à bateaux. Il avait donc des barques, allait pêcher la sardine, il pêchait aussi le haut poisson, pour les marchands. Il aurait armé un bâtiment et pêché la morue, s'il n'avait pas tant aimé sa femme, qui était une belle femme, une Brouin de Guérande, une fille superbe, et qui avait bon cœur. Elle aimait tant Cambremer, qu'elle n'a jamais voulu que son homme la quittât plus du temps nécessaire à la pêche aux sardines. Ils demeuraient là-bas, tenez ! dit le pêcheur en montant sur une éminence pour nous montrer un îlot dans la petite méditerranée qui se trouve entre les dunes où nous marchions et les marais salants de

"Jacquette Brouin and Cambremer never had but one child, a boy; and they loved him like—like what shall I say?—indeed, like people love their only child; they were mad over him. If their little Jacques had put dirt in the saucepan, saving your presence, they'd have thought it was sugar. How many times we've seen 'em at the fair, buying the prettiest fallals for him! It was all nonsense—everybody told 'em so. Little Cambremer, seeing that he was allowed to do whatever he wanted to, became as big a rogue as a red ass. When any one went to the elder Cambremer and told him: 'Your boy nearly killed little So-and-so,' he'd laugh and say: 'Bah! he'll make a fine sailor! he'll command the king's fleet.' And when somebody else said: 'Pierre Cambremer, do you know that your boy put out the little Pougaud girl's eye?' Pierre said: 'He'll be fond of the girls!' He thought everything was all right. So my little scamp, when he was ten years old, used to be at everybody and amuse himself cutting off hens' heads, cutting pigs open; in short, he rolled in blood like a polecat. 'He'll make a famous soldier!' Cambremer would say; 'he s got a taste for blood.' I remembered all that, you see," said the fisherman.

"And so did Cambremer too," he continued after a pause. "When he got to be fifteen or sixteen years old, Jacques Cambremer was—what shall I say?—a shark. He used to go to Guérande to enjoy himself, or to Savenay to make love to the girls. Then he began to steal from his mother, who didn't dare to say anything to her husband. Cambremer was so honest that he'd travel twenty leagues to pay back two sous, if he had been overpaid in settling an account. At last the day came when his mother was stripped clean. While his father was away fishing, the boy carried off the sideboard, the dishes, the sheets, the linen, and left just the four walls; he'd sold everything to get money to go to Nantes and raise the devil. The poor woman cried for whole days and nights. She couldn't help telling the father about that, when he came home; and she was afraid of the father—not for herself, oh no! When Pierre Cambremer came home and found his house furnished with things people had lent his wife, he said:

"'What does all this mean?'

"The poor woman was nearer dead than alive.

"'We've been robbed,' said she.

"'Where's Jacques?'

"'Jacques is on a spree.'

Guérande, voyez-vous cette maison ? Elle était à lui. Jacquette Brouin et Cambremer n'ont eu qu'un enfant, un garçon qu'ils ont aimé... comme quoi dirai-je ? dam ! comme on aime un enfant unique ; ils en étaient fous. Leur petit Jacques aurait fait, sous votre respect, dans la marmite qu'ils auraient trouvé que c'était du sucre. Combien donc que nous les avons vus de fois, à la foire, achetant les plus belles berloques pour lui ! C'était de la déraison, tout le monde le leur disait. Le petit Cambremer, voyant que tout lui était permis, est devenu méchant comme un âne rouge. Quand on venait dire au père Cambremer : « Votre fils a manqué tuer le petit un tel ! » il riait et disait : – « Bah ! ce sera un fier marin ! il com-mandera les flottes du roi. » Un autre : – « Pierre Cambremer, savez-vous que votre gars a crevé l'œil de la petite Pougaud ! – Il aimera les filles », disait Pierre. Il trouvait tout bon. Alors mon petit mâtin, à dix ans, battait tout le monde et s'amusait à couper le cou aux poules, il éventrait les cochons, enfin il se roulait dans le sang comme une fouine. – « Ce sera un fameux soldat ! disait Cambremer, il a goût au sang. » Voyez-vous, moi, je me suis sou-venu de tout ça, dit le pêcheur. Et Cambremer aussi, ajouta-t-il après une pause. À quinze ou seize ans, Jacques Cambremer était... quoi ? un requin. Il allait s'amuser à Guérande, ou faire le joli cœur à Savenay. Fallait des espèces. Alors il se mit à voler sa mère, qui n'osait en rien dire à son mari. Cambremer était un homme probe à faire vingt lieues pour rendre à quelqu'un deux sous qu'on lui aurait donnés de trop dans un compte. Enfin, un jour, la mère fut dépouillée de tout. Pendant une pêche de son père, le fils emporta le buffet, la mette, les draps, le linge, ne laissa que les quatre murs, il avait tout vendu pour aller faire ses frigousses à Nantes. La pau-vre femme en a pleuré pendant des jours et des nuits. Fallait dire ça au père à son retour, elle craignait le père, pas pour elle, allez ! Quand Pierre Cambremer revint, qu'il vit sa maison garnie des meubles que l'on avait prêtés à sa femme, il dit : « Qu'est-ce que c'est que ça ? » La pauvre femme était plus morte que vive, elle dit : – « Nous avons été volés. – Où donc est Jacques ? – Jacques, il est en riolle ! » Personne ne savait où le drôle était allé. « Il s'amuse trop ! » dit Pierre. Six mois après, le pauvre père sut que son fils allait être pris par la justice à Nantes. Il fait la route à pied, y va

"No one knew where the villain had gone.

"'He goes on too many sprees!' said Pierre.

"Six months later, the poor man learned that his son was in danger of falling into the hands of justice at Nantes. He went there on foot; made the journey faster than he could have gone by sea, got hold of his son, and brought him back here. He didn't ask him: 'What have you been doing?' He just said to him:

"'If you don't behave yourself here with your mother and me for two years, going fishing and acting like an honest man, you'll have an account to settle with me!'

"The idiot, counting on his father's and mother's stupidity, made a face at him. At that Pierre fetched him a crack that laid Master Jacques up in bed for six months. The poor mother almost died of grief. One night, when she was sleeping peacefully by her husband's side, she heard a noise, got out of bed, and got a knife-cut on her arm. She shrieked and some one brought a light. Pierre Cambremer found his wife wounded; he thought that a robber did it—as if there was any such thing in our province, where you can carry ten thousand francs in gold from Le Croisic to St.-Nazaire, without fear, and without once being asked what you've got under your arm! Pierre looked for Jacques, but couldn't find him.

"In the morning, the little monster had the face to come home and say that he'd been to Batz. I must tell you that his mother didn't know where to hide her money. Cambremer always left his with Monsieur Dupotet at Le Croisic. Their son's wild ways had eaten up crowns by the hundred, francs by the hundred, and louis d'or; they were almost ruined, and that was pretty hard for folks who used to have about twelve thousand francs, including their island. No one knew what Cambremer paid out at Nantes to clear his son. Bad luck raised the deuce with the family. Cambremer's brother was in a bad way and needed help. To encourage him, Pierre told him that Jacques and Pérotte (the younger Cambremer's daughter) should marry. Then he employed him in the fishing, so that he could earn his living; for Joseph Cambremer was reduced to living by his work. His wife had died of a fever, and he had had to pay for a wet-nurse for Pérotte. Pierre Cambremer's wife owed a hundred francs to different people on the little girl's account, for linen and clothes, and for two or three months' wages for that big Frelu girl, who had a child by Simon Gaudry, and who nursed Pérotte. Mère

plus vite que par mer, met la main sur son fils et l'amène ici. Il ne lui demanda pas : « Qu'as-tu fait ? » Il lui dit : « Si tu ne te tiens pas sage deux ans ici avec ta mère et avec moi, allant à la pêche et te conduisant comme un honnête homme, tu auras affaire à moi. » L'enragé, comptant sur la bêtise de ses père et mère, lui a fait la grimace. Pierre, là-dessus, lui flanque une mornifle qui vous a mis Jacques au lit pour six mois. La pauvre mère se mourait de chagrin. Un soir, elle dormait paisiblement à côté de son mari, elle entend du bruit, se lève, elle reçoit un coup de couteau dans le bras. Elle crie, on cherche de la lumière. Pierre Cambremer voit sa femme blessée ; il croit que c'est un voleur, comme s'il y en avait dans notre pays, où l'on peut porter sans crainte dix mille francs en or, du Croisic à Saint- Nazaire, sans avoir à s'entendre demander ce qu'on a sous le bras. Pierre cherche Jacques, il ne trouve point son fils. Le matin ce monstre-là n'a- t-il pas eu le front de revenir en disant qu'il était allé à Batz. Faut vous dire que sa mère ne savait où cacher son argent. Cambremer, lui, mettait le sien chez monsieur Dupotet du Croisic. Les folies de leur fils leur avaient mangé des cent écus, des cent francs, des louis d'or, ils étaient quasiment ruinés, et c'était dur pour des gens qui avaient aux environs de douze mille livres, compris leur îlot. Personne ne sait ce que Cambremer a donné à Nantes pour ravoir son fils. Le guignon ravageait la famille. Il était arrivé des malheurs au frère de Cambremer, qui avait besoin de secours. Pierre lui disait pour le consoler que Jacques et Pérotte (la fille au cadet Cambremer) se marieraient. Puis, pour lui faire gagner son pain, il l'employait à la pêche ; car Joseph Cambremer en était réduit à vivre de son travail. Sa femme avait péri de la fièvre, il fallait payer les mois de nourrice de Pérotte. La femme de Pierre Cambremer devait une somme de cent francs à diverses personnes pour cette petite, du linge, des hardes, et deux ou trois mois à la grande Frelu qu'avait un enfant de Simon Gaudry et qui nourrissait Pérotte. La Cambremer avait cousu une pièce d'Espagne dans la laine de son matelas, en mettant dessus : *À Perotte*. Elle avait reçu beaucoup d'éducation, elle écrivait comme un greffier, et avait appris à lire à son fils, c'est ce qui l'a perdu. Personne n'a su comment ça s'est fait, mais ce gredin de Jacques avait flairé l'or, l'avait pris et était allé riboter au Croisic. Le bon-

Cambremer had sewed a Spanish coin into the cover of her mattress, and marked it: 'For Pérotte.' She had had a good education; she could write like a clerk, and she'd taught her son to read; that was the ruin of him. No one knew how it happened, but that scamp of a Jacques scented the gold, stole it, and went off to Le Croisic on a spree.

"As luck would have it, Goodman Cambremer came in with his boat. As he approached the beach, he saw a piece of paper floating; he picked it up and took it in to his wife, who fell flat when she recognised her own written words. Cambremer didn't say anything, but he went to Le Croisic, and found out that his son was playing billiards; then he sent for the good woman who keeps the cafe, and said:

"'I told Jacques not to spend a gold-piece that he'll pay you with; I'll wait outside; you bring it to me, and I'll give you silver for it.'

"The good woman brought him the money. Cambremer took it, said: 'All right!' and went home. The whole town heard about that. But here's something that I know, and that other people only suspect in a general way. He told his wife to clean up their room, which was on the ground floor; he made a fire on the hearth, lighted two candles, placed two chairs on one side of the fireplace and a stool on the other. Then he told his wife to put out his wedding clothes and to get into her own. When he was dressed, he went to his brother and told him to watch in front of the house and tell him if he heard any noise on either of the beaches, this one or the one in front of the Guérande salt marshes. When he thought that his wife was dressed, he went home again, loaded a gun, and put it out of sight in the corner of the fireplace. Jacques came at last; it was late; he had been drinking and playing billiards till ten o'clock; he had come home by the point of Carnouf. His uncle heard him hailing, crossed to the beach in front of the marsh to fetch him, and rowed him to the island without a word. When he went into the house, his father said to him:

"'Sit down there,' pointing to the stool. 'You are before your father and mother, whom you have outraged, and who have got to try you.'

"Jacques began to bellow, because Cambremer's face was working in a strange way. The mother sat as stiff as an oar.

"'If you call out, if you move, if you don't sit on your stool as straight as a mast, I'll shoot you like a dog,' said Pierre, pointing his gun at him.

"The son was dumb as a fish; the mother didn't say anything.

"'Here,' said Pierre to his son, 'is a paper that was wrapped round a

homme Cambremer, par un fait exprès, revenait avec sa barque chez lui. En abordant il voit flotter un bout de papier, le prend, l'apporte à sa femme qui tombe à la renverse en reconnaissant ses propres paroles écrites. Cambremer ne dit rien, va au Croisic, apprend là que son fils est au billard ; pour lors, il fait demander la bonne femme qui tient le café, et lui dit : – « J'avais dit à Jacques de ne pas se servir d'une pièce d'or avec quoi il vous paiera ; rendez-la-moi, j'attendrai sur la porte, et vous donnerai de l'argent blanc pour. » La bonne femme lui apporta la pièce. Cambremer la prend en disant : « Bon ! » et revient chez lui. Toute la ville a su cela. Mais voilà ce que je sais et ce dont les autres ne font que de se douter en gros. Il dit à sa femme d'approprier leur chambre, qu'est par bas ; il fait du feu dans la cheminée, allume deux chandelles, place deux chaises d'un côté de l'âtre, et met de l'autre côté un escabeau. Puis dit à sa femme de lui apprêter ses habits de noces, en lui comman-dant de pouiller les siens. Il s'habille. Quand il est vêtu, il va cher-cher son frère, et lui dit de faire le guet devant la maison pour l'avertir s'il entendait du bruit sur les deux grèves, celle-ci et celle des marais de Guérande. Il rentre quand il juge que sa femme est habillée, il charge un fusil et le cache dans le coin de la cheminée. Voilà Jacques qui revient ; il revient tard ; il avait bu et joué jusqu'à dix heures ; il s'était fait passer à la pointe de Carnouf. Son oncle l'entend héler, va le chercher sur la grève des marais, et le passe sans rien dire. Quand il entre, son père lui dit : « Assieds-toi là, en lui montrant l'escabeau. Tu es, dit-il, devant ton père et ta mère que tu as offensés, et qui ont à te juger. » Jacques se mit à beugler, parce que la figure de Cambremer était tortillée d'une sin-gulière manière. La mère était roide comme une rame. « Si tu cries, si tu bouges, si tu ne te tiens pas comme un mât sur ton escabeau, dit Pierre en l'ajustant avec son fusil, je te tue comme un chien. » Le fils devint muet comme un poisson ; la mère n'a rien dit. « Voilà, dit Pierre à son fils, un papier qui enveloppait une pièce d'or espa-gnole ; la pièce d'or était dans le lit de ta mère ; ta mère seule savait l'endroit où elle l'avait mise ; j'ai trouvé le papier sur l'eau en abor-dant ici ; tu viens de donner ce soir cette pièce d'or espagnole à la mère Fleurant, et ta mère n'a plus vu sa pièce dans son lit. Explique-toi. » Jacques dit qu'il n'avait pas pris la pièce de sa mère, et que

Spanish gold-piece; the gold-piece was in your mother's bed; nobody else knew where she had put it; I found the paper on the water as I was coming ashore; you gave this Spanish gold-piece to Mother Fleurant to-night, and your mother can't find hers in her bed. Explain yourself!'

"Jacques said that he didn't take the money from his mother, and that he had had the coin ever since he went to Nantes.

"'So much the better,' said Pierre. 'How can you prove it?'

"'I had it before.'

"'You didn't take your mother's?'

"'No.'

"'Will you swear it by your everlasting life?'

"He was going to swear; his mother looked up at him and said:

"'Jacques, my child, be careful; don't swear, if it isn't true. You may mend your ways and repent; there's time enough still.'

"And she began to cry.

"'You're neither one thing nor the other,' he said, 'and you've always wanted to ruin me.'

"Cambremer turned pale, and said:

"'What you just said to your mother will lengthen your account. Come to the point! Will you swear?'

"'Yes.'

"'See,' said Pierre, 'did your piece have this cross which the sardine-dealer who paid it to me had made on ours?'

"Jacques sobered off, and began to cry.

"'Enough talk,' said Pierre. 'I don't say anything about what you've done before this. I don't propose that a Cambremer shall be put to death on the public square at Le Croisic. Say your prayers, and make haste! A priest is coming to confess you.'

"The mother went out, so that she needn't hear her son's sentence. When she had left the room, Cambremer the uncle arrived with the rector of Piriac; but Jacques wouldn't say anything to him. He was sly; he knew his father well enough to be sure that he wouldn't kill him without confession.

"'Thank you, monsieur; excuse us,' said Cambremer to the priest, when he saw that Jacques was obstinate. 'I meant to give my son a lesson, and I ask you not to say anything about it.—If you don't mend your ways,' he said to Jacques, 'the next time will be the last, and I'll put an

cette pièce lui était restée de Nantes. « Tant mieux, dit Pierre. Comment peux- tu nous prouver cela ? – Je l'avais. – Tu n'as pas pris celle de ta mère ? – Non. – Peux-tu le jurer sur ta vie éternelle ? » Il allait le jurer ; sa mère leva les yeux sur lui et lui dit : « Jacques, mon enfant, prends garde, ne jure pas si ce n'est pas vrai ; tu peux t'amender, te repentir ; il est temps encore. » Et elle pleura. « Vous êtes une ci et une ça, lui dit-il, qu'avez toujours voulu ma perte. » Cambremer pâlit et dit : « Ce que tu viens de dire à ta mère grossira ton compte. Allons au fait. Jures-tu ? – Oui. – Tiens, dit-il, y avait-il sur ta pièce cette croix que le marchand de sardines qui me l'a donnée avait faite sur la nôtre ? » Jacques se dégrisa et pleura. « Assez causé, dit Pierre. Je ne te parle pas de ce que tu as fait avant cela, je ne veux pas qu'un Cambremer soit fait mourir sur la place du Croisic. Fais tes prières, et dépêchons- nous ! Il va venir un prêtre pour te confesser. » La mère était sortie, pour ne pas entendre condamner son fils. Quand elle fut dehors, Cambremer l'oncle vint avec le recteur de Piriac, auquel Jacques ne voulut rien dire. Il était malin, il connaissait assez son père pour savoir qu'il ne le tuerait pas sans confession. « Merci, excusez- nous, monsieur, dit Cambremer au prêtre, quand il vit l'obstination de Jacques. Je voulais donner une leçon à mon fils et vous prier de n'en rien dire. – Toi, dit-il à Jacques, si tu ne t'amendes pas, la première fois ce sera pour de bon, et j'en finirai sans confession. » Il l'envoya se coucher. L'enfant crut cela et s'imagina qu'il pourrait se remettre avec son père. Il dormit. Le père veilla. Quand il vit son fils au fin fond de son sommeil, il lui couvrit la bouche avec du chanvre, la lui banda avec un chiffon de voile bien serré ; puis il lui lia les mains et les pieds. Il rageait, il pleurait du sang, disait Cambremer au justicier. Que voulez-vous ! La mère se jeta aux pieds du père. « Il est jugé, qu'il dit, tu vas m'aider à le mettre dans la barque. » Elle s'y refusa. Cambremer l'y mit tout seul, l'y assujettit au fond, lui mit une pierre au cou, sortit du bassin, gagna la mer, et vint à la hauteur de la roche où il est. Pour lors, la pauvre mère, qui s'était fait passer ici par son beau-frère, eut beau crier *grâce !* ça servit comme une pierre à un loup. Il y avait de la lune, elle a vu le père jetant à la mer son fils qui lui tenait encore aux entrailles, et comme il n'y avait pas d'air, elle a entendu blouf ! puis rin, ni trace, ni bouillon ;

end to it without confession.'

"He sent him off to bed. The boy believed what he had heard and imagined that he could arrange matters with his father. He went to sleep. The father sat up. When he saw that his son was sound asleep, he stuffed his mouth with hemp and tied a strip of canvas over it very tight; then he bound his hands and feet. Jacques stormed and wept blood, so Cambremer told the judge. What could you expect! The mother threw herself at the father's feet.

"'He has been tried,' he said; 'you must help me put him in the boat.'

"She refused. Cambremer took him to the boat all alone, laid him in the bottom, tied a stone round his neck, and rowed abreast of the rock where he is now. Then the poor mother, who had got her brother-in-law to bring her over here, cried: 'Mercy!' All in vain; it had the effect of a stone thrown at a wolf. The moon was shining; she saw the father throw their son into the water, the son to whom her heart still clung; and as there wasn't any wind, she heard a splash, then nothing more, not a sound or a bubble; the sea's a famous keeper, I tell you! When he came ashore here to quiet his wife, who was groaning, Cambremer found her about the same as dead. The two brothers couldn't carry her, so they had to put her in the boat that had just held the son, and they took her home, going round through Le Croisic passage. Ah! *La Belle Brouin*, as they called her, didn't last a week. She died asking her husband to burn the accursed boat. He did it, too. As for him, he was like a crazy man; he didn't know what he wanted, and he staggered when he walked, like a man who can't carry his wine. Then he went off for ten days, and when he came back he planted himself where you saw him, and since he's been there he hasn't said a word."

The fisherman took only a moment or two in telling us this story, and he told it even more simply than I have written it. The common people make few comments when they tell a story; they select the point that has made an impression on them, and interpret it as they feel it. That narrative was as sharp and incisive as a blow with an axe.

"I shall not go to Batz," said Pauline, as we reached the upper end of the lake.

We returned to Le Croisic by way of the salt marshes, guided through their labyrinth by a fisherman who had become as silent as we. The current of our thoughts had changed. We were both absorbed

la mer est d'une fameuse garde, allez ! En abordant là pour faire taire sa femme qui gémissait, Cambremer la trouva quasi morte, il fut impossible aux deux frères de la porter, il a fallu la mettre dans la barque qui venait de servir au fils, et ils l'ont ramenée chez elle en faisant le tour par la passe du Croisic. Ah ! ben, la belle Brouin, comme on l'appelait, n'a pas duré huit jours ; elle est morte en demandant à son mari de brûler la damnée barque. Oh ! il l'a fait. Lui il est devenu tout chose, il savait plus ce qu'il voulait ; il fringalait en marchant comme un homme qui ne peut pas porter le vin. Puis il a fait un voyage de dix jours, et est revenu se mettre où vous l'avez vu, et, depuis qu'il y est, il n'a pas dit une parole.

Le pêcheur ne mit qu'un moment à nous raconter cette histoire et nous la dit plus simplement encore que je ne l'écris. Les gens du peuple font peu de réflexions en contant, ils accusent le fait qui les a frappés, et le traduisent comme ils le sentent. Ce récit fut aussi aigrement incisif que l'est un coup de hache.

— Je n'irai pas à Batz, dit Pauline en arrivant au contour supérieur du lac.

Nous revînmes au Croisic par les marais salants, dans le dédale desquels nous conduisit le pêcheur, devenu comme nous silencieux. La disposition de nos âmes était changée. Nous étions tous deux plongés

by depressing reflections, saddened by that drama which explained the swift presentiment that we had felt at the sight of Cambremer. We both had sufficient knowledge of the world to divine all that our guide had not told us of that triple life. The misfortunes of those three people were reproduced before us as if we had seen them in the successive scenes of a drama, to which that father, by thus expiating his necessary crime, had added the dénouement. We dared not look back at that fatal man who terrified a whole province.

A few clouds darkened the sky; vapours were rising along the horizon. We were walking through the most distressingly desolate tract of land that I have ever seen; the very soil beneath our feet seemed sickly and suffering—salt marshes, which may justly be termed the scrofula of the earth. There the ground is divided into parcels of unequal size, all enclosed by enormous heaps of gray earth, and filled with brackish water, to the surface of which the salt rises. These ravines, made by the hand of man, are subdivided by causeways along which workmen walk, armed with long rakes, with which they skim off the brine, and carry the salt to round platforms built here and there, when it is in condition to pile. For two hours we skirted that dismal checker-board, where the salt is so abundant that it chokes the vegetation, and where we saw no other living beings than an occasional *paludier*—the name given to the men who gather the salt. These men, or rather this tribe of Bretons, wear a special costume: a white jacket not unlike that worn by brewers. They intermarry, and there has never been an instance of a girl of that tribe marrying anybody except a *paludier.* The ghastly aspect of those swamps, where the surface of the mire is neatly raked, and of that grayish soil, which the Breton flora holds in horror, harmonised with the mourning of our hearts. When we reached the place where we were to cross the arm of the sea which is formed by the eruption of the water into that basin, and which serves doubtless to supply the salt marshes with their staple, we rejoiced to see the meagre vegetation scattered along the sandy shore. As we crossed, we saw, in the centre of the lake, the islet where the Cambremers lived; we looked the other way.

When we reached our hotel, we noticed a billiard-table in a room on the ground floor; and, when we learned that it was the only public billiard-table in Le Croisic, we prepared for our departure that night. The next day we were at Guérande. Pauline was still depressed, and I could

en de funestes réflexions, attristés par ce drame qui expliquait le rapide pressentiment que nous en avions eu à l'aspect de Cambremer. Nous avions l'un et l'autre assez de connaissance du monde pour deviner de cette triple vie tout ce que nous en avait tu notre guide. Les malheurs de ces trois êtres se reproduisaient devant nous comme si nous les avions vus dans les tableaux d'un drame que ce père couronnait en expiant son crime nécessaire. Nous n'osions regarder la roche où était l'homme fatal qui faisait peur à toute une contrée. Quelques nuages embrumaient le ciel ; des vapeurs s'élevaient à l'horizon, nous marchions au milieu de la nature la plus âcrement sombre que j'aie jamais rencontrée. Nous foulions une nature qui semblait souffrante, maladive ; des marais salants, qu'on peut à bon droit nommer les écrouelles de la terre. Là, le sol est divisé en carrés inégaux de forme, tous encaissés par d'énormes talus de terre grise, tous pleins d'une eau saumâtre, à la surface de laquelle arrive le sel. Ces ravins faits à main d'hommes sont intérieurement partagés en plates- bandes, le long desquelles marchent des ouvriers armés de longs râteaux, à l'aide desquels ils écrèment cette saumure, et amènent sur des plates-formes rondes pratiquées de distance en distance ce sel quand il est bon à mettre en mulons. Nous côtoyâmes pendant deux heures ce triste damier, où le sel étouffe par son abondance la végétation, et où nous n'apercevions de loin en loin que quelques *paludiers*, nom donné à ceux qui cultivent le sel. Ces hommes, ou plutôt ce clan de Bretons porte un costume spécial, une jaquette blanche assez semblable à celle des brasseurs. Ils se marient entre eux. Il n'y a pas d'exemple qu'une fille de cette tribu ait épousé un autre homme qu'un paludier. L'horrible aspect de ces marécages, dont la boue était symétriquement ratissée, et de cette terre grise dont a horreur la flore bretonne, s'harmoniait avec le deuil de notre âme. Quand nous arrivâmes à l'endroit où l'on passe le bras de mer formé par l'irruption des eaux dans ce fond, et qui sert sans doute à alimenter les marais salants, nous aperçûmes avec plaisir les maigres végétations qui garnissent les sables de la plage. Dans la traversée, nous aperçûmes au milieu du lac l'île où demeurent les Cambremer ; nous détournâmes la tête.

En arrivant à notre hôtel, nous remarquâmes un billard dans une salle basse, et quand nous apprîmes que c'était le seul billard public qu'il y eût au Croisic, nous fîmes nos apprêts de départ pendant la nuit ; le lendemain nous étions à Guérande. Pauline était encore triste, et moi je

already feel the coming of the flame that is consuming my brain. I was so cruelly tormented by my visions of those three lives that she said to me:

"Write the story, Louis; in that way you will change the nature of this fever."

So I have written it down for you, my dear uncle; but it has already destroyed the tranquillity that I owed to the sea-baths and to our visit here.

1835.

ressentais déjà les approches de cette flamme qui me brûle le cerveau. J'étais si cruellement tourmenté par les visions que j'avais de ces trois existences, qu'elle me dit : – Louis, écris cela, tu donneras le change à la nature de cette fièvre.

Je vous ai donc écrit cette aventure, mon cher oncle ; mais elle m'a déjà fait perdre le calme que je devais à mes bains et à notre séjour ici.

Paris, 20 novembre 1834.

AN EPISODE UNDER THE TERROR

To MONSIEUR GUYONNET-MERVILLE.

Un épisode sous la Terreur

À Monsieur Guyonnet-Merville.

Would it not be well for me, my dear former master, to explain to those people who are curious to know everything, where I was able to learn enough of legal procedure to manage the business of my little circle, and at the same time to consecrate here the memory of the amiable and intellectual man who said to Scribe, another amateur lawyer, on meeting him at a ball: "Go to the office—I promise you that there is work enough there"? But do you need this public testimony in order to be assured of the author's affection? DE BALZAC.

On the twenty-second of January, 1793, about eight o'clock in the evening, an old lady was descending the steep hill which ends in front of the church of St.-Laurent, on Faubourg St.-Martin, Paris. It had snowed so hard all day that footfalls could scarcely be heard. The streets were deserted; the not unnatural dread inspired by the silence was intensified by the terror under which France was then groaning; so that the old lady had not as yet met anybody; her sight, which had long been poor, made it impossible for her to see, in the distance, by the dim light of the street-lanterns, the few people who were scattered about like ghosts in the broad highway of the faubourg. She went her way courageously, alone, through that solitude, as if her age were a talisman certain to preserve her from all evil.

When she had passed Rue des Morts, she fancied that she could distinguish the firm and heavy step of a man walking behind her. It seemed to her that it was not the first time that she had heard that sound; she was terrified at the thought that she had been followed, and she tried to walk even faster, in order to reach a brightly lighted shop, hoping to be able to set at rest in the light the suspicions which had seized her. As soon as she had stepped beyond the horizontal rays of light that shone from the shop, she suddenly turned her head and caught sight of a human figure in the fog; that indistinct glimpse was enough for her; she staggered for an instant under the weight of the fear which oppressed her, for she no longer doubted that she had been attended by the stranger from the first step that she had taken outside of her home; and the frantic longing to escape a spy gave her additional strength. Incapable of reasoning, she quickened her pace, as if she could possibly elude a man who was surely more active than she. After running for some minutes, she reached a pastry-cook's shop, rushed in, and fell rather than sat down upon a chair in front of the counter.

Ne faut-il pas, cher et ancien patron, expliquer aux gens curieux de tout connaître, où j'ai pu savoir assez de procédure pour conduire les affaires de mon petit monde, et consacrer ici la mémoire de l'homme aimable et spirituel qui disait à Scribe, autre clerc-amateur, « Passez donc à l'Étude, je vous assure qu'il y a de l'ouvrage » en le rencontrant au bal ; mais avez- vous besoin de ce témoignage public pour être certain de l'affection de l'auteur ?

De Balzac.

Le 22 janvier 1793, vers huit heures du soir, une vieille dame descendait, à Paris, l'éminence rapide qui finit devant l'église Saint-Laurent, dans le faubourg Saint-Martin. Il avait tant neigé pendant toute la journée, que les pas s'entendaient à peine. Les rues étaient désertes. La crainte assez naturelle qu'inspirait le silence s'augmentait de toute la terreur qui faisait alors gémir la France ; aussi la vieille dame n'avait-elle encore rencontré personne ; sa vue affaiblie depuis longtemps ne lui permettait pas d'ailleurs d'apercevoir dans le lointain, à la lueur des lanternes, quelques passants clairsemés comme des ombres dans l'immense voie de ce faubourg. Elle allait courageusement seule à travers cette solitude, comme si son âge était un talisman qui dût la préserver de tout malheur. Quand elle eut dépassé la rue des Morts, elle crut distinguer le pas lourd et ferme d'un homme qui marchait derrière elle. Elle s'imagina qu'elle n'entendait pas ce bruit pour la première fois ; elle s'effraya d'avoir été suivie, et tenta d'aller plus vite encore afin d'atteindre à une boutique assez bien éclairée, espérant pouvoir vérifier à la lumière les soupçons dont elle était saisie. Aussitôt qu'elle se trouva dans le rayon de lueur horizontale qui partait de cette boutique, elle retourna brusquement la tête, et entrevit une forme humaine dans le brouillard ; cette indistincte vision lui suffit, elle chancela un moment sous le poids de la terreur dont elle fut accablée, car elle ne douta plus alors qu'elle n'eût été escortée par l'inconnu depuis le premier pas qu'elle avait fait hors de chez elle, et le désir d'échapper à un espion lui prêta des forces. Incapable de raisonner, elle doubla le pas, comme si elle pouvait se soustraire à un homme nécessairement plus agile qu'elle. Après avoir couru pendant quelques minutes, elle parvint à la boutique d'un pâtissier, y entra et tomba, plutôt qu'elle ne s'assit, sur une chaise placée devant le comptoir. Au moment où elle fit crier le loquet de la porte, une jeune

The instant that she rattled the latch of the door, a young woman, who was engaged in embroidering, raised her eyes, recognised through the glass door the old-fashioned mantle of violet silk in which the old lady was wrapped, and hastily opened a drawer, as if to take out something which she intended to give her. Not only did the young woman's movement and expression denote a wish to be rid of the stranger at once, as if she were one of those people whom one is not glad to see, but she also uttered an impatient exclamation when she found the drawer empty; then, without glancing at the lady, she rushed from behind the counter, towards the back-shop, and called her husband, who appeared instantly.

"Where have you put —— ——?" she asked him with a mysterious expression, indicating the old lady by a glance, and not finishing her sentence.

Although the pastry-cook could see only the enormous black silk bonnet, surrounded by violet ribbons, which the stranger wore upon her head, he disappeared, after a glance at his wife, which seemed to say: "Do you suppose that I am going to leave *that* on your counter?"

Amazed by the old lady's silence and immobility, the trades-woman walked towards her, and as she examined her she was conscious of a feeling of compassion, and perhaps of curiosity as well. Although the stranger's complexion was naturally sallow, like that of a person vowed to secret austerities, it was easy to see that some recent emotion had made her even paler than usual. Her bonnet was so arranged as to conceal her hair, which was presumably whitened by age, for the neatness of the collar of her dress indicated that she did not wear powder. That lack of adornment imparted to her face a sort of religious asceticism. Her features were serious and dignified. In the old days the manners and customs of people of quality were so different from those of people belonging to the lower classes, that one could easily distinguish a person of noble birth. So that the young woman was convinced that the stranger was a *ci-devant*, and that she had belonged to the court.

"Madame," she said involuntarily and with respect, forgetting that that title was proscribed.

The old lady did not reply. She kept her eyes fastened upon the shop-window, as if some terrifying object were there apparent.

"What's the matter with you, citizeness?" asked the proprietor, who reappeared at that moment.

femme occupée à broder leva les yeux, reconnut, à travers les carreaux du vitrage, la mante de forme antique et de soie violette dans laquelle la vieille dame était enveloppée, et s'empressa d'ouvrir un tiroir comme pour y prendre une chose qu'elle devait lui remettre. Non seulement le geste et la physionomie de la jeune femme exprimèrent le désir de se débarrasser promptement de l'inconnue, comme si c'eût été une de ces personnes qu'on ne voit pas avec plaisir, mais encore elle laissa échapper une expression d'impatience en trouvant le tiroir vide ; puis, sans regarder la dame, elle sortit précipitamment du comptoir, alla vers l'arrière-boutique, et appela son mari, qui parut tout à coup.

— Où donc as-tu mis... ? lui demanda-t-elle d'un air de mystère en lui désignant la vieille dame par un coup d'œil et sans achever sa phrase.

Quoique le pâtissier ne pût voir que l'immense bonnet de soie noire environné de nœuds en rubans violets qui servait de coiffure à l'inconnue, il disparut après avoir jeté à sa femme un regard qui semblait dire : – Crois-tu que je vais laisser cela dans ton comptoir ?... Étonnée du silence et de l'immobilité de la vieille dame, la marchande revint auprès d'elle ; et, en la voyant, elle se sentit saisie d'un mouvement de compassion ou peut-être aussi de curiosité. Quoique le teint de cette femme fût naturellement livide comme celui d'une personne vouée à des austérités secrètes, il était facile de reconnaître qu'une émotion récente y répandait une pâleur extraordinaire. Sa coiffure était disposée de manière à cacher ses cheveux, sans doute blanchis par l'âge ; car la propreté du collet de sa robe annonçait qu'elle ne portait pas de poudre. Ce manque d'ornement faisait contracter à sa figure une sorte de sévérité religieuse. Ses traits étaient graves et fiers. Autrefois les manières et les habitudes des gens de qualité étaient si différentes de celles des gens appartenant aux autres classes, qu'on devinait facilement une personne noble. Aussi la jeune femme était-elle persuadée que l'inconnue était une *ci-devant*, et qu'elle avait appartenu à la cour.

— Madame ?.... lui dit-elle involontairement et avec respect en oubliant que ce titre était proscrit.

La vieille dame ne répondit pas. Elle tenait ses yeux fixés sur le vitrage de la boutique, comme si un objet effrayant y eût été dessiné.

— Qu'as-tu, citoyenne ? demanda le maître du logis qui reparut aussitôt.

The citizen pastry-cook aroused the lady from her revery by handing her a little paste-board box covered with blue paper.

"Nothing, nothing, my friends," she replied in a mild voice.

She looked up at the pastry-cook as if to bestow a grateful glance upon him; but when she saw a red cap on his head she uttered an exclamation:

"Ah! you have betrayed me!"

The young woman and her husband replied by a gesture of horror which made the stranger blush, perhaps for having suspected them, perhaps with pleasure.

"Excuse me," she said with childlike gentleness.

Then, taking a louis d'or from her pocket, she handed it to the pastry-cook.

"This is the price agreed upon," she added.

There is a sort of poverty which the poor are quick to divine. The pastry-cook and his wife looked at each other and then at the old lady, exchanging the same thought. That louis d'or was evidently the last. The lady's hands trembled as she held out that coin, at which she gazed sorrowfully but without avarice; but she seemed to realise the full extent of the sacrifice. Fasting and poverty were written upon that face, in lines as legible as those of fear and ascetic habits. There were vestiges of past splendour in her clothes: they were worn silk; a neat though old-fashioned cloak, and lace carefully mended—in a word, the rags and tatters of opulence. The trades-people, wavering between pity and self-interest, began by relieving their consciences in words:

"But, citizeness, you seem very weak——"

"Would madame like something to refresh herself?" asked the woman, cutting her husband short.

"We have some very good soup," added the pastry-cook.

"It's so cold! perhaps madame was chilled by her walk? But you can rest here and warm yourself a little."

"The devil is not as black as he is painted," cried the pastry-cook.

Won by the kind tone of the charitable shopkeeper's words, the lady admitted that she had been followed by a stranger, and that she was afraid to return home alone.

"Is that all?" replied the man with the red cap. "Wait for me, citizeness."

Le citoyen pâtissier tira la dame de sa rêverie en lui tendant une petite boîte de carton couverte en papier bleu.

— Rien, rien, mes amis, répondit-elle d'une voix douce.

Elle leva les yeux sur le pâtissier comme pour lui jeter un regard de remerciement ; mais en lui voyant un bonnet rouge sur la tête, elle laissa échapper un cri.

— Ah !... vous m'avez trahie ?...

La jeune femme et son mari répondirent par un geste d'horreur qui fit rougir l'inconnue, soit de les avoir soupçonnés, soit de plaisir.

— Excusez-moi, dit-elle alors avec une douceur enfantine. Puis, tirant un louis d'or de sa poche, elle le présenta au pâtissier : – Voici le prix convenu, ajouta-t-elle.

Il y a une indigence que les indigents savent deviner. Le pâtissier et sa femme se regardèrent et se montrèrent la vieille femme en se communiquant une même pensée. Ce louis d'or devait être le dernier. Les mains de la dame tremblaient en offrant cette pièce, qu'elle contemplait avec douleur et sans avarice ; mais elle semblait connaître toute l'étendue du sacrifice. Le jeûne et la misère étaient gravés sur cette figure en traits aussi lisibles que ceux de la peur et des habitudes ascétiques. Il y avait dans ses vêtements des vestiges de magnificence. C'était de la soie usée, une mante propre, quoique passée, des dentelles soigneusement raccommodées ; enfin les haillons de l'opulence ! Les marchands, placés entre la pitié et l'intérêt, commencèrent par soulager leur conscience en paroles.

— Mais, citoyenne, tu parais bien faible.

— Madame aurait-elle besoin de prendre quelque chose ? reprit la femme en coupant la parole à son mari.

— Nous avons de bien bon bouillon, dit le pâtissier.

— Il fait si froid, madame aura peut-être été saisie en marchant ; mais vous pouvez vous reposer ici et vous chauffer un peu.

— Nous ne sommes pas aussi noirs que le diable, s'écria le pâtissier.

Gagnée par l'accent de bienveillance qui animait les paroles des charitables boutiquiers, la dame avoua qu'elle avait été suivie par un homme, et qu'elle avait peur de revenir seule chez elle.

— Ce n'est que cela ? reprit l'homme au bonnet rouge. Attends-moi, citoyenne.

He gave the louis to his wife; then, impelled by that species of gratitude which finds its way into the heart of a tradesman when he receives an extravagant price for goods of moderate value, he went to don his National guardsman's uniform, took his hat, thrust his sabre into his belt, and reappeared under arms. But his wife had had time to reflect; and, as in many other hearts, reflection closed the open hand of kindliness. Perturbed in mind, and fearing that her husband might become involved in some dangerous affair, the pastry-cook's wife tried to stop him by pulling the skirt of his coat; but, obeying a charitable impulse, the good man at once offered to escort the old lady.

"It seems that the man who frightened the citizeness is still prowling about the shop," said the young woman, nervously.

"I am afraid so," the lady artlessly replied.

"Suppose he should be a spy? Suppose it was a conspiracy? Don't go with her, and take back the box."

These words, whispered in the pastry-cook's ear by his wife, congealed the impromptu courage which had moved him.

"I'll just go out and say two words to him, and rid you of him in short order!" cried the man, opening the door and rushing out.

The old lady, passive as a child and almost dazed, resumed her seat. The worthy tradesman soon reappeared; his face, which was naturally red, and moreover was flushed by the heat of his ovens, had suddenly become livid; he was so terribly frightened that his legs trembled and his eyes resembled a drunken man's.

"Do you mean to have our heads cut off, you miserable aristocrat?" he cried angrily. "Just let us see your heels; don't ever show your face here again, and don't count on me to supply you with materials for a conspiracy!"

As he spoke, the pastry-cook tried to take from the old lady the small box, which she had put in one of her pockets. But no sooner did the man's insolent hands touch her clothing, than the stranger, preferring to brave the dangers of the street with no other defender than God, rather than to lose what she had purchased, recovered the agility of her youth; she rushed to the door, opened it abruptly, and vanished from the eyes of the dazed and trembling woman and her husband.

As soon as the stranger was out of doors, she walked rapidly away;

Il donna le louis à sa femme. Puis, mû par cette espèce de reconnaissance qui se glisse dans l'âme d'un marchand quand il reçoit un prix exorbitant d'une marchandise de médiocre valeur, il alla mettre son uniforme de garde national, prit son chapeau, passa son briquet et reparut sous les armes ; mais sa femme avait eu le temps de réfléchir. Comme dans bien d'autres cœurs, la Réflexion ferma la main ouverte de la Bienfaisance. Inquiète et craignant de voir son mari dans quelque mauvaise affaire, la femme du pâtissier essaya de le tirer par le pan de son habit pour l'arrêter ; mais, obéissant à un sentiment de charité, le brave homme offrit sur-le-champ à la vieille dame de l'escorter.

— Il paraît que l'homme dont a peur la citoyenne est encore à rôder devant la boutique, dit vivement la jeune femme.

— Je le crains, dit naïvement la dame.

— Si c'était un espion ? si c'était une conspiration ? N'y va pas, et reprends-lui la boîte....

Ces paroles, soufflées à l'oreille du pâtissier par sa femme, glacèrent le courage impromptu dont il était possédé.

— Eh ! je m'en vais lui dire deux mots, et vous en débarrasser sur-le-champ, s'écria le pâtissier en ouvrant la porte et sortant avec précipitation.

La vieille dame, passive comme un enfant et presque hébétée, se rassit sur sa chaise. L'honnête marchand ne tarda pas à reparaître, son visage, assez rouge de son naturel et enluminé d'ailleurs par le feu du four, était subitement devenu blême ; une si grande frayeur l'agitait que ses jambes tremblaient et que ses yeux ressemblaient à ceux d'un homme ivre.

— Veux-tu nous faire couper le cou, misérable aristocrate ?... s'écria-t-il avec fureur. Songe à nous montrer les talons, ne reparais jamais ici, et ne compte pas sur moi pour te fournir des éléments de conspiration !

En achevant ces mots, le pâtissier essaya de reprendre à la vieille dame la petite boîte qu'elle avait mise dans une de ses poches. À peine les mains hardies du pâtissier touchèrent-elles ses vêtements, que l'inconnue, préférant se livrer aux dangers de la route sans autre défenseur que Dieu, plutôt que de perdre ce qu'elle venait d'acheter, retrouva l'agilité de sa jeunesse ; elle s'élança vers la porte, l'ouvrit brusquement, et disparut aux yeux de la femme et du mari stupéfaits et tremblants. Aussitôt que l'inconnue se trouva dehors, elle se mit à marcher avec

but her strength failed her, for she heard the snow creak beneath the heavy step of the spy, by whom she was pitilessly followed. She was obliged to stop, and he stopped; she dared neither speak to him nor look at him, whether as a result of the fear which gripped her heart, or from lack of intelligence. She continued her way, walking slowly; thereupon the man slackened his pace, so as to remain at a distance, which enabled him to keep his eye upon her. He seemed to be the very shadow of the old woman. The clock was striking nine when the silent couple again passed the church of St.-Laurent. It is in the nature of all souls, even the weakest, that a feeling of tranquillity should succeed violent agitation; for, although our feelings are manifold, our bodily powers are limited. And so the stranger, meeting with no injury at the hands of her supposed persecutor, chose to discover in him a secret friend, zealous to protect her; she recalled all the circumstances which had attended the unknown's appearance, as if to find plausible arguments in favour of that comforting opinion; and she took pleasure in detecting good rather than evil intentions in his behaviour.

Forgetting the terror which that man had inspired in the pastry-cook, she walked with an assured step into the upper parts of Faubourg St.-Martin. After half an hour she reached a house near the junction of the main street of the faubourg and that which leads to the Barrière de Pantin. Even to-day, that spot is one of the most solitary in all Paris. The north wind, blowing over the Buttes Chaumont and from Belleville, whistled through the houses, or rather the hovels, scattered about in that almost uninhabited valley, where the dividing walls are built of earth and bones. That desolate spot seemed to be the natural refuge of poverty and despair. The man who had persisted in following the wretched creature who was bold enough to walk through those silent streets at night, seemed impressed by the spectacle presented to his eyes. He became thoughtful, and stood in evident hesitation, in the dim light of a lantern whose feeble rays barely pierced the mist.

Fear gave eyes to the old woman, who fancied that she could detect something sinister in the stranger's features; her former terror reawoke, and, taking advantage of the uncertainty which had checked his advance, to glide in the darkness towards the door of the solitary house, she pressed a spring and disappeared with magical rapidity.

The stranger, motionless as a statue, gazed at that house, which was

vitesse ; mais ses forces la trahirent bientôt, car elle entendit l'espion par lequel elle était impitoyablement suivie, faisant crier la neige qu'il pressait de son pas pesant ; elle fut obligée de s'arrêter, il s'arrêta ; elle n'osait ni lui parler, ni le regarder, soit par suite de la peur dont elle était saisie, soit par manque d'intelligence. Elle continua son chemin en allant lentement, l'homme ralentit alors son pas de manière à rester à une distance qui lui permettait de veiller sur elle. L'inconnu semblait être l'ombre même de cette vieille femme. Neuf heures sonnèrent quand le couple silencieux repassa devant l'église de Saint-Laurent. Il est dans la nature de toutes les âmes, même la plus infirme, qu'un sentiment de calme succède à une agitation violente, car, si les sentiments sont infinis, nos organes sont bornés. Aussi l'inconnue, n'éprouvant aucun mal de son prétendu persécuteur, voulut-elle voir en lui un ami secret empressé de la protéger ; elle réunit toutes les circonstances qui avaient accompagné les apparitions de l'étranger comme pour trouver des motifs plausibles à cette consolante opinion, et il lui plut alors de reconnaître en lui plutôt de bonnes que de mauvaises intentions. Oubliant l'effroi que cet homme venait d'inspirer au pâtissier, elle avança donc d'un pas ferme dans les régions supérieures du faubourg Saint-Martin. Après une demi-heure de marche, elle parvint à une maison située auprès de l'embranchement formé par la rue principale du faubourg et par celle qui mène à la barrière de Pantin. Ce lieu est encore aujourd'hui un des plus déserts de tout Paris. La bise, passant sur les buttes Saint- Chaumont et de Belleville, sifflait à travers les maisons, ou plutôt les chaumières, semées dans ce vallon presque inhabité où les clôtures sont en murailles faites avec de la terre et des os. Cet endroit désolé semblait être l'asile naturel de la misère et du désespoir. L'homme qui s'acharnait à la poursuite de la pauvre créature assez hardie pour traverser nuitamment ces rues silencieuses, parut frappé du spectacle qui s'offrait à ses regards. Il resta pensif, debout et dans une attitude d'hésitation, faiblement éclairé par un réverbère dont la lueur indécise perçait à peine le brouillard. La peur donna des yeux à la vieille femme, qui crut apercevoir quelque chose de sinistre dans les traits de l'inconnu ; elle sentit ses terreurs se réveiller, et profita de l'espèce d'incertitude qui arrêtait cet homme pour se glisser dans l'ombre vers la porte de la maison solitaire ; elle fit jouer un ressort, et disparut avec une rapidité fantasmagorique. Le passant, immobile, contemplait cette maison, qui présentait en quelque sorte

in some measure the type of the wretched dwellings of the faubourg. That unstable hovel, built of rough stones, was covered with a layer of yellow plaster, so cracked that it seemed in danger of falling before the slightest gust of wind. The roof, of dark brown tiles covered with moss, had sunk in several places so that it seemed likely to give way under the weight of the snow. On each floor there were three windows, the sashes of which, rotted by the dampness and shrunken by the heat of the sun, made it clear that the cold air must find an easy entrance into the rooms. That isolated house resembled an old tower which time had forgotten to destroy. A faint light shone through the irregular windows of the attic at the top of the tumble-down structure, while all the rest of the house was in absolute darkness. The old woman climbed, not without difficulty, the steep, rough staircase, which was supplied with a rope instead of a baluster; she knocked softly at the door of the apart-ment in the attic, and dropped hastily upon a chair which an old man offered her.

"Hide! hide yourself!" she said. "Although we go out very seldom, everything that we do is known; our footsteps are watched."

"What is there new, pray?" asked another old woman who was seated by the fire.

"The man who was prowling around the house last night followed me to-night."

At these words the three occupants of the attic looked at each other with indications of profound terror on their faces. The old man was the least moved of the three, perhaps because he was in the greatest danger. Under the weight of a great calamity, or under the yoke of persecution, a courageous man begins, so to speak, by preparing to sacrifice himself; he looks upon his days simply as so many victories over destiny. The eyes of the two women, fastened upon this old man, made it easy to divine that he was the sole object of their intense anxiety.

"Why despair of God, my sisters?" he said in a low but powerful voice. "We sang His praises amid the cries of the assassins and the shrieks of the dying at the Carmelite convent. If He decreed that I should be saved from that butchery, it was doubtless because He reserved me for another destiny, which I must accept without a murmur. God protects His peo-ple, He may dispose of them at His pleasure. It is of you, not of me, we must think."

le type des misérables habitations de ce faubourg. Cette chancelante bicoque bâtie en moellons était revêtue d'une couche de plâtre jauni, si fortement lézardée, qu'on craignait de la voir tomber au moindre effort du vent. Le toit de tuiles brunes et couvert de mousse s'affaissait en plusieurs endroits de manière à faire croire qu'il allait céder sous le poids de la neige. Chaque étage avait trois fenêtres dont les châssis, pourris par l'humidité et disjoints par l'action du soleil, annonçaient que le froid devait pénétrer dans les chambres. Cette maison isolée ressemblait à une vieille tour que le temps oubliait de détruire. Une faible lumière éclairait les croisées qui coupaient irrégulièrement la mansarde par laquelle ce pauvre édifice était terminé, tandis que le reste de la maison se trouvait dans une obscurité complète. La vieille femme ne monta pas sans peine l'escalier rude et grossier, le long duquel on s'appuyait sur une corde en guise de rampe ; elle frappa mystérieusement à la porte du logement qui se trouvait dans la mansarde, et s'assit avec précipitation sur une chaise que lui présenta un vieillard.

— Cachez-vous, cachez-vous ! lui dit-elle. Quoique nous ne sortions que bien rarement, nos démarches sont connues, nos pas sont épiés.

— Qu'y a-t-il de nouveau ? demanda une autre vieille femme assise auprès du feu.

— L'homme qui rôde autour de la maison depuis hier m'a suivie ce soir.

À ces mots, les trois habitants de ce taudis se regardèrent en laissant paraître sur leurs visages les signes d'une terreur profonde. Le vieillard fut le moins agité des trois, peut-être parce qu'il était le plus en danger. Quand on est sous le poids d'un grand malheur ou sous le joug de la persécution, un homme courageux commence pour ainsi dire par faire le sacrifice de lui-même, il ne considère ses jours que comme autant de victoires remportées sur le Sort. Les regards des deux femmes, attachés sur ce vieillard, laissaient facilement deviner qu'il était l'unique objet de leur vive sollicitude.

— Pourquoi désespérer de Dieu, mes sœurs ? dit-il d'une voix sourde mais onctueuse, nous chantions ses louanges au milieu des cris que poussaient les assassins et les mourants au couvent des Carmes. S'il a voulu que je fusse sauvé de cette boucherie, c'est sans doute pour me réserver à une destinée que je dois accepter sans murmure. Dieu protège les siens, il peut en disposer à son gré. C'est de vous, et non de moi qu'il faut s'occuper.

"No," said one of the old women; "what are our lives compared with that of a priest?"

"When once I found myself outside of the Abbey of Chelles, I looked upon myself as dead," said that one of the two women who had not gone out.

"Here," replied the other, handing the priest the little box, "here are the wafers.—But," she cried, "I hear some one coming up the stairs."

Thereupon all three listened intently. The noise ceased.

"Do not be alarmed," said the priest, "if some one should try to enter. A person upon whose fidelity we can rely has undoubtedly taken all necessary measures to cross the frontier, and will come here to get the letters which I have written to the Duc de Langeais and to the Marquis de Beauséant, asking them to consider the means of rescuing you from this terrible country, from the death or destitution which awaits you here."

"Then you do not mean to go with us?" cried the two nuns gently, with manifestations of despair.

"My place is where there are victims," said the priest simply.

They held their peace and gazed at their companion with devout admiration.

"Sister Martha," he said, addressing the nun who had gone to buy the wafers, "the messenger I speak of will reply *'Fiat voluntas'* to the word *'Hosanna.'*"

"There is some one on the stairs!" cried the other nun, opening the door of a hiding-place under the lower part of the roof.

This time they could plainly hear, amid the profound silence, the footsteps of a man upon the stairs, which were covered with ridges of hardened mud. The priest crept with difficulty into a sort of cupboard, and the nuns threw over him a few pieces of apparel.

"You may close the door, Sister Agatha," he said in a muffled voice.

The priest was hardly hidden when three taps on the door caused a shock to the two holy women, who consulted each other with their eyes, afraid to utter a single word. Each of them seemed to be about sixty years old. Secluded from the world for forty years, they were like plants habituated to the air of a hot-house, which wilt if they are taken from it. Accustomed to the life of a convent, they were unable to imagine any other life. One morning, their gratings having been shattered, they shuddered to find themselves free. One can readily imagine the species

— Non, dit l'une des deux vieilles femmes, qu'est-ce que notre vie en comparaison de celle d'un prêtre ?

— Une fois que je me suis vue hors de l'abbaye de Chelles, je me suis considérée comme morte, s'écria celle des deux religieuses qui n'était pas sortie.

— Voici, reprit celle qui arrivait en tendant la petite boîte au prêtre, voici les hosties. Mais, s'écria-t-elle, j'entends monter les degrés.

À ces mots, tous trois ils se mirent à écouter. Le bruit cessa.

— Ne vous effrayez pas, dit le prêtre, si quelqu'un essaie de parvenir jusqu'à vous. Une personne sur la fidélité de laquelle nous pouvons compter a dû prendre toutes ses mesures pour passer la frontière, et viendra chercher les lettres que j'ai écrites au duc de Langeais et au marquis de Beauséant, afin qu'ils puissent aviser aux moyens de vous arracher à cet affreux pays, à la mort ou à la misère qui vous y attendent.

— Vous ne nous suivrez donc pas ? s'écrièrent doucement les deux religieuses en manifestant une sorte de désespoir.

— Ma place est là où il y a des victimes, dit le prêtre avec simplicité.

Elles se turent et regardèrent leur hôte avec une sainte admiration.

— Sœur Marthe, dit-il en s'adressant à la religieuse qui était allée chercher les hosties, cet envoyé devra répondre *Fiat voluntas*, au mot *Hosanna*.

— Il y a quelqu'un dans l'escalier ! s'écria l'autre religieuse en ouvrant une cachette pratiquée sous le toit.

Cette fois, il fut facile d'entendre, au milieu du plus profond silence, les pas d'un homme qui faisait retentir les marches couvertes de callosités produites par de la boue durcie. Le prêtre se coula péniblement dans une espèce d'armoire, et la religieuse jeta quelques hardes sur lui.

— Vous pouvez fermer, sœur Agathe, dit-il d'une voix étouffée.

À peine le prêtre était-il caché, que trois coups frappés sur la porte firent tressaillir les deux saintes filles, qui se consultèrent des yeux sans oser prononcer une seule parole. Elles paraissaient avoir toutes deux une soixantaine d'années. Séparées du monde depuis quarante ans, elles étaient comme des plantes habituées à l'air d'une serre, et qui meurent si on les en sort. Accoutumées à la vie du couvent, elles n'en pouvaient plus concevoir d'autre. Un matin, leurs grilles ayant été brisées, elles avaient frémi de se trouver libres. On peut aisément se figurer l'espèce d'imbé-

of imbecility which the events of the Revolution had produced in their innocent minds. Incapable of reconciling their conventual ideas with the difficult problems of life, and not even understanding their situation, they resembled children who had been zealously cared for hitherto, and who, deserted by their motherly protector, prayed instead of weeping. And so, in face of the danger which they apprehended at that moment, they remained mute and passive, having no conception of any other defence than Christian resignation.

The man who desired to enter interpreted that silence to suit himself; he opened the door and appeared abruptly before them. The two nuns shuddered as they recognised the man who had been prowling about their house, making inquiries about them, for some time. They did not move, but gazed at him with anxious curiosity, after the manner of the children of savage tribes, who examine strangers in silence. He was tall and stout; but there was nothing in his manner, or appearance, to indicate an evil-minded man. He imitated the immobility of the nuns, and moved his eyes slowly about the room in which he stood.

Two straw mats, laid upon boards, served the two nuns as beds. There was a single table in the centre of the room, and upon it a copper candlestick, a few plates, three knives, and a round loaf. The fire on the hearth was very low, and a few sticks of wood piled in a corner testified to the poverty of the two occupants. The walls, covered with an ancient layer of paint, demonstrated the wretched condition of the roof, for stains like brown threads marked the intrusion of the rain-water. A relic, rescued doubtless during the pillage of the Abbey of Chelles, adorned the mantel. Three chairs, two chests, and a wretched commode completed the furniture of the room. A door beside the chimney indicated the existence of an inner chamber.

The inventory of the cell was speedily made by the person who had thrust himself into the bosom of that group under such alarming auspices. A sentiment of compassion was expressed upon his face, and he cast a kindly glance upon the two women, but seemed at least as embarrassed as they. The strange silence preserved by all three lasted but a short time, for the stranger at last divined the mental weakness and the inexperience of the two poor creatures, and he said to them in a voice which he tried to soften: "I do not come here as an enemy, citizenesses."

cillité factice que les événements de la Révolution avaient produite dans leurs âmes innocentes. Incapables d'accorder leurs idées claustrales avec les difficultés de la vie, et ne comprenant même pas leur situation, elles ressemblaient à des enfants dont on avait pris soin jusqu'alors, et qui, abandonnés par leur providence maternelle, priaient au lieu de crier. Aussi, devant le danger qu'elles prévoyaient en ce moment, demeurèrent-elles muettes et passives, ne connaissant d'autre défense que la résignation chrétienne. L'homme qui demandait à entrer interpréta ce silence à sa manière, il ouvrit la porte et se montra tout à coup. Les deux religieuses frémirent en reconnaissant le personnage qui, depuis quelque temps, rôdait autour de leur maison et prenait des informations sur leur compte ; elles restèrent immobiles en le contemplant avec une curiosité inquiète, à la manière des enfants sauvages, qui examinent silencieusement les étrangers. Cet homme était de haute taille et gros ; mais rien dans sa démarche, dans son air ni dans sa physionomie, n'indiquait un méchant homme. Il imita l'immobilité des religieuses, et promena lentement ses regards sur la chambre où il se trouvait.

Deux nattes de paille, posées sur des planches, servaient de lit aux deux religieuses. Une seule table était au milieu de la chambre, et il y avait dessus un chandelier de cuivre, quelques assiettes, trois couteaux et un pain rond. Le feu de la cheminée était modeste. Quelques morceaux de bois, entassés dans un coin, attestaient d'ailleurs la pauvreté des deux recluses. Les murs, enduits d'une couche de peinture très ancienne, prouvaient le mauvais état de la toiture, où des taches, semblables à des filets bruns, indiquaient les infiltrations des eaux pluviales. Une relique, sans doute sauvée du pillage de l'abbaye de Chelles, ornait le manteau de la cheminée. Trois chaises, deux coffres et une mauvaise commode complétaient l'ameublement de cette pièce. Une porte pratiquée auprès de la cheminée faisait conjecturer qu'il existait une seconde chambre.

L'inventaire de cette cellule fut bientôt fait par le personnage qui s'était introduit sous de si terribles auspices au sein de ce ménage. Un sentiment de commisération se peignit sur sa figure, et il jeta un regard de bienveillance sur les deux filles, au moins aussi embarrassé qu'elles. L'étrange silence dans lequel ils demeurèrent tous trois dura peu, car l'inconnu finit par deviner la faiblesse morale et l'inexpérience des deux pauvres créatures, et il leur dit alors d'une voix qu'il essaya d'adoucir :

– Je ne viens point ici en ennemi, citoyenne... Il s'arrêta et se reprit pour

He paused, and then resumed: "My sisters, if any misfortune should happen to you, be sure that I have had no part in it. I have a favour to ask of you."

They still remained silent.

"If I annoy you, if I embarrass you, tell me so frankly, and I will go; but understand that I am entirely devoted to you; that if there is any service that I can do you, you may employ me without fear; that I alone perhaps am above the law, as there is no longer a king."

There was such a ring of truth in these words that Sister Agatha, the one of the two nuns who belonged to the family of Langeais, and whose manners seemed to indicate that she had formerly been familiar with magnificent festivities and had breathed the air of courts, instantly pointed to one of the chairs, as if to request their guest to be seated. The stranger manifested a sort of mixture of pleasure and melancholy when he saw that gesture; and he waited until the two venerable women were seated, before seating himself.

"You have given shelter," he continued, "to a venerable unsworn priest, who miraculously escaped the massacre at the Carmelite convent."

"*Hosanna!*" said Sister Agatha, interrupting the stranger, and gazing at him with anxious interest.

"I don't think that that is his name," he replied.

"But, monsieur," said Sister Martha hastily, "we haven't any priest here, and——"

"In that case you must be more careful and more prudent," retorted the stranger gently, reaching to the table and taking up a breviary. "I do not believe that you know Latin, and——"

He did not continue, for the extraordinary emotion depicted on the faces of the unhappy nuns made him feel that he had gone too far; they were trembling, and their eyes were filled with tears.

"Do not be alarmed," he said to them cheerily; "I know the name of your guest and your names; and three days ago I was informed of your destitution and of your devotion to the venerable Abbé of ——"

"Hush!" said Sister Agatha innocently, putting her finger to her lips.

"You see, my sisters, that if I had formed the detestable plan of betraying you, I might already have done it more than once."

dire : Mes sœurs, s'il vous arrivait quelque malheur, croyez que je n'y aurais pas contribué. J'ai une grâce à réclamer de vous....

Elles gardèrent toujours le silence.

— Si je vous importunais, si... je vous gênais, parlez librement... je me retirerais ; mais sachez que je vous suis tout dévoué ; que, s'il est quelque bon office que je puisse vous rendre, vous pouvez m'employer sans crainte, et que moi seul, peut-être, suis au-dessus de la loi, puisqu'il n'y a plus de roi...

Il y avait un tel accent de vérité dans ces paroles, que la sœur Agathe, celle des deux religieuses qui appartenait à la maison de Langeais, et dont les manières semblaient annoncer qu'elle avait autrefois connu l'éclat des fêtes et respiré l'air de la cour, s'empressa d'indiquer une des chaises comme pour prier leur hôte de s'asseoir. L'inconnu manifesta une sorte de joie mêlée de tristesse en comprenant ce geste, et attendit pour prendre place que les deux respectables filles fussent assises.

— Vous avez donné asile, reprit-il, à un vénérable prêtre non assermenté, qui a miraculeusement échappé aux massacres des Carmes.

— *Hosanna !...* dit la sœur Agathe en interrompant l'étranger et le regardant avec une inquiète curiosité.

— Il ne se nomme pas ainsi, je crois, répondit-il.

— Mais, monsieur, dit vivement la sœur Marthe, nous n'avons pas de prêtre ici, et...

— Il faudrait alors avoir plus de soin et de prévoyance, répliqua doucement l'étranger en avançant le bras vers la table et y prenant un bréviaire. Je ne pense pas que vous sachiez le latin, et...

Il ne continua pas, car l'émotion extraordinaire qui se peignit sur les figures des deux pauvres religieuses lui fit craindre d'être allé trop loin, elles étaient tremblantes et leurs yeux s'emplirent de larmes.

— Rassurez-vous, leur dit-il d'une voix franche, je sais le nom de votre hôte et les vôtres, et depuis trois jours je suis instruit de votre détresse et de votre dévouement pour le vénérable abbé de...

— Chut ! dit naïvement sœur Agathe en mettant un doigt sur ses lèvres.

— Vous voyez, mes sœurs, que, si j'avais conçu l'horrible dessein de vous trahir, j'aurais déjà pu l'accomplir plus d'une fois....

When he heard these words, the priest emerged from his prison and appeared in the middle of the room.

"I cannot believe, monsieur," he said to the stranger, "that you are one of our persecutors, and I trust you. What do you want with me?"

The priest's saintlike confidence, the nobility of soul that shone in all his features, would have disarmed an assassin. The mysterious personage who had enlivened that scene of destitution and resignation gazed for a moment at the group formed by those three; then he assumed a confidential tone, and addressed the priest in these words:

"Father, I have come to implore you to celebrate a mortuary mass for the repose of the soul of a—a consecrated person, whose body, however, will never lie in holy ground."

The priest involuntarily shuddered. The two nuns, not understanding as yet to whom the stranger referred, stood with necks outstretched, and faces turned towards the two men, in an attitude of intense curiosity. The priest scrutinised the stranger; unfeigned anxiety was depicted upon his face, and his eyes expressed the most ardent entreaty.

"Very well," replied the priest; "to-night, at midnight, return here, and I shall be ready to celebrate the only funeral service which we can offer in expiation of the crime to which you refer."

The stranger started; but a feeling of satisfaction, at once grateful and solemn, seemed to triumph over some secret grief. Having respectfully saluted the priest and the two holy women, he disappeared, manifesting a sort of mute gratitude which was understood by those three noble hearts. About two hours after this scene the stranger returned, knocked softly at the attic door, and was admitted by Mademoiselle de Beauséant, who escorted him into the second room of that humble lodging, where everything had been prepared for the ceremony.

Between two flues of the chimney, the nuns had placed the old commode, whose antiquated shape was covered by a magnificent altar-cloth of green silk. A large crucifix of ebony and ivory, fastened upon the discoloured wall, heightened the effect of its bareness and inevitably attracted the eye. Four slender little tapers, which the sisters had succeeded in standing upon that improvised altar by fixing them in sealing-wax, cast a pale light, which the wall reflected dimly. That faint gleam barely lighted the rest of the room; but, in that it confined its illumina-

En entendant ces paroles, le prêtre se dégagea de sa prison et reparut au milieu de la chambre.

— Je ne saurais croire, monsieur, dit-il à l'inconnu, que vous soyez un de nos persécuteurs, et je me fie à vous. Que voulez- vous de moi ?

La sainte confiance du prêtre, la noblesse répandue dans tous ses traits auraient désarmé des assassins. Le mystérieux personnage qui était venu animer cette scène de misère et de résignation contempla pendant un moment le groupe formé par ces trois êtres ; puis, il prit un ton de confidence, s'adressa au prêtre en ces termes : – Mon père, je venais vous supplier de célébrer une messe mortuaire pour le repos de l'âme.... d'un.... d'une personne sacrée et dont le corps ne reposera jamais dans la terre sainte....

Le prêtre frissonna involontairement. Les deux religieuses, ne comprenant pas encore de qui l'inconnu voulait parler, restèrent le cou tendu, le visage tourné vers les deux interlocuteurs, et dans une attitude de curiosité. L'ecclésiastique examina l'étranger : une anxiété non équivoque était peinte sur sa figure et ses regards exprimaient d'ardentes supplications.

— Eh bien ! répondit le prêtre, ce soir, à minuit, revenez, et je serai prêt à célébrer le seul service funèbre que nous puissions offrir en expiation du crime dont vous parlez...

L'inconnu tressaillit, mais une satisfaction tout à la fois douce et grave parut triompher d'une douleur secrète. Après avoir respectueusement salué le prêtre et les deux saintes filles, il disparut en témoignant une sorte de reconnaissance muette qui fut comprise par ces trois âmes généreuses. Environ deux heures après cette scène, l'inconnu revint, frappa discrètement à la porte du grenier, et fut introduit par mademoiselle de Beauséant, qui le conduisit dans la seconde chambre de ce modeste réduit, où tout avait été préparé pour la cérémonie. Entre deux tuyaux de la cheminée, les deux religieuses avaient apporté la vieille commode dont les contours antiques étaient ensevelis sous un magnifique devant d'autel en moire verte. Un grand crucifix d'ébène et d'ivoire attaché sur le mur jaune en faisait ressortir la nudité et attirait nécessairement les regards. Quatre petits cierges fluets que les sœurs avaient réussi à fixer sur cet autel improvisé en les scellant dans de la cire à cacheter, jetaient une lueur pâle et mal réfléchie par le mur. Cette faible lumière éclairait à peine le reste de la chambre ; mais, en

tion to the consecrated objects, it resembled a ray of light from heaven upon that undecorated altar. The floor was damp. The attic roof, which sloped sharply on both sides, had various cracks through which a biting wind blew. Nothing less stately could be imagined, and yet perhaps there could be nothing more solemn than this lugubrious ceremony.

A silence so profound that it would have enabled them to hear the faintest sound on distant thoroughfares, diffused a sort of sombre majesty over that nocturnal scene. In short, the grandeur of the occasion contrasted so strikingly with the poverty of the surroundings that the result was a sensation of religious awe. The two old nuns, kneeling on the damp floor on either side of the altar, heedless of the deadly moisture, prayed in unison with the priest, who, clad in his pontifical vestments, prepared a golden chalice adorned with precious stones, a consecrated vessel rescued doubtless from the plunderers of the Abbey of Chelles. Beside that pyx, an object of regal magnificence, were the water and wine destined for the sacrament, in two glasses hardly worthy of the lowest tavern. In default of a missal, the priest had placed his breviary on a corner of the altar. A common plate was provided for the washing of those innocent hands, pure of bloodshed. All was majestic, and yet paltry; poor, but noble; profane and holy in one. The stranger knelt piously between the two nuns. But suddenly, when he noticed a band of crape on the chalice and on the crucifix—for, having nothing to indicate the purpose of that mortuary mass, the priest had draped God Himself in mourning—he was assailed by such an overpowering memory that drops of sweat gathered upon his broad forehead. The four silent actors in that scene gazed at each other mysteriously; then their hearts, acting upon one another, communicated their sentiments to each other and became blended into the one emotion of religious pity; it was as if their thoughts had evoked the royal martyr whose remains had been consumed by quicklime, but whose shade stood before them in all its royal majesty. They celebrated an obit without the body of the deceased. Beneath those disjointed tiles and laths, four Christians interceded with God for a king of France, and performed his obsequies without a bier. It was the purest of all possible devotions, an amazing act of fidelity performed without one thought of self. Doubtless, in the eyes of God, it was like the glass of water which is equal to the greatest virtues. The whole of monarchy was there, in the prayers of a priest and of two poor nuns;

ne donnant son éclat qu'aux choses saintes, elle ressemblait à un rayon tombé du ciel sur cet autel sans ornement. Le carreau était humide. Le toit, qui, des deux côtés, s'abaissait rapidement, comme dans les greniers, avait quelques lézardes par lesquelles passait un vent glacial. Rien n'était moins pompeux, et cependant rien peut-être ne fut plus solennel que cette cérémonie lugubre. Un profond silence, qui aurait permis d'entendre le plus léger cri proféré sur la route d'Allemagne, répandait une sorte de majesté sombre sur cette scène nocturne. Enfin la grandeur de l'action contrastait si fortement avec la pauvreté des choses, qu'il en résultait un sentiment d'effroi religieux. De chaque côté de l'autel, les deux vieilles recluses, agenouillées sur la tuile du plancher sans s'inquiéter de son humidité mortelle, priaient de concert avec le prêtre, qui, revêtu de ses habits pontificaux, disposait un calice d'or orné de pierres précieuses, vase sacré sauvé sans doute du pillage de l'abbaye de Chelles. Auprès de ce ciboire, monument d'une royale magnificence, l'eau et le vin destinés au saint sacrifice étaient contenus dans deux verres à peine dignes du dernier cabaret. Faute de missel, le prêtre avait posé son bréviaire sur un coin de l'autel. Une assiette commune était préparée pour le lavement des mains innocentes et pures de sang. Tout était immense, mais petit ; pauvre, mais noble ; profane et saint tout à la fois. L'inconnu vint pieusement s'agenouiller entre les deux religieuses. Mais tout à coup, en apercevant un crêpe au calice et au crucifix, car, n'ayant rien pour annoncer la destination de cette messe funèbre, le prêtre avait mis Dieu lui-même en deuil, il fut assailli d'un souvenir si puissant que des gouttes de sueur se formèrent sur son large front. Les quatre silencieux acteurs de cette scène se regardèrent alors mystérieusement ; puis leurs âmes, agissant à l'envi les unes sur les autres, se communiquèrent ainsi leurs sentiments et se confondirent dans une commisération religieuse, il semblait que leur pensée eût évoqué le martyr dont les restes avaient été dévorés par de la chaux vive, et que son ombre fût devant eux dans toute sa royale majesté. Ils célébraient un *obit* sans le corps du défunt. Sous ces tuiles et ces lattes disjointes, quatre chrétiens allaient intercéder auprès de Dieu pour un Roi de France, et faire son convoi sans cercueil. C'était le plus pur de tous les dévouements, un acte étonnant de fidélité accompli sans arrière-pensée. Ce fut sans doute, aux yeux de Dieu, comme le verre d'eau qui balance les plus grandes vertus. Toute la Monarchie était là, dans les prières d'un prêtre et de deux pauvres filles ;

but perhaps the Revolution, too, was represented, by that man whose face betrayed too much remorse not to cause a belief that he was acting in obedience to an impulse of unbounded repentance.

Instead of saying the Latin words: *"Introibo ad altare Dei,"* etc., the priest, obeying a divine inspiration, looked at the three persons who represented Christian France, and said to them, in words which effaced the poverty of that wretched place:

"We are about to enter into God's sanctuary!"

At these words, uttered with most impressive unction, a thrill of holy awe seized the stranger and the two nuns. Not beneath the arches of St. Peter's at Rome could God have appeared with more majesty than He then appeared in that abode of poverty, before the eyes of those Christians; so true it is that between man and Him every intermediary seems useless, and that He derives His grandeur from Himself alone. The stranger's fervour was genuine, so that the sentiment which joined the prayers of those four servants of God and the king was unanimous. The sacred words rang out like celestial music amid the silence. There was a moment when tears choked the stranger's voice; it was during the paternoster. The priest added to it this Latin prayer, which the stranger evidently understood: *"Et remitte scelus regicidis sicut Ludovicus eis remisit semetipse!* (And forgive the regicides even as Louis XVI. himself forgave them!)."

The two nuns saw two great tears leave a moist trace on the manly cheeks of the stranger, and fall to the floor. The Office of the Dead was recited. The *Domine salvum fac regem*, chanted in a low voice, touched the hearts of those faithful royalists, who reflected that the infant king, for whom they were praying to the Most High at that moment, was a prisoner in the hands of his enemies. The stranger shuddered at the thought that there might still be committed a new crime, in which he would doubtless be compelled to take part. When the service was at an end, the priest motioned to the two nuns to withdraw. As soon as he was alone with the stranger, he walked towards him with a mild and melancholy expression, and said to him in a fatherly tone:

"My son, if you have dipped your hands in the blood of the martyr king, confess to me. There is no sin which, in God's eyes, may not be effaced by repentance so touching and so sincere as yours seems to be."

At the first words of the priest, the stranger made an involuntary gesture of terror; but his face resumed its tranquillity, and he met the

mais peut-être aussi la Révolution était-elle représentée par cet homme dont la figure trahissait trop de remords pour ne pas croire qu'il accomplissait les vœux d'un immense repentir.

Au lieu de prononcer les paroles latines : « *Introibo ad altare Dei* », etc., le prêtre, par une inspiration divine, regarda les trois assistants qui figuraient la France chrétienne, et leur dit, pour effacer les misères de ce taudis : – Nous allons entrer dans le sanctuaire de Dieu !

À ces paroles jetées avec une onction pénétrante, une sainte frayeur saisit l'assistant et les deux religieuses. Sous les voûtes de Saint- Pierre de Rome, Dieu ne se serait pas montré plus majestueux qu'il le fut alors dans cet asile de l'indigence aux yeux de ces chrétiens : tant il est vrai qu'entre l'homme et lui tout intermédiaire semble inutile, et qu'il ne tire sa grandeur que de lui-même. La ferveur de l'inconnu était vraie. Aussi le sentiment qui unissait les prières de ces quatre serviteurs de Dieu et du Roi fut-il unanime. Les paroles saintes retentissaient comme une musique céleste au milieu du silence. Il y eut un moment où les pleurs gagnèrent l'inconnu, ce fut au *Pater noster*. Le prêtre y ajouta cette prière latine, qui fut sans doute comprise par l'étranger : *Et remitte scelus regicidis sicut Ludovicus eis remisit semetipse.* (Et pardonnez aux régicides comme Louis XVI leur a pardonné lui-même.)

Les deux religieuses virent deux grosses larmes traçant un chemin humide le long des joues mâles de l'inconnu et tombant sur le plancher. L'office des Morts fut récité. Le *Domine salvum fac regem*, chanté à voix basse, attendrit ces fidèles royalistes qui pensèrent que l'enfant-roi, pour lequel ils suppliaient en ce moment le Très-Haut, était captif entre les mains de ses ennemis. L'inconnu frissonna en songeant qu'il pouvait encore se commettre un nouveau crime auquel il serait sans doute forcé de participer. Quand le service funèbre fut terminé, le prêtre fit un signe aux deux religieuses, qui se retirèrent. Aussitôt qu'il se trouva seul avec l'inconnu, il alla vers lui d'un air doux et triste ; puis il lui dit d'une voix paternelle : – Mon fils, si vous avez trempé vos mains dans le sang du Roi Martyr, confiez-vous à moi. Il n'est pas de faute qui, aux yeux de Dieu, ne soit effacée par un repentir aussi touchant et aussi sincère que le vôtre paraît l'être.

Aux premiers mots prononcés par l'ecclésiastique, l'étranger laissa échapper un mouvement de terreur involontaire ; mais il reprit une

astonished priest's eye with calm assurance.

"Father," he said to him in a perceptibly tremulous voice, "no one is more innocent than I of bloodshed."

"I am bound to believe you," said the priest.

There was a pause, during which he examined the penitent more closely; then, persisting in taking him for one of those timid members of the Convention who sacrificed a consecrated and inviolate head in order to preserve their own, he continued in a solemn voice:

"Remember, my son, that to be absolved from that great crime, it is not enough not to have actually taken part in it. Those who, when they might have defended their king, left their swords in the scabbard, will have a very heavy account to settle with the King of Heaven. Ah, yes!" added the old priest, shaking his head with a most expressive movement, "yes, very heavy! for, by remaining idle, they became the involuntary accomplices of that ghastly crime."

"Do you think," inquired the thunderstruck stranger, "that indirect participation will be punished? Is the soldier guilty who is ordered to join the shooting-squad?"

The priest hesitated. Pleased with the dilemma in which he had placed that puritan of royalty by planting him between the dogma of passive obedience, which, according to the partisans of monarchy, should be predominant in all military codes, and the no less important dogma which sanctifies the respect due to the person of kings, the stranger was too quick to see in the priest's hesitation a favourable solution of the doubts by which he seemed to be perturbed. Then, in order to give the venerable Jansenist no longer time to reflect, he said to him:

"I should blush to offer you any sort of compensation for the funeral service which you have just performed for the repose of the king's soul and for the relief of my conscience. A thing of inestimable value can be paid for only by an offering which is beyond all price. Deign, therefore, to accept, monsieur, the gift that I offer you of a blessed relic. The day will come, perhaps, when you will realise its value."

As he said this, the stranger handed the ecclesiastic a small box of light weight; the priest took it involuntarily, so to speak, for the solemnity of the man's words, the tone in which he said them, and the respect with which he handled the box, had surprised him beyond measure. They returned then to the room where the two nuns were awaiting them.

contenance calme, et regarda avec assurance le prêtre étonné : – Mon père, lui dit-il d'une voix visiblement altérée, nul n'est plus innocent que moi du sang versé...

— Je dois vous croire, dit le prêtre...

Il fit une pause pendant laquelle il examina derechef son pénitent ; puis, persistant à le prendre pour un de ces peureux Conventionnels qui livrèrent une tête inviolable et sacrée afin de conserver la leur, il reprit d'une voix grave : – Songez, mon fils, qu'il ne suffit pas pour être absous de ce grand crime, de n'y avoir pas coopéré. Ceux qui, pouvant défendre le roi, ont laissé leur épée dans le fourreau, auront un compte bien lourd à rendre devant le roi des cieux... Oh ! oui, ajouta le vieux prêtre en agitant la tête de droite à gauche par un mouvement expressif, oui, bien lourd !... car, en restant oisifs, ils sont devenus les complices involontaires de cet épouvantable forfait....

— Vous croyez, demanda l'inconnu stupéfait, qu'une participation indirecte sera punie. Le soldat qui a été commandé pour former la haie est-il donc coupable ?...

Le prêtre demeura indécis. Heureux de l'embarras dans lequel il mettait ce puritain de la royauté en le plaçant entre le dogme de l'obéissance passive qui doit, selon les partisans de la monarchie, dominer les codes militaires, et le dogme tout aussi important qui consacre le respect dû à la personne des rois, l'étranger s'empressa de voir dans l'hésitation du prêtre une solution favorable à des doutes par lesquels il paraissait tourmenté. Puis, pour ne pas laisser le vénérable janséniste réfléchir plus longtemps, il lui dit : – Je rougirais de vous offrir un salaire quelconque du service funéraire que vous venez de célébrer pour le repos de l'âme du roi et pour l'acquit de ma conscience. On ne peut payer une chose inestimable que par une offrande qui soit aussi hors de prix. Daignez donc accepter, monsieur, le don que je vous fais d'une sainte relique... Un jour viendra peut-être où vous en comprendrez la valeur.

En achevant ces mots, l'étranger présentait à l'ecclésiastique une petite boîte extrêmement légère, le prêtre la prit involontairement pour ainsi dire, car la solennité des paroles de cet homme, le ton qu'il y mit, le respect avec lequel il tenait cette boîte l'avaient plongé dans une profonde surprise. Ils rentrèrent alors dans la pièce où les deux religieuses les attendaient.

"You are," said the stranger, "in a house whose owner, Mucius Scævola, the plasterer who lives on the first floor, is famous throughout the section for his patriotism; but he is secretly attached to the Bourbons. He used to be a huntsman in the service of Monseigneur le Prince de Conti, and he owes his fortune to him. If you do not go out of his house, you are safer than in any place in France. Stay here. Devout hearts will attend to your necessities, and you may await without danger less evil times. A year hence, on the twenty-first of January (as he mentioned the date he could not restrain an involuntary gesture), if you continue to occupy this dismal apartment, I will return to celebrate again a mass of expiation."

He said no more. He bowed to the silent occupants of the attic, cast a last glance upon the evidences of their poverty, and went away.

To the two innocent nuns, such an adventure had all the interest of a romance; and so, as soon as the venerable abbé informed them of the mysterious gift so solemnly bestowed upon him by that man, the box was placed upon the table and the three anxious faces, dimly lighted by the candle, betrayed an indescribable curiosity. Mademoiselle de Langeais opened the box, and found therein a handkerchief of finest linen, drenched with perspiration; and, on unfolding it, they saw stains.

"It is blood!" said the priest.

"It is marked with the royal crown!" cried the other nun.

The two sisters dropped the precious relic with a gesture of horror. To those two ingenuous souls the mystery in which the stranger was enveloped became altogether inexplicable; and as for the priest, from that day he did not even seek an explanation of it.

The three prisoners soon perceived that a powerful arm was stretched over them, in spite of the Terror.

In the first place, they received a supply of wood and provisions; then the two nuns realised that a woman must be associated with their protector, when some one sent them linen and clothing which enabled them to go out without being noticed by reason of the aristocratic cut of the garments which they had been forced to retain; and lastly, Mucius Scævola gave them two cards of citizenship. It often happened that information essential to the priest's safety reached him by devious ways;

— Vous êtes, leur dit l'inconnu, dans une maison dont le propriétaire Mucius Scævola, ce plâtrier qui habite le premier étage, est célèbre dans la section par son patriotisme ; mais il est secrètement attaché aux Bourbons. Jadis il était piqueur de Monseigneur le prince de Conti, et il lui doit sa fortune. En ne sortant pas de chez lui, vous êtes plus en sûreté ici qu'en aucun lieu de la France. Restez-y. Des âmes pieuses veilleront à vos besoins, et vous pourrez attendre sans danger des temps moins mauvais. Dans un an, au 21 janvier... (en prononçant ces derniers mots, il ne put dissimuler un mouvement involontaire), si vous adoptez ce triste lieu pour asile, je reviendrai célébrer avec vous la messe expiatoire...

Il n'acheva pas. Il salua les muets habitants du grenier, jeta un dernier regard sur les symptômes qui déposaient de leur indigence, et il disparut.

Pour les deux innocentes religieuses, une semblable aventure avait tout l'intérêt d'un roman ; aussi, dès que le vénérable abbé les instruisit du mystérieux présent si solennellement fait par cet homme, la boîte fut-elle placée par elles sur la table, et les trois figures inquiètes, faiblement éclairées par la chandelle, trahirent- elles une indescriptible curiosité. Mademoiselle de Langeais ouvrit la boîte, y trouva un mouchoir de batiste très fine, souillé de sueur ; et en le dépliant, ils y reconnurent des taches.

— C'est du sang !... dit le prêtre.

— Il est marqué de la couronne royale ! s'écria l'autre sœur.

Les deux sœurs laissèrent tomber la précieuse relique avec horreur. Pour ces deux âmes naïves, le mystère dont s'enveloppait l'étranger devint inexplicable ; et, quant au prêtre, dès ce jour il ne tenta même pas de se l'expliquer.

Les trois prisonniers ne tardèrent pas à s'apercevoir, malgré la Terreur, qu'une main puissante était étendue sur eux. D'abord, ils reçurent du bois et des provisions ; puis, les deux religieuses devinèrent qu'une femme était associée à leur protecteur, quand on leur envoya du linge et des vêtements qui pouvaient leur permettre de sortir sans être remarquées par les modes aristocratiques des habits qu'elles avaient été forcées de conserver ; enfin Mucius Scævola leur donna deux cartes civiques. Souvent des avis nécessaires à la sûreté du prêtre lui parvinrent par des voies détournées ; et il reconnut une

and he found this advice so opportune that it could have been given only by somebody initiated in state secrets.

Despite the famine which prevailed in Paris, the outcasts found at the door of their lodging rations of white bread, which was brought there regularly by invisible hands; they believed, however, that they could identify Mucius Scævola as the mysterious agent of this beneficence, which was always as ingenious as it was timely. The noble occupants of the attic could not doubt that their protector was the person who had come to ask the priest to celebrate the mortuary mass on the evening of the twenty-second of January, 1793; so that he became the object of a peculiar sort of worship to those three beings, who had no hope except in him, and lived only through him. They had added special prayers for him to their daily devotions; night and morning those pious souls offered up entreaties for his happiness, for his prosperity, for his salvation, and prayed to God to rescue him from all snares, to deliver him from his enemies, and to grant him a long and peaceful life. Their gratitude, being renewed every day, so to speak, was necessarily accompanied by a feeling of curiosity which became more intense from day to day. The circumstances which had attended the appearance of the stranger were the subject of their conversation; they formed innumerable conjectures about him, and the diversion which their preoccupation with him afforded them was a benefaction of a new sort. They were fully determined not to allow the stranger to evade their friendship when he should return, according to his promise, to commemorate the sad anniversary of the death of Louis XVI.

That night, so impatiently awaited, came at last. At midnight they heard the sound of the stranger's heavy steps on the old, wooden staircase; the room had been arrayed to receive him, the altar was in place. This time the sisters opened the door beforehand and went forth eagerly to light the staircase. Mademoiselle de Langeais even went down a few steps in order to see her benefactor the sooner.

"Come," she said to him in a tremulous and affectionate voice, "come, we are waiting for you."

The man raised his head, cast a gloomy glance upon the nun, and made no reply. She felt as if a garment of ice had fallen upon her, and she said no more; at sight of him, gratitude and curiosity expired in all their hearts. He may have been less cold, less silent, less awe-inspiring than

telle opportunité dans ces conseils, qu'ils ne pouvaient être donnés que par une personne initiée aux secrets de l'État. Malgré la famine qui pesa sur Paris, les proscrits trouvèrent à la porte de leur taudis des rations de *pain blanc* qui y étaient régulièrement apportées par des mains invisibles ; néanmoins ils crurent reconnaître dans Mucius Scævola le mystérieux agent de cette bienfaisance toujours aussi ingénieuse qu'intelligente. Les nobles habitants du grenier ne pouvaient pas douter que leur protecteur ne fût le personnage qui était venu faire célébrer la messe expiatoire dans la nuit du 22 janvier 1793 ; aussi devint-il l'objet d'un culte tout particulier pour ces trois êtres qui n'espéraient qu'en lui et ne vivaient que par lui. Ils avaient ajouté pour lui des prières spéciales dans leurs prières ; soir et matin, ces âmes pieuses formaient des veux pour son bonheur, pour sa prospérité, pour son salut ; elles suppliaient Dieu d'éloigner de lui toutes embûches, de le délivrer de ses ennemis et de lui accorder une vie longue et paisible. Leur reconnaissance étant, pour ainsi dire, renouvelée tous les jours, s'allia nécessairement à un sentiment de curiosité qui devint plus vif de jour en jour. Les circonstances qui avaient accompagné l'apparition de l'étranger étaient l'objet de leurs conversations, ils formaient mille conjectures sur lui, et c'était un bienfait d'un nouveau genre que la distraction dont il était le sujet pour eux. Ils se promettaient bien de ne pas laisser échapper l'étranger à leur amitié le soir où il reviendrait, selon sa promesse, célébrer le triste anniversaire de la mort de Louis XVI. Cette nuit, si impatiemment attendue, arriva enfin. À minuit, le bruit des pas pesants de l'inconnu retentit dans le vieil escalier de bois, la chambre avait été parée pour le recevoir, l'autel était dressé. Cette fois, les sœurs ouvrirent la porte d'avance, et toutes deux s'empressèrent d'éclairer l'escalier. Mademoiselle de Langeais descendit même quelques marches pour voir plus tôt son bienfaiteur.

— Venez, lui dit-elle d'une voix émue et affectueuse, venez... l'on vous attend.

L'homme leva la tête, jeta un regard sombre sur la religieuse, et ne répondit pas ; elle sentit comme un vêtement de glace tombant sur elle, et garda le silence ; à son aspect, la reconnaissance et la curiosité expirèrent dans tous les cœurs. Il était peut-être moins froid, moins taci-

he appeared to those poor souls, whom the exaltation of their feeling inclined to an outpouring of friendliness. The three unhappy prisoners, understanding that he proposed to remain a stranger to them, resigned themselves to it. The priest fancied that he detected upon the stranger's lips a smile that was instantly repressed when he saw the preparations that had been made to receive him. He heard the mass and prayed; but he disappeared after responding by a few words of negative courtesy to Mademoiselle de Langeais's invitation to share the little supper they had prepared.

After the ninth of Thermidor the nuns were able to go about Paris without danger. The old priest's first errand was to a perfumer's shop, at the sign of *La Reine des Fleurs*, kept by Citizen and Citizeness Ragon, formerly perfumers to the Court, who had remained true to the royal family, and of whose services the Vendeans availed themselves to correspond with the princes and the royalist committee in Paris. The abbé, dressed according to the style of the period, was standing on the doorstep of that shop, between St.-Roch and Rue des Frondeurs, when a crowd which filled Rue St.-Honoré prevented him from going out.

"What is it?" he asked Madame Ragon.

"Oh! it's nothing," she replied; "just the tumbril and the executioner, going to the Place Louis XV. Ah! we saw him very often last year; but to-day, four days after the anniversary of the twenty-first of January, we can look at that horrible procession without distress."

"Why so?" said the abbé; "what you say is not Christian."

"Why, it's the execution of Robespierre's accomplices; they defended themselves as long as they could, but they're going now themselves where they have sent so many innocent people."

The crowd passed like a flood. Abbé de Marolles, yielding to an impulse of curiosity, saw over the sea of heads, standing on the tumbril, the man who, three days before, had listened to his mass.

"Who is that," he said, "that man who——"

"That is the headsman," replied Monsieur Ragon, giving the executioner his monarchical name.

"My dear, my dear," cried Madame Ragon, "monsieur l'abbé is fainting!"

And the old woman seized a phial of salts, in order to bring the old priest to himself.

turne, moins terrible qu'il le parut à ces âmes que l'exaltation de leurs sentiments disposait aux épanchements de l'amitié. Les trois pauvres prisonniers, qui comprirent que cet homme voulait rester un étranger pour eux, se résignèrent. Le prêtre crut remarquer sur les lèvres de l'inconnu un sourire promptement réprimé au moment où il s'aperçut des apprêts qui avaient été faits pour le recevoir, il entendit la messe et pria ; mais il disparut, après avoir répondu par quelques mots de politesse négative à l'invitation que lui fit mademoiselle de Langeais de partager la petite collation préparée.

Après le 9 thermidor, les religieuses et l'abbé de Marolles purent aller dans Paris, sans y courir le moindre danger. La première sortie du vieux prêtre fut pour un magasin de parfumerie, à l'enseigne de la Reine des Fleurs, tenu par les citoyen et citoyenne Ragon, anciens parfumeurs de la cour, restés fidèles à la famille royale, et dont se servaient les Vendéens pour correspondre avec les princes et le comité royaliste de Paris. L'abbé, mis comme le voulait cette époque, se trouvait sur le pas de la porte de cette boutique, située entre Saint-Roch et la rue des Frondeurs, quand une foule, qui remplissait la rue Saint- Honoré, l'empêcha de sortir.

— Qu'est-ce ? dit-il à madame Ragon.

— Ce n'est rien, reprit-elle, c'est la charrette et le bourreau qui vont à la place Louis XV. Ah ! nous l'avons vu bien souvent l'année dernière ; mais aujourd'hui, quatre jours après l'anniversaire du 21 janvier, on peut regarder cet affreux cortège sans chagrin.

— Pourquoi ? dit l'abbé, ce n'est pas chrétien, ce que vous dites.

— Eh ! c'est l'exécution des complices de Robespierre, ils se sont défendus tant qu'ils ont pu ; mais ils vont à leur tour là où ils ont envoyé tant d'innocents.

Une foule qui remplissait la rue Saint-Honoré passa comme un flot. Au-dessus des têtes, l'abbé de Marolles, cédant à un mouvement de curiosité, vit debout, sur la charrette, celui qui, trois jours auparavant, écoutait sa messe.

— Qui est-ce ?... dit-il, celui qui...

— C'est le bourreau, répondit monsieur Ragon en nommant l'exécuteur des hautes œuvres par son nom monarchique.

— Mon ami ! mon ami ! cria madame Ragon, monsieur l'abbé se meurt.

Et la vieille dame prit un flacon de vinaigre pour faire revenir le vieux prêtre évanoui.

"Doubtless," said the old priest, "he gave me the handkerchief with which the king wiped his brow when he went to his martyrdom! Poor man! That steel knife had a heart, when all France had none!"

The perfumers thought that the unfortunate priest was delirious.

1830.

— Il m'a sans doute donné, dit-il, le mouchoir avec lequel le roi s'est essuyé le front, en allant au martyre... Pauvre homme !... le couteau d'acier a eu du cœur quand toute la France en manquait !...

Les parfumeurs crurent que le pauvre prêtre avait le délire.

Paris, janvier 1831.

La Grande Bretèche

La Grande Bretèche

Ah! madame," replied the doctor, "I have some appalling stories in my collection. But each one has its proper hour in a conversation—you know the pretty jest recorded by Chamfort, and said to the Duc de Fronsac: 'Between your sally and the present moment lie ten bottles of champagne.'"

"But it is two in the morning, and the story of Rosina has prepared us," said the mistress of the house.

"Tell us, Monsieur Bianchon!" was the cry on every side.

The obliging doctor bowed, and silence reigned.

"At about a hundred paces from Vendôme, on the banks of the Loir," said he, "stands an old brown house, crowned with very high roofs, and so completely isolated that there is nothing near it, not even a fetid tannery or a squalid tavern, such as are commonly seen outside small towns. In front of this house is a garden down to the river, where the box shrubs, formerly clipped close to edge the walks, now straggle at their own will. A few willows, rooted in the stream, have grown up quickly like an enclosing fence, and half hide the house. The wild plants we call weeds have clothed the bank with their beautiful luxuriance. The fruit-trees, neglected for these ten years past, no longer bear a crop, and their suckers have formed a thicket. The espaliers are like a copse. The paths, once graveled, are overgrown with purslane; but, to be accurate there is no trace of a path.

"Looking down from the hilltop, to which cling the ruins of the old castle of the Dukes of Vendôme, the only spot whence the eye can see into this enclosure, we think that at a time, difficult now to determine, this spot of earth must have been the joy of some country gentleman devoted to roses and tulips, in a word, to horticulture, but above all a lover of choice fruit. An arbor is visible, or rather the wreck of an arbor, and under it a table still stands not entirely destroyed by time. At the aspect of this garden that is no more, the negative joys of the peaceful life of the provinces may be divined as we divine the history of a worthy tradesman when we read the epitaph on his tomb. To complete the mournful and tender impressions which seize the soul, on one of the walls there is a sundial graced with this homely Christian motto, 'Ultimam cogita.'

"The roof of this house is dreadfully dilapidated; the outside shutters are always closed; the balconies are hung with swallows' nests; the doors

Ah ! madame, répliqua le docteur, j'ai des histoires terribles dans mon répertoire ; mais chaque récit a son heure dans une conversation, selon ce joli mot rapporté par Chamfort et dit au duc de Fronsac : – Il y a dix bouteilles de vin de Champagne entre ta saillie et le moment où nous sommes.

— Mais il est deux heures du matin, et l'histoire de Rosine nous a préparées, dit la maîtresse de la maison.

— Dites, monsieur Bianchon !... demanda-t-on de tous côtés.

À un geste du complaisant docteur, le silence régna.

— À une centaine de pas environ de Vendôme, sur les bords du Loir, dit-il, il se trouve une vieille maison brune, surmontée de toits très élevés, et si complètement isolée qu'il n'existe à l'entour ni tannerie puante ni méchante auberge, comme vous en voyez aux abords de presque toutes les petites villes. Devant ce logis est un jardin donnant sur la rivière, et où les buis, autrefois ras qui dessinaient les allées, croissent maintenant à leur fantaisie. Quelques saules, nés dans le Loir, ont rapidement poussé comme la haie de clôture, et cachent à demi la maison. Les plantes que nous appelons mauvaises décorent de leur belle végétation le talus de la rive. Les arbres fruitiers, négligés depuis dix ans, ne produisent plus de récolte, et leurs rejetons forment des taillis. Les espaliers ressemblent à des charmilles. Les sentiers, sablés jadis, sont remplis de pourpier ; mais, à vrai dire, il n'y a plus trace de sentier. Du haut de la montagne sur laquelle pendent les ruines du vieux château des ducs de Vendôme, le seul endroit d'où l'œil puisse plonger sur cet enclos, on se dit que, dans un temps qu'il est difficile de déterminer, ce coin de terre fit les délices de quelque gentilhomme occupé de roses, de tulipiers, d'horticulture en un mot, mais surtout gourmand de bons fruits. On aperçoit une tonnelle, ou plutôt les débris d'une tonnelle sous laquelle est encore une table que le temps n'a pas entièrement dévorée. À l'aspect de ce jardin qui n'est plus, les joies négatives de la vie paisible dont on jouit en province se devinent, comme on devine l'existence d'un bon négociant en lisant l'épitaphe de sa tombe. Pour compléter les idées tristes et douces qui saisissent l'âme, un des murs offre un cadran solaire orné de cette inscription bourgeoisement chrétienne : ULTIMAM COGITA ! Les toits de cette maison sont horriblement dégradés, les persiennes sont toujours closes, les balcons sont couverts de nids d'hirondelles, les portes restent constamment fermées. De

are for ever shut. Straggling grasses have outlined the flagstones of the steps with green; the ironwork is rusty. Moon and sun, winter, summer, and snow have eaten into the wood, warped the boards, peeled off the paint. The dreary silence is broken only by birds and cats, polecats, rats, and mice, free to scamper round, and fight, and eat each other. An invisible hand has written over it all: 'Mystery.'

"If, prompted by curiosity, you go to look at this house from the street, you will see a large gate, with a round-arched top; the children have made many holes in it. I learned later that this door had been blocked for ten years. Through these irregular breaches you will see that the side towards the courtyard is in perfect harmony with the side towards the garden. The same ruin prevails. Tufts of weeds outline the paving-stones; the walls are scored by enormous cracks, and the blackened coping is laced with a thousand festoons of pellitory. The stone steps are disjointed; the bell-cord is rotten; the gutter-spouts broken. What fire from heaven could have fallen there? By what decree has salt been sown on this dwelling? Has God been mocked here? Or was France betrayed? These are the questions we ask ourselves. Reptiles crawl over it, but give no reply. This empty and deserted house is a vast enigma of which the answer is known to none.

"It was formerly a little domain, held in fief, and is known as La Grande Bretèche. During my stay at Vendôme, where Despleins had left me in charge of a rich patient, the sight of this strange dwelling became one of my keenest pleasures. Was it not far better than a ruin? Certain memories of indisputable authenticity attach themselves to a ruin; but this house, still standing, though being slowly destroyed by an avenging hand, contained a secret, an unrevealed thought. At the very least, it testified to a caprice. More than once in the evening I boarded the hedge, run wild, which surrounded the enclosure. I braved scratches, I got into this ownerless garden, this plot which was no longer public or private; I lingered there for hours gazing at the disorder. I would not, as the price of the story to which this strange scene no doubt was due, have asked a single question of any gossiping native. On that spot I wove delightful romances, and abandoned myself to little debauches of melancholy which enchanted me. If I had known the reason—perhaps quite commonplace—of this neglect, I should have lost the unwritten poetry which intoxicated me. To me this refuge represented the most

hautes herbes ont dessiné par des lignes vertes les fentes des perrons, les ferrures sont rouillées. La lune, le soleil, l'hiver, l'été, la neige ont creusé les bois, gauchi les planches, rongé les peintures. Le morne silence qui règne là n'est troublé que par les oiseaux, les chats, les fouines, les rats et les souris libres de trotter, de se battre, de se manger. Une invisible main a partout écrit le mot : *Mystère*.

Si, poussé par la curiosité, vous alliez voir cette maison du côté de la rue, vous apercevriez une grande porte de forme ronde par le haut, et à laquelle les enfants du pays ont fait des trous nombreux. J'ai appris plus tard que cette porte était condamnée depuis dix ans. Par ces brèches irrégulières, vous pourriez observer la parfaite harmonie qui existe entre la façade du jardin et la façade de la cour. Le même désordre y règne. Des bouquets d'herbes encadrent les pavés. D'énormes lézardes sillonnent les murs, dont les crêtes noircies sont enlacées par les mille festons de la pariétaire. Les marches du perron sont disloquées, la corde de la cloche est pourrie, les gouttières sont brisées. Quel feu tombé du ciel a passé par là ? Quel tribunal a ordonné de semer du sel sur ce logis ? – Y a-t-on insulté Dieu ? Y a-t-on trahi la France ? Voilà ce qu'on se demande. Les reptiles y rampent sans vous répondre. Cette maison vide et déserte est une immense énigme dont le mot n'est connu de personne.

Elle était autrefois un petit fief, et porte le nom de la *Grande Bretèche*. Pendant le temps de son séjour à Vendôme, où Desplein m'avait laissé pour soigner une riche malade, la vue de ce singulier logis devint un de mes plaisirs les plus vifs. N'était-ce pas mieux qu'une ruine ? À une ruine se rattachent quelques souvenirs d'une irréfragable authenticité ; mais cette habitation encore debout quoique lentement démolie par une main vengeresse, renfermait un secret, une pensée inconnue ; elle trahissait un caprice tout au moins. Plus d'une fois, le soir, je me fis aborder à la haie devenue sauvage qui protégeait cet enclos. Je bravais les égratignures, j'entrais dans ce jardin, sans maître, dans cette propriété qui n'était plus ni publique ni particulière ; j'y restais des heures entières à contempler son désordre. Je n'aurais pas voulu, pour prix de l'histoire à laquelle sans doute était dû ce spectacle bizarre, faire une seule question à quelque Vendômois bavard. Là, je composais de délicieux romans, je m'y livrais à de petites débauches de mélancolie qui me ravissaient. Si j'avais connu le motif, peut-être vulgaire, de cet abandon, j'eusse perdu les poésies inédites dont je m'enivrais. Pour moi, cet asile représentait

various phases of human life, shadowed by misfortune; sometimes the peace of the graveyard without the dead, who speak in the language of epitaphs; one day I saw in it the home of lepers; another, the house of the Atridae; but, above all, I found there provincial life, with its contemplative ideas, its hour-glass existence. I often wept there, I never laughed.

"More than once I felt involuntary terrors as I heard overhead the dull hum of the wings of some hurrying wood-pigeon. The earth is dank; you must be on the watch for lizards, vipers, and frogs, wandering about with the wild freedom of nature; above all, you must have no fear of cold, for in a few moments you feel an icy cloak settle on your shoulders, like the Commendatore's hand on Don Giovanni's neck.

"One evening I felt a shudder; the wind had turned an old rusty weathercock, and the creaking sounded like a cry from the house, at the very moment when I was finishing a gloomy drama to account for this monumental embodiment of woe. I returned to my inn, lost in gloomy thoughts. When I had supped, the hostess came into my room with an air of mystery, and said, 'Monsieur, here is Monsieur Regnault.'

"'Who is Monsieur Regnault?'

"'What, sir, do you not know Monsieur Regnault?—Well, that's odd,' said she, leaving the room.

"On a sudden I saw a man appear, tall, slim, dressed in black, hat in hand, who came in like a ram ready to butt his opponent, showing a receding forehead, a small pointed head, and a colorless face of the hue of a glass of dirty water. You would have taken him for an usher. The stranger wore an old coat, much worn at the seams; but he had a diamond in his shirt frill, and gold rings in his ears.

"'Monsieur,' said I, 'whom have I the honor of addressing?'—He took a chair, placed himself in front of my fire, put his hat on my table, and answered while he rubbed his hands: 'Dear me, it is very cold.—Monsieur, I am Monsieur Regnault.'

"I was encouraging myself by saying to myself, 'Seek!'

"'I am,' he went on, 'notary at Vendôme.'

"'I am delighted to hear it, monsieur,' I exclaimed. 'But I am not in a position to make a will for reasons best known to myself.'

les images les plus variées de la vie humaine, assombrie par ses malheurs : c'était tantôt l'air du cloître, moins les religieux ; tantôt la paix du cimetière, sans les morts qui vous parlent leur langage épitaphique ; aujourd'hui la maison du lépreux, demain celle des Atrides ; mais c'était surtout la province avec ses idées recueillies, avec sa vie de sablier. J'y ai souvent pleuré, je n'y ai jamais ri.

Plus d'une fois j'ai ressenti des terreurs involontaires en y entendant, au-dessus de ma tête, le sifflement sourd que rendaient les ailes de quelque ramier pressé. Le sol y est humide ; il faut s'y défier des lézards, des vipères, des grenouilles qui s'y promènent avec la sauvage liberté de la nature ; il faut surtout ne pas craindre le froid, car en quelques instants vous sentez un manteau de glace qui se pose sur vos épaules, comme la main du commandeur sur le cou de don Juan.

Un soir j'y ai frissonné : le vent avait fait tourner une vieille girouette rouillée, dont les cris ressemblèrent à un gémissement poussé par la maison au moment où j'achevais un drame assez noir par lequel je m'expliquais cette espèce de douleur monumentalisée. Je revins à mon auberge, en proie à des idées sombres. Quand j'eus soupé, l'hôtesse entra d'un air de mystère dans ma chambre, et me dit : – Monsieur, voici monsieur Regnault.

— Qu'est monsieur Regnault ?

— Comment, monsieur ne connaît pas monsieur Regnault ? Ah ! c'est drôle ! dit-elle en s'en allant.

Tout à coup je vis apparaître un homme long, fluet, vêtu de noir, tenant son chapeau à la main, et qui se présenta comme un bélier prêt à fondre sur son rival, en me montrant un front fuyant, une petite tête pointue, et une face pâle, assez semblable à un verre d'eau sale. Vous eussiez dit de l'huissier d'un ministre. Cet inconnu portait un vieil habit, très usé sur les plis ; mais il avait un diamant au jabot de sa chemise et des boucles d'or à ses oreilles.

— Monsieur, à qui ai-je l'honneur de parler ? lui dis-je. Il s'assit sur une chaise, se mit devant mon feu, posa son chapeau sur ma table, et me répondit en se frottant les mains : – Ah ! il fait bien froid. Monsieur, je suis monsieur Regnault.

Je m'inclinai, en me disant à moi- même : – *Il bondo cani !* Cherche.

— Je suis, reprit-il, notaire à Vendôme.

— J'en suis ravi, monsieur, m'écriai-je, mais je ne suis point en mesure de tester, pour des raisons à moi connues.

"'One moment!' said he, holding up his hand as though to gain silence. 'Allow me, monsieur, allow me! I am informed that you sometimes go to walk in the garden of la Grande Bretèche.'

"'Yes, monsieur.'

"'One moment!' said he, repeating his gesture. 'That constitutes a misdemeanor. Monsieur, as executor under the will of the late Comtesse de Merret, I come in her name to beg you to discontinue the practice. One moment! I am not a Turk, and do not wish to make a crime of it. And besides, you are free to be ignorant of the circumstances which compel me to leave the finest mansion in Vendôme to fall into ruin. Nevertheless, monsieur, you must be a man of education, and you should know that the laws forbid, under heavy penalties, any trespass on enclosed property. A hedge is the same as a wall. But, the state in which the place is left may be an excuse for your curiosity. For my part, I should be quite content to make you free to come and go in the house; but being bound to respect the will of the testatrix, I have the honor, monsieur, to beg that you will go into the garden no more. I myself, monsieur, since the will was read, have never set foot in the house, which, as I had the honor of informing you, is part of the estate of the late Madame de Merret. We have done nothing there but verify the number of doors and windows to assess the taxes I have to pay annually out of the funds left for that purpose by the late Madame de Merret. Ah! my dear sir, her will made a great commotion in the town.'

"The good man paused to blow his nose. I respected his volubility, perfectly understanding that the administration of Madame de Merret's estate had been the most important event of his life, his reputation, his glory, his Restoration. As I was forced to bid farewell to my beautiful reveries and romances, I was to reject learning the truth on official authority.

"'Monsieur,' said I, 'would it be indiscreet if I were to ask you the reasons for such eccentricity?'

"At these words an expression, which revealed all the pleasure which men feel who are accustomed to ride a hobby, overspread the lawyer's countenance. He pulled up the collar of his shirt with an air, took out his snuffbox, opened it, and offered me a pinch; on my refusing, he took a large one. He was happy! A man who has no hobby does not know all the good to be got out of life. A hobby is the happy medium between

— Petit moment, reprit-il, en levant la main comme pour m'imposer silence. Permettez, monsieur, permettez ! J'ai appris que vous alliez vous promener quelquefois dans le jardin de la Grande Bretèche.

— Oui, monsieur.

— Petit moment ! dit-il en répétant son geste, cette action constitue un véritable délit. Monsieur, je viens, au nom et comme exécuteur testamentaire de feu madame la comtesse de Merret, vous prier de discontinuer vos visites. Petit moment ! Je ne suis pas un Turc et ne veux point vous en faire un crime. D'ailleurs, bien permis à vous d'ignorer les circonstances qui m'obligent à laisser tomber en ruines le plus bel hôtel de Vendôme. Cependant, monsieur, vous paraissez avoir de l'instruction, et devez savoir que les lois défendent, sous des peines graves, d'envahir une propriété close. Une haie vaut un mur. Mais l'état dans lequel la maison se trouve peut servir d'excuse à votre curiosité. Je ne demanderais pas mieux que de vous laisser libre d'aller et venir dans cette maison ; mais, chargé d'exécuter les volontés de la testatrice, j'ai l'honneur, monsieur, de vous prier de ne plus entrer dans le jardin. Moi-même, monsieur, depuis l'ouverture du testament, je n'ai pas mis le pied dans cette maison, qui dépend, comme j'ai eu l'honneur de vous le dire, de la succession de madame de Merret. Nous en avons seulement constaté les portes et fenêtres, afin d'asseoir les impôts que je paye annuellement sur des fonds à ce destinés par feu madame la comtesse. Ah ! mon cher monsieur, son testament a fait bien du bruit dans Vendôme !

Là, il s'arrêta pour se moucher, le digne homme ! Je respectai sa loquacité, comprenant à merveille que la succession de madame de Merret était l'événement le plus important de sa vie, toute sa réputation, sa gloire, sa Restauration. Il me fallait dire adieu à mes belles rêveries, à mes romans ; je ne fus donc pas rebelle au plaisir d'apprendre la vérité d'une manière officielle.

— Monsieur, lui dis-je, serait-il indiscret de vous demander les raisons de cette bizarrerie ?

À ces mots, un air qui exprimait tout le plaisir que ressentent les hommes habitués à monter sur le *dada*, passa sur la figure du notaire. Il releva le col de sa chemise avec une sorte de fatuité, tira sa tabatière, l'ouvrit, m'offrit du tabac ; et, sur mon refus, il en saisit une forte pincée. Il était heureux ! Un homme qui n'a pas de dada ignore tout le parti que l'on peut tirer de la vie. Un dada est le milieu précis entre la

a passion and a monomania. At this moment I understood the whole bearing of Sterne's charming passion, and had a perfect idea of the delight with which my uncle Toby, encouraged by Trim, bestrode his hobby-horse.

"'Monsieur,' said Monsieur Regnault, 'I was head-clerk in Monsieur Roguin's office, in Paris. A first-rate house, which you may have heard mentioned? No! An unfortunate bankruptcy made it famous.—Not having money enough to purchase a practice in Paris at the price to which they were run up in 1816, I came here and bought my predecessor's business. I had relations in Vendôme; among others, a wealthy aunt, who allowed me to marry her daughter.—Monsieur,' he went on after a little pause, 'three months after being licensed by the Keeper of the Seals, one evening, as I was going to bed—it was before my marriage—I was sent for by Madame la Comtesse de Merret, to her Chateau of Merret. Her maid, a good girl, who is now a servant in this inn, was waiting at my door with the Countess' own carriage. Ah! one moment! I ought to tell you that Monsieur le Comte de Merret had gone to Paris to die two months before I came here. He came to a miserable end, flinging himself into every kind of dissipation. You understand?

"'On the day when he left, Madame la Comtesse had quitted la Grand Bretèche, having dismantled it. Some people even say that she had burnt all the furniture, the hangings—in short, all the chattels and furniture whatever used in furnishing the premises now let by the said M.—(Dear, what am I saying? I beg your pardon, I thought I was dictating a lease.)—In short, that she burnt everything in the meadow at Merret. Have you been to Merret, monsieur?—No,' said he, answering himself, 'Ah, it is a very fine place.'

"'For about three months previously,' he went on, with a jerk of his head, 'the Count and Countess had lived in a very eccentric way; they admitted no visitors; Madame lived on the ground-floor, and Monsieur on the first floor. When the Countess was left alone, she was never seen excepting at church. Subsequently, at home, at the chateau, she refused to see the friends, whether gentlemen or ladies, who went to call on her. She was already very much altered when she left la Grande Bretèche to go to Merret. That dear lady—I say dear lady, for it was she who gave me this diamond, but indeed I saw her but once—that

passion et la monomanie. En ce moment, je compris cette jolie expression de Sterne dans toute son étendue, et j'eus une complète idée de la joie avec laquelle l'oncle Tobie enfourchait, Trim aidant, son cheval de bataille.

— Monsieur, me dit monsieur Regnault, j'ai été premier clerc de maître Roguin, à Paris. Excellente étude, dont vous avez peut-être entendu parler ? Non ! cependant une malheureuse faillite l'a rendu célèbre. N'ayant pas assez de fortune pour traiter à Paris, au prix où les charges montèrent en 1816, je vins ici acquérir l'Étude de mon prédécesseur. J'avais des parents à Vendôme, entre autres une tante fort riche, qui m'a donné sa fille en mariage. – Monsieur, reprit-il après une légère pause, trois mois après avoir été agréé par Monseigneur le Garde-des-Sceaux, je fus mandé un soir, au moment où j'allais me coucher (je n'étais pas encore marié), par madame la comtesse de Merret, en son château de Merret. Sa femme de chambre, une brave fille qui sert aujourd'hui dans cette hôtellerie, était à ma porte avec la calèche de madame la comtesse. Ah ! petit moment ! Il faut vous dire, monsieur, que monsieur le comte de Merret était allé mourir à Paris deux mois avant que je vinsse ici. Il y périt misérablement en se livrant à des excès de tous les genres. Vous comprenez ?

Le jour de son départ, madame la comtesse avait quitté la Grande Bretèche et l'avait démeublée. Quelques personnes prétendent même qu'elle a brûlé les meubles, les tapisseries, enfin toutes les choses généralement quelconques qui garnissaient les lieux présentement loués par ledit sieur... (Tiens, qu'est-ce que je dis donc ? Pardon, je croyais dicter un bail.) Qu'elle les brûla, reprit-il, dans la prairie de Merret. Êtes-vous allé à Merret, monsieur ? Non, dit-il en faisant lui-même ma réponse. Ah ! c'est un fort bel endroit !

Depuis trois mois environ, dit-il en continuant après un petit hochement de tête, monsieur le comte et madame la comtesse avaient vécu singulièrement ; ils ne recevaient plus personne, madame habitait le rez-de-chaussée, et monsieur le premier étage. Quand madame la comtesse resta seule, elle ne se montra plus qu'à l'église. Plus tard, chez elle à son château, elle refusa de voir les amis et amies qui vinrent lui faire des visites. Elle était déjà très changée au moment où elle quitta la Grande Bretèche pour aller à Merret. Cette chère femme-là... (je dis chère, parce que ce diamant me vient d'elle, je ne l'ai vue, d'ailleurs, qu'une seule

kind lady was very ill; she had, no doubt, given up all hope, for she died without choosing to send for a doctor; indeed, many of our ladies fancied she was not quite right in her head. Well, sir, my curiosity was strangely excited by hearing that Madame de Merret had need of my services. Nor was I the only person who took an interest in the affair. That very night, though it was already late, all the town knew that I was going to Merret.

"'The waiting-woman replied but vaguely to the questions I asked her on the way; nevertheless, she told me that her mistress had received the Sacrament in the course of the day at the hands of the Curé of Merret, and seemed unlikely to live through the night. It was about eleven when I reached the chateau. I went up the great staircase. After crossing some large, lofty, dark rooms, diabolically cold and damp, I reached the state bedroom where the Countess lay. From the rumors that were current concerning this lady (monsieur, I should never end if I were to repeat all the tales that were told about her), I had imagined her a coquette. Imagine, then, that I had great difficulty in seeing her in the great bed where she was lying. To be sure, to light this enormous room, with old-fashioned heavy cornices, and so thick with dust that merely to see it was enough to make you sneeze, she had only an old Argand lamp. Ah! but you have not been to Merret. Well, the bed is one of those old world beds, with a high tester hung with flowered chintz. A small table stood by the bed, on which I saw an "Imitation of Christ," which, by the way, I bought for my wife, as well as the lamp. There were also a deep armchair for her confidential maid, and two small chairs. There was no fire. That was all the furniture, not enough to fill ten lines in an inventory.

"'My dear sir, if you had seen, as I then saw, that vast room, papered and hung with brown, you would have felt yourself transported into a scene of a romance. It was icy, nay more, funereal,' and he lifted his hand with a theatrical gesture and paused.

"'By dint of seeking, as I approached the bed, at last I saw Madame de Merret, under the glimmer of the lamp, which fell on the pillows. Her face was as yellow as wax, and as narrow as two folded hands. The Countess had a lace cap showing her abundant hair, but as white as linen thread. She was sitting up in bed, and seemed to keep upright

fois !) Donc, cette bonne dame était très malade ; elle avait sans doute désespéré de sa santé, car elle est morte sans vouloir appeler de médecins ; aussi, beaucoup de nos dames ont- elles pensé qu'elle ne jouissait pas de toute sa tête. Monsieur, ma curiosité fut donc singulièrement excitée en apprenant que madame de Merret avait besoin de mon ministère. Je n'étais pas le seul qui s'intéressât à cette histoire. Le soir même, quoiqu'il fût tard, toute la ville sut que j'allais à Merret.

La femme de chambre répondit assez vaguement aux questions que je lui fis en chemin ; néanmoins, elle me dit que sa maîtresse avait été administrée par le curé de Merret pendant la journée, et qu'elle paraissait ne pas devoir passer la nuit. J'arrivai sur les onze heures au château. Je montai le grand escalier. Après avoir traversé de grandes pièces hautes et noires, froides et humides en diable, je parvins dans la chambre à coucher d'honneur où était madame la comtesse. D'après les bruits qui couraient sur cette dame (monsieur, je n'en finirais pas si je vous répétais tous les contes qui se sont débités à son égard !), je me la figurais comme une coquette. Imaginez-vous que j'eus beaucoup de peine à la trouver dans le grand lit où elle gisait. Il est vrai que, pour éclairer cette énorme chambre à frises de l'ancien régime, et poudrées de poussière à faire éternuer rien qu'à les voir, elle avait une de ces anciennes lampes d'Argant. Ah ! mais vous n'êtes pas allé à Merret ! Eh ! bien, monsieur, le lit est un de ces lits d'autrefois, avec un ciel élevé, garni d'indienne à ramages. Une petite table de nuit était près du lit, et je vis dessus une *Imitation de Jésus-Christ*, que, par parenthèse, j'ai achetée à ma femme, ainsi que la lampe. Il y avait aussi une grande bergère pour la femme de confiance, et deux chaises. Point de feu, d'ailleurs. Voilà le mobilier. Ça n'aurait pas fait dix lignes dans un inventaire.

— Ah ! mon cher monsieur, si vous aviez vu, comme je la vis alors, cette vaste chambre tendue en tapisseries brunes, vous vous seriez cru transporté dans une véritable scène de roman. C'était glacial, et mieux que cela, funèbre, ajouta- t-il en levant le bras par un geste théâtral et faisant une pause.

À force de regarder, en venant près du lit, je finis par voir madame de Merret, encore grâce à la lueur de la lampe dont la clarté donnait sur les oreillers. Sa figure était jaune comme de la cire, et ressemblait à deux mains jointes. Madame la comtesse avait un bonnet de dentelles qui laissait voir de beaux cheveux, mais blancs comme du fil. Elle

with great difficulty. Her large black eyes, dimmed by fever, no doubt, and half-dead already, hardly moved under the bony arch of her eyebrows.—There,' he added, pointing to his own brow. 'Her forehead was clammy; her fleshless hands were like bones covered with soft skin; the veins and muscles were perfectly visible. She must have been very handsome; but at this moment I was startled into an indescribable emotion at the sight. Never, said those who wrapped her in her shroud, had any living creature been so emaciated and lived. In short, it was awful to behold! Sickness so consumed that woman, that she was no more than a phantom. Her lips, which were pale violet, seemed to me not to move when she spoke to me.

"'Though my profession has familiarized me with such spectacles, by calling me not infrequently to the bedside of the dying to record their last wishes, I confess that families in tears and the agonies I have seen were as nothing in comparison with this lonely and silent woman in her vast chateau. I heard not the least sound, I did not perceive the movement which the sufferer's breathing ought to have given to the sheets that covered her, and I stood motionless, absorbed in looking at her in a sort of stupor. In fancy I am there still. At last her large eyes moved; she tried to raise her right hand, but it fell back on the bed, and she uttered these words, which came like a breath, for her voice was no longer a voice: "I have waited for you with the greatest impatience." A bright flush rose to her cheeks. It was a great effort to her to speak.

"'"Madame," I began. She signed to me to be silent. At that moment the old housekeeper rose and said in my ear, "Do not speak; Madame la Comtesse is not in a state to bear the slightest noise, and what you say might agitate her."

"'I sat down. A few instants after, Madame de Merret collected all her remaining strength to move her right hand, and slipped it, not without infinite difficulty, under the bolster; she then paused a moment. With a last effort she withdrew her hand; and when she brought out a sealed paper, drops of perspiration rolled from her brow. "I place my will in your hands—Oh! God! Oh!" and that was all. She clutched a crucifix that lay on the bed, lifted it hastily to her lips, and died.

était sur son séant, et paraissait s'y tenir avec beaucoup de difficulté. Ses grands yeux noirs, abattus par la fièvre, sans doute, et déjà presque morts, remuaient à peine sous les os où sont les sourcils. – Ça, dit-il en me montrant l'arcade de ses yeux. Son front était humide. Ses mains décharnées ressemblaient à des os recouverts d'une peau tendre ; ses veines, ses muscles se voyaient parfaitement bien ; elle avait dû être très belle ; mais, en ce moment ! je fus saisi de je ne sais quel sentiment à son aspect. Jamais, au dire de ceux qui l'ont ensevelie, une créature vivante n'avait atteint à sa maigreur sans mourir. Enfin, c'était épouvantable à voir ! Le mal avait si bien rongé cette femme qu'elle n'était plus qu'un fantôme. Ses lèvres d'un violet pâle me parurent immobiles quand elle me parla.

Quoique ma profession m'ait familiarisé avec ces spectacles en me conduisant parfois au chevet des mourants pour constater leurs dernières volontés, j'avoue que les familles en larmes et les agonies que j'ai vues n'étaient rien auprès de cette femme solitaire et silencieuse dans ce vaste château. Je n'entendais pas le moindre bruit, je ne voyais pas ce mouvement que la respiration de la malade aurait dû imprimer aux draps qui la couvraient, et je restai tout à fait immobile, occupé à la regarder avec une sorte de stupeur. Il me semble que j'y suis encore. Enfin ses grands yeux se remuèrent, elle essaya de lever sa main droite qui retomba sur le lit, et ces mots sortirent de sa bouche comme un souffle, car sa voix n'était déjà plus une voix. – « Je vous attendais avec bien de l'impatience. » Ses joues se colorèrent vivement. Parler, monsieur, c'était un effort pour elle.

— « Madame », lui dis-je. Elle me fit signe de me taire. En ce moment, la vieille femme de charge se leva et me dit à l'oreille : « Ne parlez pas, madame la comtesse est hors d'état d'entendre le moindre bruit ; et ce que vous lui diriez pourrait l'agiter. »

Je m'assis. Quelques instants après, madame de Merret rassembla tout ce qui lui restait de forces pour mouvoir son bras droit, le mit, non sans des peines infinies, sous son traversin ; elle s'arrêta pendant un petit moment ; puis, elle fit un dernier effort pour retirer sa main, et lorsqu'elle eut pris un papier cacheté, des gouttes de sueur tombèrent de son front. – « Je vous confie mon testament, dit-elle. Ah ! mon Dieu ! Ah ! » Ce fut tout. Elle saisit un crucifix qui était sur son lit, le porta rapidement à ses lèvres, et mourut.

"'The expression of her eyes still makes me shudder as I think of it. She must have suffered much! There was joy in her last glance, and it remained stamped on her dead eyes.

"'I brought away the will, and when it was opened I found that Madame de Merret had appointed me her executor. She left the whole of her property to the hospital at Vendôme excepting a few legacies. But these were her instructions as relating to la Grande Bretèche: She ordered me to leave the place, for fifty years counting from the day of her death, in the state in which it might be at the time of her death, forbidding any one, whoever he might be, to enter the apartments, prohibiting any repairs whatever, and even settling a salary to pay watchmen if it were needful to secure the absolute fulfilment of her intentions. At the expiration of that term, if the will of the testatrix has been duly carried out, the house is to become the property of my heirs, for, as you know, a notary cannot take a bequest. Otherwise la Grande Bretèche reverts to the heirs-at-law, but on condition of fulfilling certain conditions set forth in a codicil to the will, which is not to be opened till the expiration of the said term of fifty years. The will has not been disputed, so——' And without finishing his sentence, the lanky notary looked at me with an air of triumph; I made him quite happy by offering him my congratulations.

"'Monsieur,' I said in conclusion, 'you have so vividly impressed me that I fancy I see the dying woman whiter than her sheets; her glittering eyes frighten me; I shall dream of her to-night.—But you must have formed some idea as to the instructions contained in that extraordinary will.'

"'Monsieur,' said he, with comical reticence, 'I never allow myself to criticise the conduct of a person who honors me with the gift of a diamond.'

"However, I soon loosened the tongue of the discreet notary of Vendôme, who communicated to me, not without long digressions, the opinions of the deep politicians of both sexes whose judgments are law in Vendôme. But these opinions were so contradictory, so diffuse, that I was near falling asleep in spite of the interest I felt in this authentic history. The notary's ponderous voice and monotonous accent, accustomed no doubt to listen to himself and to make himself listened to

L'expression de ses yeux fixes me fait encore frissonner quand j'y songe. Elle avait dû bien souffrir ! Il y avait de la joie dans son dernier regard, sentiment qui resta gravé sur ses yeux morts.

J'emportai le testament ; et, quand il fut ouvert, je vis que madame de Merret m'avait nommé son exécuteur testamentaire. Elle léguait la totalité de ses biens à l'hôpital de Vendôme, sauf quelques legs particuliers. Mais voici quelles furent ses dispositions relativement à la Grande Bretèche. Elle me recommanda de laisser cette maison pendant cinquante années révolues, à partir du jour de sa mort, dans l'état où elle se trouverait au moment de son décès, en interdisant l'entrée des appartements à quelque personne que ce fût, en défendant d'y faire la moindre réparation, et allouant même une rente afin de gager des gardiens, s'il en était besoin, pour assurer l'entière exécution de ses intentions. À l'expiration de ce terme, si le vœu de la testatrice a été accompli, la maison doit appartenir à mes héritiers, car monsieur sait que les notaires ne peuvent accepter de legs ; sinon, la Grande Bretèche reviendrait à qui de droit, mais à la charge de remplir les conditions indiquées dans un codicille annexé au testament, et qui ne doit être ouvert qu'à l'expiration desdites cinquante années. Le testament n'a point été attaqué, donc... À ce mot, et sans achever sa phrase, le notaire oblong me regarda d'un air de triomphe, je le rendis tout à fait heureux en lui adressant quelques compliments.

— Monsieur, lui dis-je en terminant, vous m'avez si vivement impressionné, que je crois voir cette mourante plus pâle que ses draps ; ses yeux luisants me font peur ; et je rêverai d'elle cette nuit. Mais vous devez avoir formé quelques conjectures sur les dispositions contenues dans ce bizarre testament.

— Monsieur, me dit-il avec une réserve comique, je ne me permets jamais de juger la conduite des personnes qui m'ont honoré par le don d'un diamant.

Je déliai bientôt la langue du scrupuleux notaire vendômois, qui me communiqua, non sans de longues digressions, les observations dues aux profonds politiques des deux sexes dont les arrêts font loi dans Vendôme. Mais ces observations étaient si contradictoires, si diffuses, que je faillis m'endormir, malgré l'intérêt que je prenais à cette histoire authentique. Le ton lourd et l'accent monotone de ce notaire, sans doute habitué à s'écouter lui-même et à se faire écouter de ses clients

by his clients or fellow-townsmen, were too much for my curiosity. Happily, he soon went away.

"'Ah, ha, monsieur,' said he on the stairs, 'a good many persons would be glad to live five-and-forty years longer; but—one moment!' and he laid the first finger of his right hand to his nostril with a cunning look, as much as to say, 'Mark my words!—To last as long as that—as long as that,' said he, 'you must not be past sixty now.'

"I closed my door, having been roused from my apathy by this last speech, which the notary thought very funny; then I sat down in my armchair, with my feet on the fire-dogs. I had lost myself in a romance à la Radcliffe, constructed on the juridical base given me by Monsieur Regnault, when the door, opened by a woman's cautious hand, turned on the hinges. I saw my landlady come in, a buxom, florid dame, always good-humored, who had missed her calling in life. She was a Fleming, who ought to have seen the light in a picture by Teniers.

"'Well, monsieur,' said she, 'Monsieur Regnault has no doubt been giving you his history of la Grande Bretèche?'

"'Yes, Madame Lepas.'

"'And what did he tell you?'

"I repeated in a few words the creepy and sinister story of Madame de Merret. At each sentence my hostess put her head forward, looking at me with an innkeeper's keen scrutiny, a happy compromise between the instinct of a police constable, the astuteness of a spy, and the cunning of a dealer.

"'My good Madame Lepas,' said I as I ended, 'you seem to know more about it. Heh? If not, why have you come up to me?'

"'On my word, as an honest woman——'

"'Do not swear; your eyes are big with a secret. You knew Monsieur de Merret; what sort of man was he?'

"'Monsieur de Merret—well, you see he was a man you never could see the top of, he was so tall! A very good gentleman, from Picardy, and who had, as we say, his head close to his cap. He paid for everything down, so as never to have difficulties with any one. He was hot-tempered, you see! All our ladies liked him very much.'

"'Because he was hot-tempered?' I asked her.

"'Well, may be,' said she; 'and you may suppose, sir, that a man had to

ou de ses compatriotes, triompha de ma curiosité. Heureusement il s'en alla.

— Ah ! ah ! monsieur, bien des gens, me dit-il dans l'escalier, voudraient vivre encore quarante-cinq ans ; mais, petit moment ! Et il mit, d'un air fin, l'index de sa main droite sur sa narine, comme s'il eût voulu dire : Faites bien attention à ceci ? – Pour aller jusque-là, jusque-là, dit-il, il ne faut pas avoir la soixantaine.

Je fermai ma porte, après avoir été tiré de mon apathie par ce dernier trait que le notaire trouva très spirituel ; puis, je m'assis dans mon fauteuil, en mettant mes pieds sur les deux chenets de ma cheminée. Je m'enfonçai dans un roman à la Radcliffe, bâti sur les données juridiques de monsieur Regnault, quand ma porte, manœuvrée par la main adroite d'une femme, tourna sur ses gonds. Je vis venir mon hôtesse, grosse femme réjouie, de belle humeur, qui avait manqué sa vocation : c'était une Flamande qui aurait dû naître dans un tableau de Teniers.

— Eh ! bien, monsieur ? me dit-elle. Monsieur Regnault vous a sans doute rabâché son histoire de la Grande Bretèche.

— Oui, mère Lepas.

— Que vous a-t-il dit ?

Je lui répétai en peu de mots la ténébreuse et froide histoire de madame Merret. À chaque phrase, mon hôtesse tendait le cou, en me regardant avec une perspicacité d'aubergiste, espèce de juste milieu entre l'instinct du gendarme, l'astuce de l'espion et la ruse du commerçant.

— Ma chère dame Lepas ! ajoutai-je en terminant, vous paraissez en savoir davantage. Hein ? Autrement, pourquoi seriez-vous montée chez moi ?

— Ah ! foi d'honnête femme, et aussi vrai que je m'appelle Lepas...

— Ne jurez pas, vos yeux sont gros d'un secret. Vous avez connu monsieur de Merret. Quel homme était-ce ?

— Dame, monsieur de Merret, voyez-vous, était un bel homme qu'on ne finissait pas de voir, tant il était long ! un digne gentilhomme venu de Picardie, et qui avait, comme nous disons ici, la tête près du bonnet. Il payait tout comptant pour n'avoir de difficultés avec personne. Voyez-vous, il était vif. Nos dames le trouvaient toutes fort aimable.

— Parce qu'il était vif ! dis-je à mon hôtesse.

— Peut-être bien, dit-elle. Vous pensez bien, monsieur, qu'il fal-

have something to show for a figurehead before he could marry Madame de Merret, who, without any reflection on others, was the handsomest and richest heiress in our parts. She had about twenty thousand francs a year. All the town was at the wedding; the bride was pretty and sweet-looking, quite a gem of a woman. Oh, they were a handsome couple in their day!'

"'And were they happy together?'

"'Hm, hm! so-so—so far as can be guessed, for, as you may suppose, we of the common sort were not hail-fellow-well-met with them.—Madame de Merret was a kind woman and very pleasant, who had no doubt sometimes to put up with her husband's tantrums. But though he was rather haughty, we were fond of him. After all, it was his place to behave so. When a man is a born nobleman, you see——'

"'Still, there must have been some catastrophe for Monsieur and Madame de Merret to part so violently?'

"'I did not say there was any catastrophe, sir. I know nothing about it.'

"'Indeed. Well, now, I am sure you know everything.'

"'Well, sir, I will tell you the whole story.—When I saw Monsieur Regnault go up to see you, it struck me that he would speak to you about Madame de Merret as having to do with la Grande Bretèche. That put it into my head to ask your advice, sir, seeming to me that you are a man of good judgment and incapable of playing a poor woman like me false—for I never did any one a wrong, and yet I am tormented by my conscience. Up to now I have never dared to say a word to the people of these parts; they are all chatter-mags, with tongues like knives. And never till now, sir, have I had any traveler here who stayed so long in the inn as you have, and to whom I could tell the history of the fifteen thousand francs——'

"'My dear Madame Lepas, if there is anything in your story of a nature to compromise me,' I said, interrupting the flow of her words, 'I would not hear it for all the world.'

"'You need have no fears,' said she; 'you will see.'

"Her eagerness made me suspect that I was not the only person to whom my worthy landlady had communicated the secret of which I was to be the sole possessor, but I listened.

"'Monsieur,' said she, 'when the Emperor sent the Spaniards here,

lait avoir eu quelque chose devant soi, comme on dit, pour épouser madame de Merret qui, sans vouloir nuire aux autres, était la plus belle et la plus riche personne du Vendômois. Elle avait aux environs de vingt mille livres de rente. Toute la ville assistait à sa noce. La mariée était mignonne et avenante, un vrai bijou de femme. Ah ! ils ont fait un beau couple dans le temps !

— Ont-ils été heureux en ménage ?

— Heu, heu ! oui et non, autant qu'on peut le présumer, car vous pensez bien que, nous autres, nous ne vivions pas à pot et à rôt avec eux ! Madame de Merret était une bonne femme, bien gentille, qui avait peut-être bien à souffrir quelquefois des vivacités de son mari ; mais quoiqu'un peu fier, nous l'aimions. Bah ! c'était son état à lui d'être comme ça ! Quand on est noble, voyez-vous...

— Cependant il a bien fallu quelque catastrophe pour que monsieur et madame de Merret se séparassent violemment ?

— Je n'ai point dit qu'il y ait eu de catastrophe, monsieur. Je n'en sais rien.

— Bien. Je suis sûr maintenant que vous savez tout.

— Eh ! bien, monsieur, je vais tout vous dire. En voyant monter chez vous monsieur Regnault, j'ai bien pensé qu'il vous parlerait de madame de Merret, à propos de la Grande Bretèche. Ça m'a donné l'idée de consulter monsieur, qui me paraît un homme de bon conseil et incapable de trahir une pauvre femme comme moi qui n'ai jamais fait de mal à personne, et qui se trouve cependant tourmentée par sa conscience. Jusqu'à présent, je n'ai point osé m'ouvrir aux gens de ce pays-ci, ce sont tous des bavards à langues d'acier. Enfin, monsieur, je n'ai pas encore eu de voyageur qui soit demeuré si longtemps que vous dans mon auberge, et auquel je pusse dire l'histoire des quinze mille francs...

— Ma chère dame Lepas ! lui répondis-je en arrêtant le flux de ses paroles, si votre confidence est de nature à me compromettre, pour tout au monde je ne voudrais pas en être chargé.

— Ne craignez rien, dit-elle en m'interrompant. Vous allez voir.

Cet empressement me fit croire que je n'étais pas le seul à qui ma bonne aubergiste eût communiqué le secret dont je devais être l'unique dépositaire, et j'écoutai.

— Monsieur, dit-elle, quand l'Empereur envoya ici des Espagnols pri-

prisoners of war and others, I was required to lodge at the charge of the Government a young Spaniard sent to Vendôme on parole. Notwithstanding his parole, he had to show himself every day to the sub-prefect. He was a Spanish grandee—neither more nor less. He had a name in os and dia, something like Bagos de Férédia. I wrote his name down in my books, and you may see it if you like. Ah! he was a handsome young fellow for a Spaniard, who are all ugly they say. He was not more than five feet two or three in height, but so well made; and he had little hands that he kept so beautifully! Ah! you should have seen them. He had as many brushes for his hands as a woman has for her toilet. He had thick, black hair, a flame in his eye, a somewhat coppery complexion, but which I admired all the same. He wore the finest linen I have ever seen, though I have had princesses to lodge here, and, among others, General Bertrand, the Duc and Duchesse d'Abrantes, Monsieur Descazes, and the King of Spain. He did not eat much, but he had such polite and amiable ways that it was impossible to owe him a grudge for that. Oh! I was very fond of him, though he did not say four words to me in a day, and it was impossible to have the least bit of talk with him; if he was spoken to, he did not answer; it is a way, a mania they all have, it would seem.

"'He read his breviary like a priest, and went to mass and all the services quite regularly. And where did he post himself?—we found this out later.—Within two yards of Madame de Merret's chapel. As he took that place the very first time he entered the church, no one imagined that there was any purpose in it. Besides, he never raised his nose above his book, poor young man! And then, monsieur, of an evening he went for a walk on the hill among the ruins of the old castle. It was his only amusement, poor man; it reminded him of his native land. They say that Spain is all hills!

"'One evening, a few days after he was sent here, he was out very late. I was rather uneasy when he did not come in till just on the stroke of midnight; but we all got used to his whims; he took the key of the door, and we never sat up for him. He lived in a house belonging to us in the Rue des Casernes. Well, then, one of our stable-boys told us one evening that, going down to wash the horses in the river, he fancied he had seen the Spanish Grandee swimming some little way off, just like a fish. When he came in, I told him to be careful of the weeds, and he seemed put out at having been seen in the water.

sonniers de guerre ou autres, j'eus à loger, au compte du gouvernement, un jeune Espagnol envoyé à Vendôme sur parole. Malgré la parole, il allait tous les jours se montrer au Sous-Préfet. C'était un Grand d'Espagne ! Excusez du peu ! Il portait un nom en *os* et en *dia*, comme Bagos de Férédia. J'ai son nom écrit sur mes registres ; vous pourrez le lire, si vous le voulez. Oh ! c'était un beau jeune homme pour un Espagnol qu'on dit tous laids. Il n'avait guère que cinq pieds deux ou trois pouces, mais il était bien fait ; il avait de petites mains qu'il soignait, ah ! fallait voir. Il avait autant de brosses pour ses mains qu'une femme en a pour toutes ses toilettes ! Il avait de grands cheveux noirs, un œil de feu, un teint un peu cuivré, mais qui me plaisait tout de même. Il portait du linge fin comme je n'en ai jamais vu à personne, quoique j'aie logé des princesses, et entre autres le général Bertrand, le duc et la duchesse d'Abrantès, monsieur Decazes et le roi d'Espagne. Il ne mangeait pas grand-chose ; mais il avait des manières si polies, si aimables, qu'on ne pouvait pas lui en vouloir. Oh ! je l'aimai beaucoup, quoiqu'il ne disait pas quatre paroles par jour et qu'il fût impossible d'avoir avec lui la moindre conversation ; si on lui parlait, il ne répondait pas : c'était un tic, une manie qu'ils ont tous, à ce qu'on m'a dit.

Il lisait son bréviaire comme un prêtre, il allait à la messe et à tous les offices régulièrement. Où se mettait-il (nous avons remarqué cela plus tard) ? à deux pas de la chapelle de madame de Merret. Comme il se plaça là dès la première fois qu'il vint à l'église, personne n'imagina qu'il y eut de l'intention dans son fait. D'ailleurs, il ne levait pas le nez de dessus son livre de prières, le pauvre jeune homme ! Pour lors, monsieur, le soir il se promenait sur la montagne, dans les ruines du château. C'était son seul amusement à ce pauvre homme, il se rappelait là son pays. On dit que c'est tout montagnes en Espagne !

Dès les premiers jours de sa détention, il s'attarda. Je fus inquiète en ne le voyant revenir que sur le coup de minuit ; mais nous nous habituâmes tous à sa fantaisie ; il prit la clef de la porte, et nous ne l'attendîmes plus. Il logeait dans la maison que nous avons dans la rue des Casernes. Pour lors, un de nos valets d'écurie nous dit qu'un soir, en allant faire baigner les chevaux, il croyait avoir vu le Grand d'Espagne nageant au loin dans la rivière comme un vrai poisson. Quand il revint, je lui dis de prendre garde aux herbes ; il parut contrarié d'avoir été vu dans l'eau.

"'At last, monsieur, one day, or rather one morning, we did not find him in his room; he had not come back. By hunting through his things, I found a written paper in the drawer of his table, with fifty pieces of Spanish gold of the kind they call doubloons, worth about five thousand francs; and in a little sealed box ten thousand francs worth of diamonds. The paper said that in case he should not return, he left us this money and these diamonds in trust to found masses to thank God for his escape and for his salvation.

"'At that time I still had my husband, who ran off in search of him. And this is the queer part of the story: he brought back the Spaniard's clothes, which he had found under a big stone on a sort of breakwater along the river bank, nearly opposite la Grande Bretèche. My husband went so early that no one saw him. After reading the letter, he burnt the clothes, and, in obedience to Count Férédia's wish, we announced that he had escaped.

"'The sub-prefect set all the constabulary at his heels; but, pshaw! he was never caught. Lepas believed that the Spaniard had drowned himself. I, sir, have never thought so; I believe, on the contrary, that he had something to do with the business about Madame de Merret, seeing that Rosalie told me that the crucifix her mistress was so fond of that she had it buried with her, was made of ebony and silver; now in the early days of his stay here, Monsieur Férédia had one of ebony and silver which I never saw later.—And now, monsieur, do not you say that I need have no remorse about the Spaniard's fifteen thousand francs? Are they not really and truly mine?'

"'Certainly.—But have you never tried to question Rosalie?' said I.

"'Oh, to be sure I have, sir. But what is to be done? That girl is like a wall. She knows something, but it is impossible to make her talk.'

"After chatting with me for a few minutes, my hostess left me a prey to vague and sinister thoughts, to romantic curiosity, and a religious dread, not unlike the deep emotion which comes upon us when we go into a dark church at night and discern a feeble light glimmering under a lofty vault—a dim figure glides across—the sweep of a gown or of a priest's cassock is audible—and we shiver! La Grande Bretèche, with its rank grasses, its shuttered windows, its rusty iron-work, its locked doors, its deserted rooms, suddenly rose before me in fantastic vivid-

— Enfin, monsieur, un jour, ou plutôt un matin, nous ne le trouvâmes plus dans sa chambre, il n'était pas revenu. À force de fouiller partout, je vis un écrit dans le tiroir de sa table où il y avait cinquante pièces d'or espagnoles qu'on nomme des portugaises et qui valaient environ cinq mille francs ; puis des diamants pour dix millé francs dans une petite boîte cachetée. Son écrit disait donc qu'au cas où il ne reviendrait pas, il nous laissait cet argent et ces diamants, à la charge de fonder des messes pour remercier Dieu de son évasion et pour son salut.

Dans ce temps-là, j'avais encore mon homme, qui courut à sa recherche. Et voilà le drôle de l'histoire ! il rapporta les habits de l'Espagnol qu'il découvrit sous une grosse pierre, dans une espèce de pilotis sur le bord de la rivière, du côté du château, à peu près en face de la Grande Bretèche. Mon mari était allé là si matin, que personne ne l'avait vu. Il brûla les habits après avoir lu la lettre, et nous avons déclaré, suivant le désir du comte Férédia, qu'il s'était évadé.

Le Sous-Préfet mit toute la gendarmerie à ses trousses ; mais, brust ! on ne l'a point rattrapé. Lepas a cru que l'Espagnol s'était noyé. Moi, monsieur, je ne le pense point, je crois plutôt qu'il est pour quelque chose dans l'affaire de madame de Merret, vu que Rosalie m'a dit que le crucifix auquel sa maîtresse tenait tant qu'elle s'est fait ensevelir avec, était d'ébène et d'argent ; or, dans les premiers temps de son séjour, monsieur Férédia en avait un d'ébène et d'argent que je ne lui ai plus revu. Maintenant, monsieur, n'est-il pas vrai que je ne dois point avoir de remords des quinze mille francs de l'Espagnol, et qu'ils sont bien à moi ?

— Certainement. Mais vous n'avez pas essayé de questionner Rosalie ? lui dis-je.

— Oh ! si fait, monsieur. Que voulez-vous ! Cette fille-là, c'est un mur. Elle sait quelque chose ; mais il est impossible de la faire jaser.

Après avoir encore causé pendant un moment avec moi, mon hôtesse me laissa en proie à des pensées vagues et ténébreuses, à une curiosité romanesque, à une terreur religieuse assez semblable au sentiment profond qui nous saisit quand nous entrons à la nuit dans une église sombre où nous apercevons une faible lumière lointaine sous des arceaux élevés ; une figure indécise glisse, un frottement de robe ou de soutane se fait entendre... nous avons frissonné. La Grande Bretèche et ses hautes herbes, ses fenêtres condamnées, ses ferrements rouillés, ses portes closes, ses

ness. I tried to get into the mysterious dwelling to search out the heart of this solemn story, this drama which had killed three persons.

"Rosalie became in my eyes the most interesting being in Vendôme. As I studied her, I detected signs of an inmost thought, in spite of the blooming health that glowed in her dimpled face. There was in her soul some element of ruth or of hope; her manner suggested a secret, like the expression of devout souls who pray in excess, or of a girl who has killed her child and for ever hears its last cry. Nevertheless, she was simple and clumsy in her ways; her vacant smile had nothing criminal in it, and you would have pronounced her innocent only from seeing the large red and blue checked kerchief that covered her stalwart bust, tucked into the tight-laced bodice of a lilac- and white-striped gown. 'No,' said I to myself, 'I will not quit Vendôme without knowing the whole history of la Grande Bretèche. To achieve this end, I will make love to Rosalie if it proves necessary.'

"'Rosalie!' said I one evening.

"'Your servant, sir?'

"'You are not married?' She started a little.

"'Oh! there is no lack of men if ever I take a fancy to be miserable!' she replied, laughing. She got over her agitation at once; for every woman, from the highest lady to the inn-servant inclusive, has a native presence of mind.

"'Yes; you are fresh and good-looking enough never to lack lovers! But tell me, Rosalie, why did you become an inn-servant on leaving Madame de Merret? Did she not leave you some little annuity?'

"'Oh yes, sir. But my place here is the best in all the town of Vendôme.'

"This reply was such an one as judges and attorneys call evasive. Rosalie, as it seemed to me, held in this romantic affair the place of the middle square of the chess-board: she was at the very centre of the interest and of the truth; she appeared to me to be tied into the knot of it. It was not a case for ordinary love-making; this girl contained the last chapter of a romance, and from that moment all my attentions were devoted to Rosalie. By dint of studying the girl, I observed in

appartements déserts, se montra tout à coup fantastiquement devant moi. J'essayai de pénétrer dans cette mystérieuse demeure en y cherchant le nœud de cette solennelle histoire, le drame qui avait tué trois personnes.

Rosalie fut à mes yeux l'être le plus intéressant de Vendôme. Je découvris, en l'examinant, les traces d'une pensée intime, malgré la santé brillante qui éclatait sur son visage potelé. Il y avait chez elle un principe de remords ou d'espérance ; son attitude annonçait un secret, comme celle des dévotes qui prient avec excès ou celle de la fille infanticide qui entend toujours le dernier cri de son enfant. Sa pose était cependant naïve et grossière, son niais sourire n'avait rien de criminel, et vous l'eussiez jugée innocente, rien qu'à voir le grand mouchoir à carreaux rouges et bleus qui recouvrait son buste vigoureux, encadré, serré, ficelé par une robe à raies blanches et violettes. – Non, pensais-je, je ne quitterai pas Vendôme sans savoir toute l'histoire de la Grande Bretèche. Pour arriver à mes fins, je deviendrai l'ami de Rosalie, s'il le faut absolument.

— Rosalie ! lui dis-je un soir.

— Plaît- il, monsieur ?

— Vous n'êtes pas mariée ? Elle tressaillit légèrement.

— Oh ! je ne manquerai point d'hommes quand la fantaisie d'être malheureuse me prendra ! dit-elle en riant. Elle se remit promptement de son émotion intérieure, car toutes les femmes, depuis la grande dame jusqu'aux servantes d'auberge inclusivement, ont un sang-froid qui leur est particulier.

— Vous êtes assez fraîche, assez appétissante pour ne pas manquer d'amoureux ! Mais, dites-moi, Rosalie, pourquoi vous êtes-vous faite servante d'auberge en quittant madame de Merret ? Est-ce qu'elle ne vous a pas laissé quelque rente ?

— Oh ! que si ! Mais, monsieur, ma place est la meilleure de tout Vendôme.

Cette réponse était une de celles que les juges et les avoués nomment *dilatoires*. Rosalie me paraissait située dans cette histoire romanesque comme la case qui se trouve au milieu d'un damier ; elle était au centre même de l'intérêt et de la vérité ; elle me semblait nouée dans le nœud. Ce ne fut plus une séduction ordinaire à tenter, il y avait dans cette fille le dernier chapitre d'un roman ; aussi, dès ce moment, Rosalie devint-elle l'objet de ma prédilection. À force d'étudier cette fille, je remarquai

her, as in every woman whom we make our ruling thought, a variety of good qualities; she was clean and neat; she was handsome, I need not say; she soon was possessed of every charm that desire can lend to a woman in whatever rank of life. A fortnight after the notary's visit, one evening, or rather one morning, in the small hours, I said to Rosalie:

"'Come, tell me all you know about Madame de Merret.'

"'Oh!' she said, 'I will tell you; but keep the secret carefully.'

"'All right, my child; I will keep all your secrets with a thief's honor, which is the most loyal known.'

"'If it is all the same to you,' said she, 'I would rather it should be with your own.'

"Thereupon she set her head-kerchief straight, and settled herself to tell the tale; for there is no doubt a particular attitude of confidence and security is necessary to the telling of a narrative. The best tales are told at a certain hour—just as we are all here at table. No one ever told a story well standing up, or fasting.

"If I were to reproduce exactly Rosalie's diffuse eloquence, a whole volume would scarcely contain it. Now, as the event of which she gave me a confused account stands exactly midway between the notary's gossip and that of Madame Lepas, as precisely as the middle term of a rule-of-three sum stands between the first and third, I have only to relate it in as few words as may be. I shall therefore be brief.

"The room at la Grande Bretèche in which Madame de Merret slept was on the ground floor; a little cupboard in the wall, about four feet deep, served her to hang her dresses in. Three months before the evening of which I have to relate the events, Madame de Merret had been seriously ailing, so much so that her husband had left her to herself, and had his own bedroom on the first floor. By one of those accidents which it is impossible to foresee, he came in that evening two hours later than usual from the club, where he went to read the papers and talk politics with the residents in the neighborhood. His wife supposed him to have come in, to be in bed and asleep. But the invasion of France had been the

chez elle, comme chez toutes les femmes de qui nous faisons notre pensée principale, une foule de qualités : elle était propre, soigneuse ; elle était belle, cela va sans dire ; elle eut bientôt tous les attraits que notre désir prête aux femmes, dans quelque situation qu'elles puissent être. Quinze jours après la visite du notaire, un soir, ou plutôt un matin, car il était de très bonne heure, je dis à Rosalie :

— Raconte- moi donc tout ce que tu sais sur madame de Merret ?

— Oh ! répondit-elle avec terreur, ne me demandez pas cela, monsieur Horace ! Sa belle figure se rembrunit, ses couleurs vives et animées pâlirent, et ses yeux n'eurent plus leur innocent éclat humide. – Eh ! bien, reprit-elle, puisque vous le voulez, je vous le dirai ; mais gardez-moi bien le secret !

— Va ! ma pauvre fille, je garderai tous tes secrets avec une probité de voleur, c'est la plus loyale qui existe.

— Si cela vous est égal, me dit-elle, j'aime mieux que ce soit avec la vôtre.

Là-dessus, elle ragréa son foulard, et se posa comme pour conter ; car il y a, certes, une attitude de confiance et de sécurité nécessaire pour faire un récit. Les meilleures narrations se disent à une certaine heure, comme nous sommes là tous à table. Personne n'a bien conté debout ou à jeun.

Mais s'il fallait reproduire fidèlement la diffuse éloquence de Rosalie, un volume entier suffirait à peine. Or, comme l'événement dont elle me donna la confuse connaissance se trouve placé, entre le bavardage du notaire et celui de madame Lepas, aussi exactement que les moyens termes d'une proportion arithmétique le sont entre leurs deux extrêmes, je n'ai plus qu'à vous le dire en peu de mots. J'abrège donc.

La chambre que madame de Merret occupait à la Bretèche était située au rez-de-chaussée. Un petit cabinet de quatre pieds de profondeur environ, pratiqué dans l'intérieur du mur, lui servait de garde-robe. Trois mois avant la soirée dont je vais vous raconter les faits, madame de Merret avait été assez sérieusement indisposée pour que son mari la laissât seule chez elle, et il couchait dans une chambre au premier étage. Par un de ces hasards impossibles à prévoir, il revint, ce soir-là, deux heures plus tard que de coutume du Cercle où il allait lire les journaux et causer politique avec les habitants du pays. Sa femme le croyait rentré, couché, endormi. Mais l'invasion de la France avait été l'objet d'une dis-

subject of a very animated discussion; the game of billiards had waxed vehement; he had lost forty francs, an enormous sum at Vendôme, where everybody is thrifty, and where social habits are restrained within the bounds of a simplicity worthy of all praise, and the foundation perhaps of a form of true happiness which no Parisian would care for.

"For some time past Monsieur de Merret had been satisfied to ask Rosalie whether his wife was in bed; on the girl's replying always in the affirmative, he at once went to his own room, with the good faith that comes of habit and confidence. But this evening, on coming in, he took it into his head to go to see Madame de Merret, to tell her of his ill-luck, and perhaps to find consolation. During dinner he had observed that his wife was very becomingly dressed; he reflected as he came home from the club that his wife was certainly much better, that convalescence had improved her beauty, discovering it, as husbands discover everything, a little too late. Instead of calling Rosalie, who was in the kitchen at the moment watching the cook and the coachman playing a puzzling hand at cards, Monsieur de Merret made his way to his wife's room by the light of his lantern, which he set down at the lowest step of the stairs. His step, easy to recognize, rang under the vaulted passage.

"At the instant when the gentleman turned the key to enter his wife's room, he fancied he heard the door shut of the closet of which I have spoken; but when he went in, Madame de Merret was alone, standing in front of the fireplace. The unsuspecting husband fancied that Rosalie was in the cupboard; nevertheless, a doubt, ringing in his ears like a peal of bells, put him on his guard; he looked at his wife, and read in her eyes an indescribably anxious and haunted expression.

"'You are very late,' said she.—Her voice, usually so clear and sweet, struck him as being slightly husky.

"Monsieur de Merret made no reply, for at this moment Rosalie came in. This was like a thunder-clap. He walked up and down the room, going from one window to another at a regular pace, his arms folded.

"'Have you had bad news, or are you ill?' his wife asked him timidly, while Rosalie helped her to undress. He made no reply.

"'You can go, Rosalie,' said Madame de Merret to her maid; 'I can

cussion fort animée ; la partie de billard s'était échauffée, il avait perdu quarante francs, somme énorme à Vendôme, où tout le monde thésaurise, et où les mœurs sont contenues dans les bornes d'une modestie digne d'éloges, qui peut-être devient la source d'un bonheur vrai dont ne se soucie aucun Parisien.

Depuis quelque temps monsieur de Merret se contentait de demander à Rosalie si sa femme était couchée ; sur la réponse toujours affirmative de cette fille, il allait immédiatement chez lui, avec cette bonhomie qu'enfantent l'habitude et la confiance. En rentrant, il lui prit fantaisie de se rendre chez madame de Merret pour lui conter sa mésaventure, peut-être aussi pour s'en consoler. Pendant le dîner, il avait trouvé madame de Merret fort coquettement mise ; il se disait, en allant du Cercle chez lui, que sa femme ne souffrait plus, que sa convalescence l'avait embellie, et il s'en apercevait, comme les maris s'aperçoivent de tout, un peu tard. Au lieu d'appeler Rosalie qui dans ce moment était occupée dans la cuisine à voir la cuisinière et le cocher jouant un coup difficile de la brisque, monsieur de Merret se dirigea vers la chambre de sa femme, à la lueur de son falot qu'il avait déposé sur la première marche de l'escalier. Son pas facile à reconnaître retentissait sous les voûtes du corridor.

Au moment où le gentilhomme tourna la clef de la chambre de sa femme, il crut entendre fermer la porte du cabinet dont je vous ai parlé ; mais, quand il entra, madame de Merret était seule, debout devant la cheminée. Le mari pensa naïvement en lui-même que Rosalie était dans le cabinet ; cependant un soupçon qui lui tinta dans l'oreille avec un bruit de cloches le mit en défiance ; il regarda sa femme, et lui trouva dans les yeux je ne sais quoi de trouble et de fauve.

— Vous rentrez bien tard, dit-elle. Cette voix ordinairement si pure et si gracieuse lui parut légèrement altérée.

Monsieur de Merret ne répondit rien, car en ce moment Rosalie entra. Ce fut un coup de foudre pour lui. Il se promena dans la chambre, en allant d'une fenêtre à l'autre par un mouvement uniforme et les bras croisés.

— Avez-vous appris quelque chose de triste, ou souffrez-vous ? lui demanda timidement sa femme pendant que Rosalie la déshabillait. Il garda le silence.

— Retirez-vous, dit madame de Merret à sa femme de chambre, je

put in my curl-papers myself.'—She scented disaster at the mere aspect of her husband's face, and wished to be alone with him. As soon as Rosalie was gone, or supposed to be gone, for she lingered a few minutes in the passage, Monsieur de Merret came and stood facing his wife, and said coldly, 'Madame, there is some one in your cupboard!' She looked at her husband calmly, and replied quite simply, 'No, monsieur.'

"This 'No' wrung Monsieur de Merret's heart; he did not believe it; and yet his wife had never appeared purer or more saintly than she seemed to be at this moment. He rose to go and open the closet door. Madame de Merret took his hand, stopped him, looked at him sadly, and said in a voice of strange emotion, 'Remember, if you should find no one there, everything must be at an end between you and me.'

"The extraordinary dignity of his wife's attitude filled him with deep esteem for her, and inspired him with one of those resolves which need only a grander stage to become immortal.

"'No, Josephine,' he said, 'I will not open it. In either event we should be parted for ever. Listen; I know all the purity of your soul, I know you lead a saintly life, and would not commit a deadly sin to save your life.'—At these words Madame de Merret looked at her husband with a haggard stare.—'See, here is your crucifix,' he went on. 'Swear to me before God that there is no one in there; I will believe you—I will never open that door.'

"Madame de Merret took up the crucifix and said, 'I swear it.'

"'Louder,' said her husband; 'and repeat: "I swear before God that there is nobody in that closet."' She repeated the words without flinching.

"'That will do,' said Monsieur de Merret coldly. After a moment's silence: 'You have there a fine piece of work which I never saw before,' said he, examining the crucifix of ebony and silver, very artistically wrought.

"'I found it at Duvivier's; last year when that troop of Spanish prisoners came through Vendôme, he bought it of a Spanish monk.'

"'Indeed,' said Monsieur de Merret, hanging the crucifix on its nail; and he rang the bell.

"He had to wait for Rosalie. Monsieur de Merret went forward

mettrai mes papillotes moi-même. Elle devina quelque malheur au seul aspect de la figure de son mari et voulut être seule avec lui. Lorsque Rosalie fut partie, ou censée partie, car elle resta pendant quelques instants dans le corridor, monsieur de Merret vint se placer devant sa femme, et lui dit froidement : – Madame, il y a quelqu'un dans votre cabinet ! Elle regarda son mari d'un air calme, et lui répondit avec simplicité : – Non, monsieur.

Ce non navra monsieur de Merret, il n'y croyait pas ; et pourtant jamais sa femme ne lui avait paru ni plus pure ni plus religieuse qu'elle semblait l'être en ce moment. Il se leva pour aller ouvrir le cabinet, madame de Merret le prit par la main, l'arrêta, le regarda d'un air mélancolique, et lui dit d'une voix singulièrement émue : – Si vous ne trouvez personne, songez que tout sera fini entre nous !

L'incroyable dignité empreinte dans l'attitude de sa femme rendit au gentilhomme une profonde estime pour elle, et lui inspira une de ces résolutions auxquelles il ne manque qu'un plus vaste théâtre pour devenir immortelles.

— Non, dit-il, Joséphine, je n'irai pas. Dans l'un et l'autre cas, nous serions séparés à jamais. Écoute, je connais toute la pureté de ton âme, et sais que tu mènes une vie sainte, tu ne voudrais pas commettre un péché mortel aux dépens de ta vie. À ces mots, madame de Merret regarda son mari d'un œil hagard. – Tiens, voici ton crucifix, ajouta cet homme. Jure-moi devant Dieu qu'il n'y a là personne, je te croirai, je n'ouvrirai jamais cette porte.

Madame de Merret prit le crucifix et dit : – Je le jure.

— Plus haut, dit le mari, et répète : Je jure devant Dieu qu'il n'y a personne dans ce cabinet. Elle répéta la phrase sans se troubler.

— C'est bien, dit froidement monsieur de Merret. Après un moment de silence : – Vous avez une bien belle chose que je ne connaissais pas, dit-il en examinant ce crucifix en ébène incrusté d'argent, et très artistement sculpté.

— Je l'ai trouvé chez Duvivier, qui, lorsque cette troupe de prisonniers passa par Vendôme l'année dernière, l'avait acheté d'un religieux espagnol.

— Ah ! dit monsieur de Merret en remettant le crucifix au clou, et il sonna.

Rosalie ne se fit pas attendre. Monsieur de Merret alla vivement à sa

quickly to meet her, led her into the bay of the window that looked on to the garden, and said to her in an undertone:

"'I know that Gorenflot wants to marry you, that poverty alone prevents your setting up house, and that you told him you would not be his wife till he found means to become a master mason.—Well, go and fetch him; tell him to come here with his trowel and tools. Contrive to wake no one in his house but himself. His reward will be beyond your wishes. Above all, go out without saying a word—or else!' and he frowned.

"Rosalie was going, and he called her back. 'Here, take my latch-key,' said he.

"'Jean!' Monsieur de Merret called in a voice of thunder down the passage. Jean, who was both coachman and confidential servant, left his cards and came.

"'Go to bed, all of you,' said his master, beckoning him to come close; and the gentleman added in a whisper, 'When they are all asleep—mind, asleep—you understand?—come down and tell me.'

"Monsieur de Merret, who had never lost sight of his wife while giving his orders, quietly came back to her at the fireside, and began to tell her the details of the game of billiards and the discussion at the club. When Rosalie returned she found Monsieur and Madame de Merret conversing amiably.

"Not long before this Monsieur de Merret had had new ceilings made to all the reception-rooms on the ground floor. Plaster is very scarce at Vendôme; the price is enhanced by the cost of carriage; the gentleman had therefore had a considerable quantity delivered to him, knowing that he could always find purchasers for what might be left. It was this circumstance which suggested the plan he carried out.

"'Gorenflot is here, sir,' said Rosalie in a whisper.

"'Tell him to come in,' said her master aloud.

"Madame de Merret turned paler when she saw the mason.

"'Gorenflot,' said her husband, 'go and fetch some bricks from the coach-house; bring enough to wall up the door of this cupboard; you can use the plaster that is left for cement.' Then, dragging Rosalie and the workman close to him—'Listen, Gorenflot,' said he, in a low voice, 'you are to sleep here to-night; but to-morrow morning you shall have a passport to take you abroad to a place I will tell you of. I will give you

rencontre, l'emmena dans l'embrasure de la fenêtre qui donnait sur le jardin, et lui dit à voix basse :

— Je sais que Gorenflot veut t'épouser, la pauvreté seule vous empêche de vous mettre en ménage, et tu lui as dit que tu ne serais pas sa femme s'il ne trouvait moyen de se se rendre maître maçon... Eh ! bien, va le chercher, dis-lui de venir ici avec sa truelle et ses outils. Fais en sorte de n'éveiller que lui dans sa maison ; sa fortune passera vos désirs. Surtout sors d'ici sans jaser, sinon... Il fronça le sourcil.

Rosalie partit, il la rappela. – Tiens, prends mon passe-partout, dit-il.

— Jean ! cria monsieur de Merret d'une voix tonnante dans le corridor. Jean, qui était tout à la fois son cocher et son homme de confiance, quitta sa partie de brisque, et vint.

— Allez vous coucher tous, lui dit son maître en lui faisant signe de s'approcher ; et le gentilhomme ajouta, mais à voix basse : – Lorsqu'ils seront tous endormis, *endormis*, entends-tu bien ? tu descendras m'en prévenir.

Monsieur de Merret, qui n'avait par perdu de vue sa femme, tout en donnant ses ordres, revint tranquillement auprès d'elle devant le feu, et se mit à lui raconter les événements de la partie de billard et les discussions du Cercle. Lorsque Rosalie fut de retour, elle trouva monsieur et madame de Merret causant très amicalement.

Le gentilhomme avait récemment fait plafonner toutes les pièces qui composaient son appartement de réception au rez-de-chaussée. Le plâtre est fort rare à Vendôme, le transport en augmente beaucoup le prix ; le gentilhomme en avait donc fait venir une assez grande quantité, sachant qu'il trouverait toujours bien des acheteurs pour ce qui lui resterait. Cette circonstance lui inspira le dessein qu'il mit à exécution.

— Monsieur, Gorenflot est là, dit Rosalie à voix basse.

— Qu'il entre ! répondit tout haut le gentilhomme picard.

Madame de Merret pâlit légèrement en voyant le maçon.

— Gorenflot, dit le mari, va prendre des briques sous la remise, et apportes-en assez pour murer la porte de ce cabinet ; tu te serviras du plâtre qui me reste pour enduire le mur. Puis attirant à lui Rosalie et l'ouvrier : – Écoute, Gorenflot, dit-il à voix basse, tu coucheras ici cette nuit. Mais, demain matin, tu auras un passeport pour aller en pays étranger dans une ville que je t'indiquerai. Je te remettrai six

six thousand francs for your journey. You must live in that town for ten years; if you find you do not like it, you may settle in another, but it must be in the same country. Go through Paris and wait there till I join you. I will there give you an agreement for six thousand francs more, to be paid to you on your return, provided you have carried out the conditions of the bargain. For that price you are to keep perfect silence as to what you have to do this night. To you, Rosalie, I will secure ten thousand francs, which will not be paid to you till your wedding day, and on condition of your marrying Gorenflot; but, to get married, you must hold your tongue. If not, no wedding gift!'

"'Rosalie,' said Madame de Merret, 'come and brush my hair.'

"Her husband quietly walked up and down the room, keeping an eye on the door, on the mason, and on his wife, but without any insulting display of suspicion. Gorenflot could not help making some noise. Madame de Merret seized a moment when he was unloading some bricks, and when her husband was at the other end of the room to say to Rosalie: 'My dear child, I will give you a thousand francs a year if only you will tell Gorenflot to leave a crack at the bottom.' Then she added aloud quite coolly: 'You had better help him.'

"Monsieur and Madame de Merret were silent all the time while Gorenflot was walling up the door. This silence was intentional on the husband's part; he did not wish to give his wife the opportunity of saying anything with a double meaning. On Madame de Merret's side it was pride or prudence. When the wall was half built up the cunning mason took advantage of his master's back being turned to break one of the two panes in the top of the door with a blow of his pick. By this Madame de Merret understood that Rosalie had spoken to Gorenflot. They all three then saw the face of a dark, gloomy-looking man, with black hair and flaming eyes.

"Before her husband turned round again the poor woman had nodded to the stranger, to whom the signal was meant to convey, 'Hope.'

"At four o'clock, as the day was dawning, for it was the month of September, the work was done. The mason was placed in charge of Jean, and Monsieur de Merret slept in his wife's room.

"Next morning when he got up he said with apparent carelessness, 'Oh, by the way, I must go to the Maire for the passport.' He put on his

mille francs pour ton voyage. Tu demeureras dix ans dans cette ville ; si tu ne t'y plaisais pas, tu pourrais t'établir dans une autre, pourvu que ce soit au même pays. Tu passeras par Paris, où tu m'attendras. Là, je t'assurerai par un contrat six autres mille francs qui te seront payés à ton retour au cas où tu aurais rempli les conditions de notre marché. À ce prix, tu devras garder le plus profond silence sur ce que tu auras fait ici cette nuit. Quant à toi, Rosalie, je te donnerai dix mille francs qui ne te seront comptés que le jour de tes noces, et à la condition d'épouser Gorenflot ; mais, pour vous marier, il faut se taire. Sinon, plus de dot.

— Rosalie, dit madame de Merret, venez me coiffer.

Le mari se promena tranquillement de long en large, en surveillant la porte, le maçon et sa femme, mais sans laisser paraître une défiance injurieuse. Gorenflot fut obligé de faire du bruit. Madame de Merret saisit un moment où l'ouvrier déchargeait des briques et où son mari se trouvait au bout de la chambre, pour dire à Rosalie : - Mille francs de rente pour toi, ma chère enfant, si tu peux dire à Gorenflot de laisser une crevasse en bas. Puis, tout haut, elle lui dit avec sang-froid : - Va donc l'aider !

Monsieur et madame de Merret restèrent silencieux pendant tout le temps que Gorenflot mit à murer la porte. Ce silence était calcul chez le mari, qui ne voulait pas fournir à sa femme le prétexte de jeter des paroles à double entente ; et chez madame de Merret ce fut prudence ou fierté. Quand le mur fut à la moitié de son élévation, le rusé maçon prit un moment où le gentilhomme avait le dos tourné pour donner un coup de pioche dans l'une des deux vitres de la porte. Cette action fit comprendre à madame de Merret que Rosalie avait parlé à Gorenflot. Tous trois virent alors une figure d'homme sombre et brune, des cheveux noirs, un regard de feu.

Avant que son mari ne se fût retourné, la pauvre femme eut le temps de faire un signe de tête à l'étranger pour qui ce signe voulait dire : - Espérez !

À quatre heures, vers le petit jour, car on était au mois de septembre, la construction fut achevée. Le maçon resta sous la garde de Jean, et monsieur de Merret coucha dans la chambre de sa femme.

Le lendemain matin, en se levant, il dit avec insouciance : - Ah ! diable, il faut que j'aille à la mairie pour le passeport. Il mit son chapeau

hat, took two or three steps towards the door, paused, and took the crucifix. His wife was trembling with joy.

"'He will go to Duvivier's,' thought she.

"As soon as he had left, Madame de Merret rang for Rosalie, and then in a terrible voice she cried: 'The pick! Bring the pick! and set to work. I saw how Gorenflot did it yesterday; we shall have time to make a gap and build it up again.'

"In an instant Rosalie had brought her mistress a sort of cleaver; she, with a vehemence of which no words can give an idea, set to work to demolish the wall. She had already got out a few bricks, when, turning to deal a stronger blow than before, she saw behind her Monsieur de Merret. She fainted away.

"'Lay madame on her bed,' said he coldly.

"Foreseeing what would certainly happen in his absence, he had laid this trap for his wife; he had merely written to the Maire and sent for Duvivier. The jeweler arrived just as the disorder in the room had been repaired.

"'Duvivier,' asked Monsieur de Merret, 'did not you buy some crucifixes of the Spaniards who passed through the town?'

"'No, monsieur.'

"'Very good; thank you,' said he, flashing a tiger's glare at his wife. 'Jean,' he added, turning to his confidential valet, 'you can serve my meals here in Madame de Merret's room. She is ill, and I shall not leave her till she recovers.'

"The cruel man remained in his wife's room for twenty days. During the earlier time, when there was some little noise in the closet, and Josephine wanted to intercede for the dying man, he said, without allowing her to utter a word, 'You swore on the Cross that there was no one there.'"

After this story all the ladies rose from table, and thus the spell under which Bianchon had held them was broken. But there were some among them who had almost shivered at the last words.

sur sa tête, fit trois pas vers la porte, se ravisa, prit le crucifix. Sa femme tressaillit de bonheur.

— Il ira chez Duvivier, pensa-t-elle.

Aussitôt que le gentilhomme fut sorti, madame de Merret sonna Rosalie ; puis, d'une voix terrible : – La pioche ! la pioche ! s'écria-t-elle, et à l'ouvrage ! J'ai vu hier comment Gorenflot s'y prenait, nous aurons le temps de faire un trou et de le reboucher.

En un clin d'œil, Rosalie apporta une espèce de *merlin* à sa maîtresse, qui, avec une ardeur dont rien ne pourrait donner une idée, se mit à démolir le mur. Elle avait déjà fait sauter quelques briques, lorsqu'en prenant son élan pour appliquer un coup encore plus vigoureux que les autres, elle vit monsieur de Merret derrière elle ; elle s'évanouit.

— Mettez madame sur son lit, dit froidement le gentilhomme.

Prévoyant ce qui devait arriver pendant son absence, il avait tendu un piège à sa femme ; il avait tout bonnement écrit au maire, et envoyé chercher Duvivier. Le bijoutier arriva au moment où le désordre de l'appartement venait d'être réparé.

— Duvivier, lui demanda le gentilhomme, n'avez-vous pas acheté des crucifix aux Espagnols qui ont passé par ici ?

— Non, monsieur.

— Bien, je vous remercie, dit-il en échangeant avec sa femme un regard de tigre. – Jean, ajouta-t-il en se tournant vers son valet de confiance, vous ferez servir mes repas dans la chambre de madame de Merret, elle est malade, et je ne la quitterai pas qu'elle ne soit rétablie.

Le cruel gentilhomme resta pendant vingt jours près de sa femme. Durant les premiers moments, quand il se faisait quelque bruit dans le cabinet muré et que Joséphine voulait l'implorer pour l'inconnu mourant, il lui répondait, sans lui permettre de dire un seul mot : – Vous avez juré sur la croix qu'il n'y avait là personne.

Après ce récit, toutes les femmes se levèrent de table, et le charme sous lequel Bianchon les avait tenues fut dissipé par ce mouvement. Néanmoins quelques-unes d'entre elles avaient eu quasi froid en entendant le dernier mot.

THE CONSCRIPT

TO MY DEAR FRIEND, ALBERT MARCHAND DE LA RIBELLERIE, TOURS, 1836.

Le Réquisitionnaire

À mon cher Albert Marchand de la Ribellerie.
Tours, 1836.

"Sometimes they saw him, by a phenomenon of vision or of locomotion, abolish space in its two elements of time and distance, one of which is intellectual and the other physical."—*Intellectual History of Louis Lambert.*

On a certain evening in the month of November, 1793, the principal people of Carentan were gathered in the salon of Madame de Dey, at whose house the assembly was held daily. Some circumstances which would not have attracted attention in a large city, but which were certain to cause a flutter in a small one, lent to this customary meeting an unusual degree of interest. Two days before, Madame de Dey had closed her door to her guests, whom she had also excused herself from receiving on the preceding day, on the pretext of an indisposition. In ordinary times, these two occurrences would have produced the same effect in Carentan that the closing of all the theatres would produce in Paris. In those days existence was to a certain extent incomplete. And in 1793 the conduct of Madame de Dey might have had the most deplorable results. The slightest venturesome proceeding almost always became a question of life or death for the nobles of that period. In order to understand the intense curiosity and the narrow-minded cunning which enlivened the Norman countenances of all those people during the evening, but especially in order that we may share the secret anxiety of Madame de Dey, it is necessary to explain the rôle that she played at Carentan. As the critical position in which she found herself at that moment was undoubtedly identical with that of many people during the Revolution, the sympathies of more than one reader will give the needed touch of colour to this narrative.

Madame de Dey, the widow of a lieutenant-general and chevalier of the Orders, had left the court at the beginning of the emigration. As she possessed considerable property in the neighbourhood of Carentan, she had taken refuge there, hoping that the influence of the Terror would not be much felt so far from Paris. This prevision, based upon exact knowledge of the province, proved to be just. The Revolution did little devastation in Lower Normandy. Although, when Madame de Dey visited her estates formerly, she used to see only the noble families of the province, she had from policy thrown her house open to the leading *bourgeois* of the town, and to the new authorities, striving to make them proud of their conquest of her, without arousing either hatred or jealousy

« Tantôt ils lui voyaient, par un phénomène de vision ou de locomotion, abolir l'espace dans ses deux modes de Temps et de Distance, dont l'un est intellectuel et l'autre physique. »

Hist. intell. de LOUIS LAMBERT.

Par un soir du mois de novembre 1793, les principaux personnages de Carentan se trouvaient dans le salon de madame de Dey, chez laquelle l'*assemblée* se tenait tous les jours. Quelques circonstances qui n'eussent point attiré l'attention d'une grande ville, mais qui devaient fortement en préoccuper une petite, prêtaient à ce rendez- vous habituel un intérêt inaccoutumé. La surveille, madame de Dey avait fermé sa porte à sa société, qu'elle s'était encore dispensée de recevoir la veille, en prétextant d'une indisposition. En temps ordinaire, ces deux événements eussent fait à Carentan le même effet que produit à Paris un *relâche* à tous les théâtres. Ces jours-là, l'existence est en quelque sorte incomplète. Mais, en 1793, la conduite de madame de Dey pouvait avoir les plus funestes résultats. La moindre démarche hasardée devenait alors presque toujours pour les nobles une question de vie ou de mort. Pour bien comprendre la curiosité vive et les étroites finesses qui animèrent pendant cette soirée les physionomies normandes de tous ces personnages, mais surtout pour partager les perplexités secrètes de madame de Dey, il est nécessaire d'expliquer le rôle qu'elle jouait à Carentan. La position critique dans laquelle elle se trouvait en ce moment ayant été sans doute celle de bien des gens pendant la Révolution, les sympathies de plus d'un lecteur achèveront de colorer ce récit.

Madame de Dey, veuve d'un lieutenant général, chevalier des ordres, avait quitté la cour au commencement de l'émigration. Possédant des biens considérables aux environs de Carentan, elle s'y était réfugiée, en espérant que l'influence de la Terreur s'y ferait peu sentir. Ce calcul, fondé sur une connaissance exacte du pays, était juste. La Révolution exerça peu de ravages en Basse-Normandie. Quoique madame de Dey ne vît jadis que les familles nobles du pays quand elle y venait visiter ses propriétés, elle avait, par politique, ouvert sa maison aux principaux bourgeois de la ville et aux nouvelles autorités, en s'efforçant de les rendre fiers de sa conquête, sans réveiller chez eux ni haine ni jalousie. Gracieuse et bonne, douée de cette inexprimable douceur

in their minds. Gracious and amiable, endowed with that indescribable gentleness of manner which attracts without resort to self-abasement or to entreaties, she had succeeded in winning general esteem by the most exquisite tact, the wise promptings of which had enabled her to maintain her stand on the narrow line where she could satisfy the demands of that mixed society, without humiliating the self-esteem of the parvenus or offending that of her former friends.

About thirty-eight years of age, she still retained, not that fresh and buxom beauty which distinguishes the young women of Lower Normandy, but a slender, and, so to speak, aristocratic beauty. Her features were small and refined, her figure slender and willowy. When she spoke, her pale face would seem to brighten and to take on life. Her great black eyes were full of suavity, but their placid and devout expression seemed to indicate that the active principle of her existence had ceased to be. Married in the flower of her youth to an old and jealous soldier, the falseness of her position in the centre of a dissipated court contributed much, no doubt, to cast a veil of serious melancholy over a face on which the charm and vivacity of love must formerly have shone bright. Constantly obliged to restrain the ingenuous impulses, the emotions of a woman, at a time when she still feels instead of reflecting, passion had remained unsullied in the depths of her heart. So it was that her principal attraction was due to the youthful simplicity which at intervals her face betrayed, and which gave to her ideas a naïve expression of desire. Her aspect imposed respect, but there were always in her bearing and in her voice symptoms of an outreaching towards an unknown future, as in a young girl; the most unsusceptible man soon found himself falling in love with her, and nevertheless retained a sort of respectful dread, inspired by her courteous manners, which were most imposing. Her soul, naturally great, and strengthened by painful struggles, seemed to be too far removed from the common herd, and men realised their limitations.

That soul necessarily demanded an exalted passion. So that Madame de Dey's affections were concentrated in a single sentiment, the sentiment of maternity. The happiness and pleasures of which her married life had been deprived, she found in her excessive love for her son. She loved him not only with the pure and profound devotion of a mother, but with the coquetry of a mistress, the jealousy of a wife. She was

qui sait plaire sans recourir à l'abaissement ou à la prière, elle avait réussi à se concilier l'estime générale par un tact exquis dont les sages avertissements lui permettaient de se tenir sur la ligne délicate où elle pouvait satisfaire aux exigences de cette société mêlée, sans humilier le rétif amour-propre des parvenus, ni choquer celui de ses anciens amis.

Âgée d'environ trente-huit ans, elle conservait encore, non cette beauté fraîche et nourrie qui distingue les filles de la Basse-Normandie, mais une beauté grêle et pour ainsi dire aristocratique. Ses traits étaient fins et délicats ; sa taille était souple et déliée. Quand elle parlait, son pâle visage paraissait s'éclairer et prendre de la vie. Ses grands yeux noirs étaient pleins d'affabilité, mais leur expression calme et religieuse semblait annoncer que le principe de son existence n'était plus en elle. Mariée à la fleur de l'âge avec un militaire vieux et jaloux, la fausseté de sa position au milieu d'une cour galante contribua beaucoup sans doute à répandre un voile de grave mélancolie sur une figure où les charmes et la vivacité de l'amour avaient dû briller autrefois. Obligée de réprimer sans cesse les mouvements naïfs, les émotions de la femme alors qu'elle sent encore au lieu de réfléchir, la passion était restée vierge au fond de son cœur. Aussi, son principal attrait venait-il de cette intime jeunesse que, par moments, trahissait sa physionomie, et qui donnait à ses idées une innocente expression de désir. Son aspect commandait la retenue, mais il y avait toujours dans son maintien, dans sa voix, des élans vers un avenir inconnu, comme chez une jeune fille ; bientôt l'homme le plus insensible se trouvait amoureux d'elle, et conservait néanmoins une sorte de crainte respectueuse, inspirée par ses manières polies qui imposaient. Son âme, nativement grande, mais fortifiée par des luttes cruelles, semblait placée trop loin du vulgaire, et les hommes se faisaient justice. À cette âme, il fallait nécessairement une haute passion. Aussi les affections de madame de Dey s'étaient-elles concentrées dans un seul sentiment, celui de la maternité. Le bonheur et les plaisirs dont avait été privée sa vie de femme, elle les retrouvait dans l'amour extrême qu'elle portait à son fils. Elle ne l'aimait pas seulement avec le pur et profond dévoue-ment d'une mère, mais avec la coquetterie d'une maîtresse, avec la jalousie d'une épouse. Elle était malheureuse loin de lui, inquiète pen-

unhappy when separated from him, anxious during his absence, could never see enough of him, lived only in him and for him. In order to make men understand the strength of this feeling, it will suffice to add that this son was not only Madame de Dey's only child, but her last remaining relative, the only living being to whom she could attach the fears, the hopes, and the joys of her life. The late Count de Dey was the last scion of his family, as she was the last heiress of hers. Thus human schemes and interests were in accord with the noblest cravings of the soul to intensify in the countess's heart a sentiment which is always strong in women. She had brought up her son only with infinite difficulty, which had made him dearer than ever to her; twenty times the doctors prophesied his death; but, trusting in her presentiments and her hopes, she had the inexpressible joy of seeing him pass through the dangers of childhood unscathed, and of exulting in the upbuilding of his constitution in spite of the decrees of the faculty.

Thanks to constant care, her son had grown and had attained such perfect development, that at twenty years of age he was considered one of the most accomplished cavaliers at Versailles. Lastly—a piece of good fortune which does not crown the efforts of all mothers—she was adored by her son; their hearts were bound together by sympathies that were fraternal. Even if they had not been connected by the decree of nature, they would have felt instinctively for each other that affection of one being for another so rarely met with in life. Appointed sublieutenant of dragoons at eighteen, the young man had complied with the prevailing ideas of the requirements of honour at that period, by following the princes when they emigrated.

Thus Madame de Dey, of noble birth, wealthy, and the mother of an émigré, was fully alive to the dangers of her painful situation. As she had no other aim than to preserve a great fortune for her son, she had renounced the happiness of accompanying him; but, when she read the harsh laws by virtue of which the Republic daily confiscated the property of the émigrés at Carentan, she applauded herself for her courageous act. Was she not guarding her son's treasures at the peril of her life? Then, when she learned of the shocking executions ordered by the Convention, she slept undisturbed, happy to know that her only treasure was in safety, far from all perils and all scaffolds. She took pleasure in the belief that she had adopted the best course to save all his fortunes at

dant ses absences, ne le voyait jamais assez, ne vivait que par lui et pour lui. Afin de faire comprendre aux hommes la force de ce sentiment, il suffira d'ajouter que ce fils était non seulement l'unique enfant de madame de Dey, mais son dernier parent, le seul être auquel elle pût rattacher les craintes, les espérances et les joies de sa vie. Le feu comte de Dey fut le dernier rejeton de sa famille, comme elle se trouva seule héritière de la sienne. Les calculs et les intérêts humains s'étaient donc accordés avec les plus nobles besoins de l'âme pour exalter dans le cœur de la comtesse un sentiment déjà si fort chez les femmes. Elle n'avait élevé son fils qu'avec des peines infinies, qui le lui avaient rendu plus cher encore ; vingt fois les médecins lui en présagèrent la perte ; mais, confiante en ses pressentiments, en ses espérances, elle eut la joie inexprimable de lui voir heureusement traverser les périls de l'enfance, d'admirer les progrès de sa constitution, en dépit des arrêts de la Faculté.

Grâce à des soins constants, ce fils avait grandi et s'était si gracieusement développé, qu'à vingt ans, il passait pour un des cavaliers les plus accomplis de Versailles. Enfin, par un bonheur qui ne couronne pas les efforts de toutes les mères, elle était adorée de son fils ; leurs âmes s'entendaient par de fraternelles sympathies. S'ils n'eussent pas été liés déjà par le vœu de la nature, ils auraient instinctivement éprouvé l'un pour l'autre cette amitié d'homme à homme, si rare à rencontrer dans la vie. Nommé sous-lieutenant de dragons à dix-huit ans, le jeune comte avait obéi au point d'honneur de l'époque en suivant les princes dans leur émigration.

Ainsi madame de Dey, noble, riche, et mère d'un émigré, ne se dissimulait point les dangers de sa cruelle situation. Ne formant d'autre vœu que celui de conserver à son fils une grande fortune, elle avait renoncé au bonheur de l'accompagner ; mais en lisant les lois rigoureuses en vertu desquelles la République confisquait chaque jour les biens des émigrés à Carentan, elle s'applaudissait de cet acte de courage. Ne gardait-elle pas les trésors de son fils au péril de ses jours ? Puis, en apprenant les terribles exécutions ordonnées par la Convention, elle s'endormait heureuse de savoir sa seule richesse en sûreté, loin des dangers, loin des échafauds. Elle se complaisait à croire qu'elle avait pris le meilleur parti pour sauver à la fois toutes

once. Making the concessions to this secret thought which the disasters of the time demanded, without compromising her womanly dignity or her aristocratic beliefs, she enveloped her sorrows in impenetrable mystery. She had realised the difficulties which awaited her at Carentan. To go thither and assume the first place in society—was it not equivalent to defying the scaffold every day? But, sustained by a mother's courage, she succeeded in winning the affection of the poor by relieving all sorts of misery indiscriminately, and made herself necessary to the rich by taking the lead in their pleasures.

She received the prosecuting attorney of the commune, the mayor, the president of the district, the public accuser, and even the judges of the Revolutionary Tribunal. The first four of these functionaries, being unmarried, paid court to her, in the hope of marrying her, whether by terrifying her by the injury which they had it in their power to do her, or by offering her their protection. The public accuser, formerly an attorney at Caen, where he had been employed by the countess, tried to win her love by conduct full of devotion and generosity. A dangerous scheme! He was the most formidable of all the suitors. He alone was thoroughly acquainted with the condition of his former client's large fortune. His passion was inevitably intensified by all the cravings of an avarice which rested upon almost unlimited power, upon the right of life or death throughout the district. This man, who was still young, displayed so much nobility in his behaviour that Madame de Dey had been unable as yet to make up her mind concerning him. But, scorning the danger that lay in a contest of wits with Normans, she employed the inventive genius and the cunning which nature has allotted to woman, to play those rivals against one another. By gaining time, she hoped to arrive safe and sound at the end of her troubles. At that time, the royalists in the interior of France flattered themselves that each day would see the close of the Revolution; and that conviction was the ruin of a great many of them.

Despite these obstacles, the countess had skillfully maintained her independence down to the day when, with incomprehensible imprudence, she had conceived the idea of closing her door. The interest which she inspired was so profound and so genuine that the people who came to her house that evening were greatly distressed when they learned that it was impossible for her to receive them; then, with the outspoken curiosity which is a part of provincial manners, they inquired concerning

ses fortunes. Faisant à cette secrète pensée les concessions voulues par le malheur des temps, sans compromettre ni sa dignité de femme ni ses croyances aristocratiques, elle enveloppait ses douleurs dans un froid mystère. Elle avait compris les difficultés qui l'attendaient à Carentan. Venir y occuper la première place, n'était-ce pas y défier l'échafaud tous les jours ? Mais, soutenue par un courage de mère, elle sut conquérir l'affection des pauvres en soulageant indifféremment toutes les misères, et se rendit nécessaire aux riches en veillant à leurs plaisirs. Elle recevait le procureur de la commune, le maire, le président du district, l'accusateur public, et même les juges du tribunal révolutionnaire. Les quatre premiers de ces personnages, n'étant pas mariés, la courtisaient dans l'espoir de l'épouser, soit en l'effrayant par le mal qu'ils pouvaient lui faire, soit en lui offrant leur protection. L'accusateur public, ancien procureur à Caen, jadis chargé des intérêts de la comtesse, tentait de lui inspirer de l'amour par une conduite pleine de dévouement et de générosité ; finesse dangereuse ! Il était le plus redoutable de tous les prétendants. Lui seul connaissait à fond l'état de la fortune considérable de son ancienne cliente. Sa passion devait s'accroître de tous les désirs d'une avarice qui s'appuyait sur un pouvoir immense, sur le droit de vie et de mort dans le district. Cet homme, encore jeune, mettait tant de noblesse dans ses procédés, que madame de Dey n'avait pas encore pu le juger. Mais, méprisant le danger qu'il y avait à lutter d'adresse avec des Normands, elle employait l'esprit inventif et la ruse que la nature a départis aux femmes pour opposer ces rivalités les unes aux autres. En gagnant du temps, elle espérait arriver saine et sauve à la fin des troubles. À cette époque, les royalistes de l'intérieur se flattaient tous les jours de voir la Révolution terminée le lendemain ; et cette conviction a été la perte de beaucoup d'entre eux.

Malgré ces obstacles, la comtesse avait assez habilement maintenu son indépendance jusqu'au jour où, par une inexplicable imprudence, elle s'était avisée de fermer sa porte. Elle inspirait un intérêt si profond et si véritable, que les personnes venues ce soir-là chez elle conçurent de vives inquiétudes en apprenant qu'il lui devenait impossible de les recevoir ; puis, avec cette franchise de curiosité empreinte dans les mœurs provinciales, elles s'enquirent du malheur, du chagrin, de

the misfortune, the sorrow, or the disease which had afflicted Madame de Dey. To these questions, an old housekeeper called Brigitte replied that her mistress had shut herself into her room, and would not see anybody, not even her servants. The cloistral existence, so to speak, which the people of a small town lead, gives birth in them to such an unconquerable habit of analysing and commenting upon the actions of other people, that, after expressing their sympathy for Madame de Dey, without an idea whether she was really happy or unhappy, they all began to speculate upon the causes of her abrupt seclusion.

"If she were ill," said one curious individual, "she would have sent for the doctor; but the doctor was at my house all day, playing chess. He said with a laugh that in these days there is but one disease, and that is unfortunately incurable."

This jest was put forward apologetically. Thereupon, men, women, old men, and maidens began to search the vast field of conjecture. Every one fancied that he caught a glimpse of a secret, and that secret engrossed the imaginations of them all. The next day, the suspicions became embittered. As life in a small town is open to all, the women were the first to learn that Brigitte had laid in more supplies than usual at the market. That fact could not be denied. Brigitte had been seen in the morning, in the square, and—a most extraordinary thing—she had bought the only hare that was offered for sale. Now the whole town knew that Madame de Dey did not like game. The hare became the starting-point for endless suppositions. When taking their daily walk, old men observed in the countess's house a sort of concentrated activity which was made manifest by the very precautions which the servants took to conceal it. The valet was seen beating a rug in the garden; on the day before, no one would have paid any heed to it; but that rug became a link in the chain of evidence to support the romances which everybody was engaged in constructing. Every person had his own.

On the second day, when they learned that Madame de Dey proclaimed that she was indisposed, the principal persons of Carentan met in the evening at the house of the mayor's brother, an ex-merchant, a married man, of upright character and generally esteemed, and for whom the countess entertained a high regard. There all the aspirants to the rich widow's hand had a more or less probable story to tell; and each of them hoped to turn to his advantage the secret circumstances

la maladie qui devait affliger madame de Dey. À ces questions une vieille femme de charge, nommée Brigitte, répondait que sa maîtresse s'était enfermée et ne voulait voir personne, pas même les gens de sa maison. L'existence, en quelque sorte claustrale, que mènent les habitants d'une petite ville crée en eux une habitude d'analyser et d'expliquer les actions d'autrui si naturellement invincible qu'après avoir plaint madame de Dey, sans savoir si elle était réellement heureuse ou chagrine, chacun se mit à rechercher les causes de sa soudaine retraite.

— Si elle était malade, dit le premier curieux, elle aurait envoyé chez le médecin ; mais le docteur est resté pendant toute la journée chez moi à jouer aux échecs ! Il me disait en riant que, par le temps qui court, il n'y a qu'une maladie... et qu'elle est malheureusement incurable.

Cette plaisanterie fut prudemment hasardée. Femmes, hommes, vieillards et jeunes filles se mirent alors à parcourir le vaste champ des conjectures. Chacun crut entrevoir un secret, et ce secret occupa toutes les imaginations. Le lendemain les soupçons s'envenimèrent. Comme la vie est à jour dans une petite ville, les femmes apprirent les premières que Brigitte avait fait au marché des provisions plus considérables qu'à l'ordinaire. Ce fait ne pouvait être contesté. L'on avait vu Brigitte de grand matin sur la place, et, chose extraordinaire, elle y avait acheté le seul lièvre qui s'y trouvât. Toute la ville savait que madame de Dey n'aimait pas le gibier. Le lièvre devint un point de départ pour des suppositions infinies. En faisant leur promenade périodique, les vieillards remarquèrent dans la maison de la comtesse, une sorte d'activité concentrée qui se révélait par les précautions même dont se servaient les gens pour la cacher. Le valet de chambre battait un tapis dans le jardin ; la veille, personne n'y aurait pris garde ; mais ce tapis devint une pièce à l'appui des romans que tout le monde bâtissait. Chacun avait le sien. Le second jour, en apprenant que madame de Dey se disait indisposée, les principaux personnages de Carentan se réunirent le soir chez le frère du maire, vieux négociant marié, homme probe, généralement estimé, et pour lequel la comtesse avait beaucoup d'égards. Là, tous les aspirants à la main de la riche veuve eurent à raconter une fable plus ou moins probable ; et chacun d'eux pensait à faire tourner à son profit la circonstance secrète qui la forçait de se compromettre ainsi. L'accusateur public

which forced her to compromise herself thus. The public accuser imagined a complete drama in which Madame de Dey's son was brought to
her house by night. The mayor favoured the idea of a priest who had
not taken the oath, arriving from La Vendée and asking her for shelter;
but the purchase of a hare on Friday embarrassed the mayor greatly.
The president of the district was strong in his conviction that it was a
leader of Chouans or of Vendeans, hotly pursued. Others suggested a
nobleman escaped from one of the prisons of Paris. In short, one and all
suspected the countess of being guilty of one of those acts of generosity
which the laws of that day stigmatised as crimes, and which might lead
to the scaffold. The public accuser said in an undertone that they must
hold their tongues, and try to snatch the unfortunate woman from the
abyss towards which she was rapidly precipitating herself.

"If you talk about this business," he added, "I shall be obliged to
interfere, to search her house, and then——"

He did not finish his sentence, but they all understood his reticence.

The countess's sincere friends were so alarmed for her that, during
the morning of the third day, the procureur-syndic of the commune
caused his wife to write her a note to urge her to receive as usual that
evening. The old merchant, being bolder, called at Madame de Dey's
house in the morning. Trusting in the service which he proposed to
render her, he demanded to be shown to her presence, and was thunderstruck when he saw her in the garden, engaged in cutting the last
flowers from the beds, to supply her vases.

"Doubtless she has been sheltering her lover," said the old man to
himself, seized with compassion for the fascinating woman.

The strange expression on the countess's face confirmed him in his
suspicions. Deeply touched by that devotion so natural to a woman, and
which always moves our admiration, because all men are flattered by
the sacrifices which a woman makes for a man, the merchant informed
the countess of the reports which were current in the town, and of the
dangerous position in which she stood.

"But," he said, as he concluded, "although there are some among our
officials who are not indisposed to forgive you for an act of heroism of
which a priest is the object, no one will pity you if they discover that you
are sacrificing yourself to the affections of the heart."

At these words Madame de Dey looked at the old man with an

imaginait tout un drame pour amener nuitamment le fils de madame de Dey chez elle. Le maire croyait à un prêtre insermenté, venu de la Vendée, et qui lui aurait demandé un asile ; mais l'achat du lièvre, un vendredi, l'embarrassait beaucoup. Le président du district tenait fortement pour un chef de Chouans ou de Vendéens vivement poursuivi. D'autres voulaient un noble échappé des prisons de Paris. Enfin tous soupçonnaient la comtesse d'être coupable d'une de ces générosités que les lois d'alors nommaient un crime, et qui pouvaient conduire à l'échafaud. L'accusateur public disait d'ailleurs à voix basse qu'il fallait se taire, et tâcher de sauver l'infortunée de l'abîme vers lequel elle marchait à grands pas.

— Si vous ébruitez cette affaire, ajouta-t-il, je serai obligé d'intervenir, de faire des perquisitions chez elle, et alors !... Il n'acheva pas, mais chacun comprit cette réticence.

Les amis sincères de la comtesse s'alarmèrent tellement pour elle que, dans la matinée du troisième jour, le procureur-syndic de la commune lui fit écrire par sa femme un mot pour l'engager à recevoir pendant la soirée comme à l'ordinaire. Plus hardi, le vieux négociant se présenta dans la matinée chez madame de Dey. Fort du service qu'il voulait lui rendre, il exigea d'être introduit auprès d'elle, et resta stupéfait en l'apercevant dans le jardin, occupée à couper les dernières fleurs de ses plates-bandes pour en garnir des vases.

— Elle a sans doute donné asile à son amant, se dit le vieillard pris de pitié pour cette charmante femme. La singulière expression du visage de la comtesse le confirma dans ses soupçons. Vivement ému de ce dévouement si naturel aux femmes, mais qui nous touche toujours, parce que tous les hommes sont flattés par les sacrifices qu'une d'elles fait à un homme, le négociant instruisit la comtesse des bruits qui couraient dans la ville et du danger où elle se trouvait. - Car, lui dit-il en terminant, si, parmi nos fonctionnaires, il en est quelques-uns assez disposés à vous pardonner un héroïsme qui aurait un prêtre pour objet, personne ne vous plaindra si l'on vient à découvrir que vous vous immolez à des intérêts de cœur.

À ces mots, madame de Dey regarda le vieillard avec un air d'égare-

expression of desperation and terror which made him shudder, old man though he was.

"Come," said she, taking his hand and leading him to her bedroom, where, after making sure that they were alone, she took from her bosom a soiled and wrinkled letter. "Read," she cried, making a violent effort to pronounce the word.

She fell into her chair as if utterly overwhelmed. While the old gentleman was feeling for his spectacles and wiping them, she fastened her eyes upon him and scrutinised him for the first time with curiosity; then she said softly, in an altered voice:

"I trust you."

"Am I not sharing your crime?" replied the old man, simply.

She started; for the first time her heart found itself in sympathy with another heart in that little town. The old merchant suddenly understood both the distress and the joy of the countess. Her son had taken part in the Granville expedition; he wrote to his mother from prison, imparting to her one sad but sweet hope. Having no doubt of his success in escaping, he mentioned three days in which he might appear at her house in disguise. The fatal letter contained heartrending farewells in case he should not be at Carentan on the evening of the third day; and he begged his mother to hand a considerable sum of money to the messenger, who had undertaken to carry that letter to her through innumerable perils. The paper shook in the old man's hand.

"And this is the third day!" cried Madame de Dey, as she sprang to her feet, seized the letter, and began to pace the floor.

"You have been imprudent," said the merchant; "why did you lay in provisions?"

"Why, he may arrive almost starved, worn out with fatigue, and——"
She did not finish.

"I am sure of my brother," said the old man, "and I will go and enlist him on your side."

In this emergency the old tradesman recovered the shrewdness which he had formerly displayed in his business, and gave advice instinct with prudence and sagacity. After agreeing upon all that they were both to say and to do, the old man went about, on cleverly devised pretexts, to the principal houses of Carentan, where he announced that Madame de

ment et de folie qui le fit frissonner, lui, vieillard.

— Venez, lui dit-elle en le prenant par la main pour le conduire dans sa chambre, où, après s'être assurée qu'ils étaient seuls, elle tira de son sein une lettre sale et chiffonnée : – Lisez, s'écria-t- elle en faisant un violent effort pour prononcer ce mot.

Elle tomba dans son fauteuil, comme anéantie. Pendant que le vieux négociant cherchait ses lunettes et les nettoyait, elle leva les yeux sur lui, le contempla pour la première fois avec curiosité ; puis, d'une voix altérée : – Je me fie à vous, lui dit-elle doucement.

— Est-ce que je ne viens pas partager votre crime ? répondit le bonhomme avec simplicité.

Elle tressaillit. Pour la première fois, dans cette petite ville, son âme sympathisait avec celle d'un autre. Le vieux négociant comprit tout à coup et l'abattement et la joie de la comtesse. Son fils avait fait partie de l'expédition de Granville, il écrivait à sa mère du fond de sa prison, en lui donnant un triste et doux espoir. Ne doutant pas de ses moyens d'évasion, il lui indiquait trois jours pendant lesquels il devait se présenter chez elle, déguisé. La fatale lettre contenait de déchirants adieux au cas où il ne serait pas à Carentan dans la soirée du troisième jour, et il priait sa mère de remettre une assez forte somme à l'émissaire qui s'était chargé de lui apporter cette dépêche, à travers mille dangers. Le papier tremblait dans les mains du vieillard.

— Et voici le troisième jour, s'écria madame de Dey qui se leva rapidement, reprit la lettre, et marcha.

— Vous avez commis des imprudences, lui dit le négociant. Pourquoi faire prendre des provisions ?

— Mais il peut arriver, mourant de faim, exténué de fatigue, et... Elle n'acheva pas.

— Je suis sûr de mon frère, reprit le vieillard, je vais aller le mettre dans vos intérêts.

Le négociant retrouva dans cette circonstance la finesse qu'il avait mise jadis dans les affaires, et lui dicta des conseils empreints de prudence et de sagacité. Après être convenus de tout ce qu'ils devaient dire et faire l'un ou l'autre, le vieillard alla, sous des prétextes habilement trouvés, dans les principales maisons de Carentan, où il annonça que

Dey, whom he had just seen, would receive that evening in spite of her indisposition. Pitting his shrewdness against the inborn Norman cunning, in the examination to which each family subjected him in regard to the nature of the countess's illness, he succeeded in leading astray almost everybody who was interested in that mysterious affair. His first visit produced a marvellous effect. He stated, in the presence of a gouty old lady, that Madame de Dey had nearly died of an attack of gout in the stomach; as the famous Tronchin had once recommended her, in such a case, to place on her chest the skin of a hare, flayed alive, and to stay in bed and not move, the countess, who had been at death's door two days before, having followed scrupulously Tronchin's advice, found herself sufficiently recovered to see those who cared to call on her that evening. That fable had a prodigious success, and the Carentan doctor, a royalist in secret, added to its effect by the air of authority with which he discussed the remedy. Nevertheless, suspicion had taken too deep root in the minds of some obstinate persons, or some philosophers, to be entirely dispelled; so that, in the evening, those who were regular habitués of Madame de Dey's salon arrived there early; some in order to watch her face, others from friendly regard; and the majority were impressed by the marvellous nature of her recovery.

They found the countess seated at the corner of the huge fireplace of her salon, which was almost as modestly furnished as those of the people of Carentan; for, in order not to offend the sensitive self-esteem of her guests, she denied herself the luxury to which she had always been accustomed, and had changed nothing in her house. The floor of the reception-room was not even polished. She left old-fashioned dark tapestries on the walls, she retained the native furniture, burned tallow candles, and followed the customs of the town, espousing provincial life, and recoiling neither from the most rasping pettinesses nor the most unpleasant privations. But, realising that her guests would forgive her for any display of splendour which aimed at their personal comfort, she neglected nothing when it was a question of affording them enjoyment; so that she always gave them excellent dinners. She even went so far as to make a pretence at miserliness, to please those calculating minds; and after causing certain concessions in the way of luxurious living to be extorted from her, she seemed to comply with a good grace.

About seven o'clock in the evening, therefore, the best of the unin-

madame de Dey, qu'il venait de voir, recevrait dans la soirée, malgré son indisposition. Luttant de finesse avec les intelligences normandes dans l'interrogatoire que chaque famille lui imposa sur la nature de la maladie de la comtesse, il réussit à donner le change à presque toutes les personnes qui s'occupaient de cette mystérieuse affaire. Sa première visite fit merveille. Il raconta devant une vieille dame goutteuse que madame de Dey avait manqué périr d'une attaque de goutte à l'estomac ; le fameux Tronchin lui ayant recommandé jadis, en pareille occurrence, de se mettre sur la poitrine la peau d'un lièvre écorché vif, et de rester au lit sans se permettre le moindre mouvement, la comtesse, en danger de mort, il y a deux jours, se trouvait, après avoir suivi ponctuellement la bizarre ordonnance de Tronchin, assez bien rétablie pour recevoir ceux qui viendraient la voir pendant la soirée. Ce conte eut un succès prodigieux, et le médecin de Carentan, royaliste *in petto*, en augmenta l'effet par l'importance avec laquelle il discuta le spécifique. Néanmoins les soupçons avaient trop fortement pris racine dans l'esprit de quelques entêtés ou de quelques philosophes pour être entièrement dissipés ; en sorte que, le soir, ceux qui étaient admis chez madame de Dey vinrent avec empressement et de bonne heure chez elle, les uns pour épier sa contenance, les autres par amitié, la plupart saisis par le merveilleux de sa guérison. Ils trouvèrent la comtesse assise au coin de la grande cheminée de son salon, à peu près aussi modeste que l'étaient ceux de Carentan ; car, pour ne pas blesser les étroites pensées de ses hôtes, elle s'était refusée aux jouissances de luxe auxquelles elle était jadis habituée, elle n'avait donc rien changé chez elle. Le carreau de la salle de réception n'était même pas frotté. Elle laissait sur les murs de vieilles tapisseries sombres, conservait les meubles du pays, brûlait de la chandelle, et suivait les modes de la ville, en épousant la vie provinciale sans reculer ni devant les petitesses les plus dures, ni devant les privations les plus désagréables. Mais sachant que ses hôtes lui pardonneraient les magnificences qui auraient leur bien-être pour but, elle ne négligeait rien quand il s'agissait de leur procurer des jouissances personnelles. Aussi leur donnait-elle d'excellents dîners. Elle allait jusqu'à feindre de l'avarice pour plaire à ces esprits calculateurs ; et, après avoir eu l'art de se faire arracher certaines concessions de luxe, elle savait obéir avec grâce. Donc, vers sept heures du soir, la meilleure mauvaise com-

teresting society of Carentan was assembled at her house, and formed a large circle about the fireplace. The mistress of the house, sustained in her misery by the compassionate glances which the old tradesman bestowed upon her, submitted with extraordinary courage to the minute questionings, the trivial and stupid reasoning of her guests. But at every blow of the knocker at her door, and whenever she heard footsteps in the street, she concealed her emotion by raising some question of interest to the welfare of the province. She started noisy discussions concerning the quality of the season's cider, and was so well seconded by her confidant that her company almost forgot to watch her, her manner was so natural and her self-possession so imperturbable. The public accuser and one of the judges of the Revolutionary Tribunal sat silent, carefully watching every movement of her face and listening to every sound in the house, notwithstanding the uproar; and on several occasions they asked her very embarrassing questions, which, however, the countess answered with marvellous presence of mind. Mothers have such an inexhaustible store of courage! When Madame de Dey had arranged the card-tables, placed everybody at a table of boston, reversis, or whist, she remained a few moments talking with some young people, with the utmost nonchalance, playing her part like a consummate actress. She suggested a game of loto—said that she alone knew where it was, and disappeared.

"I am suffocating, my poor Brigitte!" she cried, wiping away the tears that gushed from her eyes, which gleamed with fever, anxiety, and impatience. "He does not come," she continued, looking about the chamber to which she had flown. "Here, I breathe again and I live. A few moments more, and he will be here; for he still lives, I am certain; my heart tells me so! Do you hear nothing, Brigitte? Oh! I would give the rest of my life to know whether he is in prison or travelling through the country! I would like not to think——"

She looked about again to make sure that everything was in order in the room. A bright fire was burning on the hearth; the shutters were carefully closed; the furniture glistened with cleanliness; the way in which the bed was made proved that the countess had assisted Brigitte in the smallest details; and her hopes betrayed themselves in the scrupulous care which seemed to have been taken in that room, where the sweet charm of love and its most chaste caresses exhaled in the perfume

pagnie de Carentan se trouvait chez elle, et décrivait un grand cercle devant la cheminée. La maîtresse du logis, soutenue dans son malheur par les regards compatissants que lui jetait le vieux négociant, se soumit avec un courage inouï aux questions minutieuses, aux raisonnements frivoles et stupides de ses hôtes. Mais à chaque coup de marteau frappé sur sa porte, ou toutes les fois que des pas retentissaient dans la rue, elle cachait ses émotions en soulevant des questions intéressantes pour la fortune du pays. Elle éleva de bruyantes discussions sur la qualité des cidres, et fut si bien secondée par son confident, que l'assemblée oublia presque de l'espionner en trouvant sa contenance naturelle et son aplomb imperturbable. L'accusateur public et l'un des juges du tribunal révolutionnaire restaient taciturnes, observaient avec attention les moindres mouvements de sa physionomie, écoutaient dans la maison, malgré le tumulte ; et, à plusieurs reprises, ils lui firent des questions embarrassantes, auxquelles la comtesse répondit cependant avec une admirable présence d'esprit. Les mères ont tant de courage ! Au moment où madame de Dey eut arrangé les parties, placé tout le monde à des tables de boston, de reversis ou de whist, elle resta encore à causer auprès de quelques jeunes personnes avec un extrême laisser-aller, en jouant son rôle en actrice consommée. Elle se fit demander un loto, prétendit savoir seule où il était, et disparut.

— J'étouffe, ma pauvre Brigitte, s'écria-t-elle en essuyant des larmes qui sortirent vivement de ses yeux brillants de fièvre, de douleur et d'impatience. – Il ne vient pas, reprit-elle en regardant la chambre où elle était montée. Ici, je respire et je vis. Encore quelques moments, et il sera là, pourtant ! car il vit encore, j'en suis certaine. Mon cœur me le dit. N'entendez-vous rien, Brigitte ? Oh ! je donnerais le reste de ma vie pour savoir s'il est en prison ou s'il marche à travers la campagne ! Je voudrais ne pas penser.

Elle examina de nouveau si tout était en ordre dans l'appartement. Un bon feu brillait dans la cheminée ; les volets étaient soigneusement fermés ; les meubles reluisaient de propreté ; la manière dont avait été fait le lit, prouvait que la comtesse s'était occupée avec Brigitte des moindres détails ; et ses espérances se trahissaient dans les soins délicats qui paraissaient avoir été pris dans cette chambre où se respiraient et la gracieuse douceur de l'amour et ses plus chastes caresses dans les

of the flowers. A mother alone could have anticipated the desires of a soldier, and have arranged to fulfil them all so perfectly. A dainty meal, choice wines, clean linen, and dry shoes—in a word, all that was likely to be necessary or agreeable to a weary traveller was there set forth, so that he need lack nothing, so that the joy of home might make known to him a mother's love.

"Brigitte?" said the countess in a heartrending tone, as she placed a chair at the table, as if to give reality to her longings, to intensify the strength of her illusions.

"Oh! he will come, madame; he isn't far away. I don't doubt that he's alive and on his way here," replied Brigitte. "I put a key in the Bible and I held it on my fingers while Cottin read the Gospel of St. John; and, madame, the key didn't turn."

"Is that a sure sign?" asked the countess.

"Oh! it is certain, madame; I would wager my salvation that he is still alive. God can't make a mistake."

"Despite the danger that awaits him here, I would like right well to see him."

"Poor Monsieur Auguste!" cried Brigitte; "I suppose he is somewhere on the road, on foot!"

"And there is the church clock striking eight!" cried the countess, in dismay.

She was afraid that she had remained longer than she ought in that room, where she had faith in the life of her son because she looked upon all that meant life to him. She went down-stairs; but before entering the salon, she stood a moment in the vestibule, listening to see if any sound woke the silent echoes of the town. She smiled at Brigitte's husband, who was on sentry-duty, and whose eyes seemed dazed by dint of strained attention to the murmurs in the square and in the streets. She saw her son in everything and everywhere. In a moment she returned to the salon, affecting a jovial air, and began to play loto with some young girls; but from time to time she complained of feeling ill, and returned to her chair at the fireplace.

∽

Such was the condition of persons and things in the house of Madame

parfums exhalés par les fleurs. Une mère seule pouvait avoir prévu les désirs d'un soldat et lui préparer de si complètes satisfactions. Un repas exquis, des vins choisis, la chaussure, le linge, enfin tout ce qui devait être nécessaire ou agréable à un voyageur fatigué, se trouvait rassemblé pour que rien ne lui manquât, pour que les délices du chez- soi lui révélassent l'amour d'une mère.

— Brigitte ? dit la comtesse d'un son de voix déchirant en allant placer un siège devant la table, comme pour donner de la réalité à ses vœux, comme pour augmenter la force de ses illusions.

— Ah ! madame, il viendra. Il n'est pas loin. – Je ne doute pas qu'il ne vive et qu'il ne soit en marche, reprit Brigitte. J'ai mis une clef dans la Bible, et je l'ai tenue sur mes doigts pendant que Cottin lisait l'Évangile de saint Jean... et, madame ! la clef n'a pas tourné.

— Est-ce bien sûr ? demanda la comtesse.

— Oh ! madame, c'est connu. Je gagerais mon salut qu'il vit encore. Dieu ne peut pas se tromper.

— Malgré le danger qui l'attend ici, je voudrais bien cependant l'y voir...

— Pauvre monsieur Auguste, s'écria Brigitte, il est sans doute à pied, par les chemins.

— Et voilà huit heures qui sonnent au clocher, s'écria la comtesse avec terreur.

Elle eut peur d'être restée plus longtemps qu'elle ne le devait, dans cette chambre où elle croyait à la vie de son fils, en voyant tout ce qui lui en attestait la vie, elle descendit ; mais avant d'entrer au salon, elle resta pendant un moment sous le péristyle de l'escalier, en écoutant si quelque bruit ne réveillait pas les silencieux échos de la ville. Elle sourit au mari de Brigitte, qui se tenait en sentinelle, et dont les yeux semblaient hébétés à force de prêter attention aux murmures de la place et de la nuit. Elle voyait son fils en tout et partout. Elle rentra bientôt, en affectant un air gai, et se mit à jouer au loto avec des petites filles ; mais, de temps en temps, elle se plaignit de souffrir, et revint occuper son fauteuil auprès de la cheminée.

Telle était la situation des choses et des esprits dans la maison de

de Dey, while, on the road from Paris to Cherbourg, a young man dressed in a dark carmagnole, the regulation costume at that period, strode along towards Carentan. At the beginning of the conscription, there was little or no discipline. The demands of the moment made it impossible for the Republic to equip all of its soldiers at once, and it was no rare thing to see the roads covered with conscripts still wearing their civilian dress. These young men marched in advance of their battalions to the halting-places, or loitered behind, for their progress was regulated by their ability to endure the fatigue of a long march.

The traveller with whom we have to do was some distance in advance of the column of conscripts on its way to Cherbourg, which the mayor of Carentan was momentarily expecting, in order to distribute lodging-tickets among them. The young man walked with a heavy but still firm step, and his bearing seemed to indicate that he had long been familiar with the hardships of military life. Although the moon was shining on the pastures about Carentan, he had noticed some great white clouds which seemed on the point of discharging snow upon the country, and the fear of being surprised by a storm doubtless quickened his gait, which was more rapid than his weariness made comfortable. He had an almost empty knapsack on his back, and carried in his hand a boxwood cane, cut from one of the high, broad hedges formed by that shrub around most of the estates in Lower Normandy. The solitary traveller entered Carentan, whose towers, of fantastic aspect in the moonlight, had appeared to him a moment before. His steps awoke the echoes of the silent streets, where he met no one; he was obliged to ask a weaver who was still at work to point out the mayor's abode. That magistrate lived only a short distance away, and the conscript soon found himself safe under the porch of his house, where he seated himself on a stone bench, waiting for the lodging-ticket which he had asked for. But, being summoned by the mayor, he appeared before him, and was subjected to a careful examination. The soldier was a young man of attractive appearance, who apparently belonged to some family of distinction. His manner indicated noble birth, and the intelligence due to a good education was manifest in his features.

"What is your name?" the mayor asked, with a shrewd glance at him.

"Julien Jussieu," replied the conscript.

madame de Dey, pendant que, sur le chemin de Paris à Cherbourg, un jeune homme vêtu d'une carmagnole brune, costume de rigueur à cette époque, se dirigeait vers Carentan. À l'origine des réquisitions, il y avait peu ou point de discipline. Les exigences du moment ne permettaient guère à la République d'équiper sur- le-champ ses soldats, et il n'était pas rare de voir les chemins couverts de réquisitionnaires qui conservaient leurs habits bourgeois. Ces jeunes gens devançaient leurs bataillons aux lieux d'étape, ou restaient en arrière, car leur marche était soumise à leur manière de supporter les fatigues d'une longue route. Le voyageur dont il est ici question se trouvait assez en avant de la colonne de réquisitionnaires qui se rendait à Cherbourg, et que le maire de Carentan attendait d'heure en heure, afin de leur distribuer des billets de logement. Ce jeune homme marchait d'un pas alourdi, mais ferme encore, et son allure semblait annoncer qu'il s'était familiarisé depuis longtemps avec les rudesses de la vie militaire. Quoique la lune éclairât les herbages qui avoisinent Carentan, il avait remarqué de gros nuages blancs prêts à jeter de la neige sur la campagne ; et la crainte d'être surpris par un ouragan animait sans doute sa démarche, alors plus vive que ne le comportait sa lassitude. Il avait sur le dos un sac presque vide, et tenait à la main une canne de buis, coupée dans les hautes et larges haies que cet arbuste forme autour de la plupart des herbages en Basse-Normandie. Ce voyageur solitaire entra dans Carentan, dont les tours, bordées de lueurs fantastiques par la lune, lui apparaissaient depuis un moment. Son pas réveilla les échos des rues silencieuses, où il ne rencontra personne ; il fut obligé de demander la maison du maire à un tisserand qui travaillait encore. Ce magistrat demeurait à une faible distance, et le réquisitionnaire se vit bientôt à l'abri sous le porche de la maison du maire, et s'y assit sur un banc de pierre, en attendant le billet de logement qu'il avait réclamé. Mais mandé par ce fonctionnaire, il comparut devant lui, et devint l'objet d'un scrupuleux examen. Le fantassin était un jeune homme de bonne mine qui paraissait appartenir à une famille distinguée. Son air trahissait la noblesse. L'intelligence due à une bonne éducation respirait sur sa figure.

— Comment te nommes-tu ? lui demanda le maire en lui jetant un regard plein de finesse.

— Julien Jussieu, répondit le réquisitionnaire.

"And you come from——?" said the magistrate, with an incredulous smile.

"From Paris."

"Your comrades must be far behind?" continued the Norman in a mocking tone.

"I am three leagues ahead of the battalion."

"Doubtless some sentimental reason brings you to Carentan, citizen conscript?" queried the mayor, slyly. "It is all right," he added, imposing silence, with a wave of the hand, upon the young man, who was about to speak. "We know where to send you. Here," he said, handing him the lodging-ticket; "here, *Citizen Jussieu.*"

There was a perceptible tinge of irony in the tone in which the magistrate uttered these last two words, as he held out a ticket upon which Madame de Dey's name was written. The young man read the address with an air of curiosity.

"He knows very well that he hasn't far to go, and when he gets outside, it won't take him long to cross the square," cried the mayor, speaking to himself, while the young man went out. "He's a bold young fellow. May God protect him! He has an answer for everything. However, if any other than I had asked to see his papers, he would have been lost!"

At that moment the clock of Carentan struck half past nine; the torches were being lighted in Madame de Dey's anteroom, and the servants were assisting their masters and mistresses to put on their cloaks, their overcoats, and their mantles; the card-players had settled their accounts and were about to withdraw in a body, according to the usual custom in all small towns.

"It seems that the public accuser proposes to remain," said a lady, observing that that important functionary was missing when they were about to separate to seek their respective homes, after exhausting all the formulas of leave-taking.

The redoubtable magistrate was in fact alone with the countess, who waited in fear and trembling until it should please him to go.

"Citizeness," he said at length, after a long silence in which there was something horrible, "I am here to see that the laws of the Republic are observed."

Madame de Dey shuddered.

"Have you no revelations to make to me?" he demanded.

— Et tu viens ? dit le magistrat en laissant échapper un sourire d'incrédulité.

— De Paris.

— Tes camarades doivent être loin, reprit le Normand d'un ton railleur.

— J'ai trois lieues d'avance sur le bataillon.

— Quelque sentiment t'attire sans doute à Carentan, citoyen réquisitionnaire ? dit le maire d'un air fin. C'est bien, ajouta-t-il en imposant silence par un geste de main au jeune homme prêt à parler, nous savons où t'envoyer. Tiens, ajouta- t-il en lui remettant son billet de logement, va, *citoyen Jussieu !*

Un teinte d'ironie se fit sentir dans l'accent avec lequel le magistrat prononça ces deux derniers mots, en tendant un billet sur lequel la demeure de madame de Dey était indiquée. Le jeune homme lut l'adresse avec un air de curiosité.

— Il sait bien qu'il n'a pas loin à aller. Et quand il sera dehors, il aura bientôt traversé la place ! s'écria le maire en se parlant à lui-même pendant que le jeune homme sortait. Il est joliment hardi ! Que Dieu le conduise ! Il a réponse à tout. Oui, mais si un autre que moi lui avait demandé à voir ses papiers, il était perdu !

En ce moment, les horloges de Carentan avaient sonné neuf heures et demie ; les falots s'allumaient dans l'antichambre de madame de Dey ; les domestiques aidaient leurs maîtresses et leurs maîtres à mettre leurs sabots, leurs houppelandes ou leurs mantelets ; les joueurs avaient soldé leurs comptes, et allaient se retirer tous ensemble, suivant l'usage établi dans toutes les petites villes.

— Il paraît que l'accusateur veut rester, dit une dame en s'apercevant que ce personnage important leur manquait au moment où chacun se sépara sur la place pour regagner son logis, après avoir épuisé toutes les formules d'adieu.

Ce terrible magistrat était en effet seul avec la comtesse, qui attendait, en tremblant, qu'il lui plût de sortir.

— Citoyenne, dit-il enfin après un long silence qui eut quelque chose d'effrayant, je suis ici pour faire observer les lois de la République...

Madame de Dey frissonna.

— N'as-tu donc rien à me révéler ? demanda-t-il.

"None," she replied in amazement.

"Ah, madame!" cried the accuser, sitting down beside her and changing his tone, "at this moment, for lack of a word, either you or I may bring our heads to the scaffold. I have observed your temperament, your heart, your manners, too closely to share the error into which you have led your guests to-night. You are expecting your son, I am absolutely certain."

The countess made a gesture of denial; but she had turned pale, the muscles of her face had contracted, by virtue of the overpowering necessity to display a deceitful calmness, and the accuser's implacable eye lost none of her movements.

"Very well; receive him," continued the revolutionary magistrate; "but do not let him remain under your roof later than seven o'clock in the morning. At daybreak I shall come here armed with a denunciation which I shall procure."

She gazed at him with a stupefied air, which would have aroused the pity of a tigress.

"I shall prove," he said in a gentle tone, "the falseness of the denunciation by a thorough search, and the nature of my report will place you out of the reach of any future suspicion. I shall speak of your patriotic gifts, of your true citizenship, and we shall *all* be saved."

Madame de Dey feared a trap; she did not move, but her face was on fire and her tongue was frozen. A blow of the knocker rang through the house.

"Ah!" cried the terrified mother, falling on her knees. "Save him! save him!"

"Yes, let us save him," rejoined the public accuser, with a passionate glance at her; "let us save him though it cost *us* our lives."

"I am lost!" she cried, while the accuser courteously raised her.

"O madame!" he replied with a grand oratorical gesture, "I do not choose to owe you to any one but yourself."

"Madame, here he——" cried Brigitte, who thought that her mistress was alone.

At sight of the public accuser, the old servant, whose face was flushed with joy, became rigid and deathly pale.

"What is it, Brigitte?" asked the magistrate, in a mild and meaning

— Rien, répondit-elle étonnée.

— Ah ! madame, s'écria l'accusateur en s'asseyant auprès d'elle et changeant de ton, en ce moment, faute d'un mot, vous ou moi, nous pouvons porter notre tête sur l'échafaud. J'ai trop bien observé votre caractère, votre âme, vos manières, pour partager l'erreur dans laquelle vous avez su mettre votre société ce soir. Vous attendez votre fils, je n'en saurais douter.

La comtesse laissa échapper un geste de dénégation ; mais elle avait pâli, mais les muscles de son visage s'étaient contractés par la nécessité où elle se trouvait d'afficher une fermeté trompeuse, et l'œil implacable de l'accusateur public ne perdit aucun de ses mouvements.

— Eh ! bien, recevez-le, reprit le magistrat révolutionnaire ; mais qu'il ne reste pas plus tard que sept heures du matin sous votre toit. Demain, au jour, armé d'une dénonciation que je me ferai faire, je viendrai chez vous...

Elle le regarda d'un air stupide qui aurait fait pitié à un tigre.

— Je démontrerai, poursuivit-il d'une voix douce, la fausseté de la dénonciation par d'exactes perquisitions, et vous serez, par la nature de mon rapport, à l'abri de tous soupçons ultérieurs. Je parlerai de vos dons patriotiques, de votre civisme, et nous serons *tous* sauvés.

Madame de Dey craignait un piège, elle restait immobile, mais son visage était en feu et sa langue glacée. Un coup de marteau retentit dans la maison.

— Ah ! cria la mère épouvantée, en tombant à genoux. Le sauver, le sauver !

— Oui, sauvons-le ! reprit l'accusateur public, en lui lançant un regard de passion, dût-il *nous* en coûter la vie.

— Je suis perdue, s'écria-t-elle pendant que l'accusateur la relevait avec politesse.

— Eh ! madame, répondit-il par un beau mouvement oratoire, je ne veux vous devoir à rien... qu'à vous-même.

— Madame, le voi..., s'écria Brigitte qui croyait sa maîtresse seule.

À l'aspect de l'accusateur public, la vieille servante, de rouge et joyeuse qu'elle était, devint immobile et blême.

— Qui est-ce, Brigitte ? demanda le magistrat d'un air doux et intel-

tone.

"A conscript that the mayor has sent here to lodge," replied the servant, showing the ticket.

"That is true," said the accuser, after reading the paper; "a battalion is to arrive here to-night."

And he went out.

The countess was too anxious at that moment to believe in the sincerity of her former attorney to entertain the slightest suspicion; she ran swiftly up-stairs, having barely strength enough to stand upright; then she opened the door of her bedroom, saw her son, and rushed into his arms, well-nigh lifeless.

"O my son, my son!" she cried, sobbing, and covering him with frenzied kisses.

"Madame——" said the stranger.

"Oh! it isn't he!" she cried, stepping back in dismay and standing before the conscript, at whom she gazed with a haggard expression.

"Blessed Lord God, what a resemblance!" said Brigitte.

There was a moment's silence, and the stranger himself shuddered at the aspect of Madame de Dey.

"Ah, monsieur!" she said, leaning upon Brigitte's husband, and feeling then in all its force the grief of which the first pang had almost killed her; "monsieur, I cannot endure to see you any longer; allow my servants to take my place and to attend to your wants."

She went down to her own apartments, half carried by Brigitte and her old servant.

"What, madame,!" cried the maid, "is that man going to sleep in Monsieur Auguste's bed, wear Monsieur Auguste's slippers, eat the pie that I made for Monsieur Auguste? They may guillotine me, but I——"

"Brigitte!" cried Madame de Dey.

"Hold your tongue, chatterbox!" said her husband in a low voice; "do you want to kill madame?"

At that moment the conscript made a noise in his room, drawing his chair to the table.

"I will not stay here," cried Madame de Dey; "I will go to the greenhouse, where I can hear better what goes on outside during the night."

She was still wavering between fear of having lost her son and the

ligent.

— Un réquisitionnaire que le maire nous envoie à loger, répondit la servante en montrant le billet.

— C'est vrai, dit l'accusateur après avoir lu le papier. Il nous arrive un bataillon ce soir !

Et il sortit.

La comtesse avait trop besoin de croire en ce moment à la sincérité de son ancien procureur pour concevoir le moindre doute ; elle monta rapidement l'escalier, ayant à peine la force de se soutenir ; puis, elle ouvrit la porte de sa chambre, vit son fils, se précipita dans ses bras, mourante :

— Oh ! mon enfant, mon enfant ! s'écria-t-elle en sanglotant et le couvrant de baisers empreints d'une sorte de frénésie.

— Madame, dit l'inconnu.

— Ah ! ce n'est pas lui, cria-t-elle en reculant d'épouvante et restant debout devant le réquisitionnaire qu'elle contemplait d'un air hagard.

— Ô saint bon Dieu, quelle ressemblance ! dit Brigitte.

Il y eut un moment de silence, et l'étranger lui-même tressaillit à l'aspect de madame de Dey.

— Ah ! monsieur, dit-elle en s'appuyant sur le mari de Brigitte, et sentant alors dans toute son étendue une douleur dont la première atteinte avait failli la tuer ; monsieur, je ne saurais vous voir plus longtemps, souffrez que mes gens me remplacent et s'occupent de vous.

Elle descendit chez elle, à demi portée par Brigitte et son vieux serviteur.

— Comment, madame ! s'écria la femme de charge en asseyant sa maîtresse, cet homme va-t- il coucher dans le lit de monsieur Auguste, mettre les pantoufles de monsieur Auguste, manger le pâté que j'ai fait pour monsieur Auguste ! quand on devrait me guillotiner, je...

— Brigitte ! cria madame de Dey. Brigitte resta muette.

— Tais-toi donc, bavarde, lui dit son mari à voix basse, veux-tu tuer madame ?

En ce moment, le réquisitionnaire fit du bruit dans sa chambre en se mettant à table.

— Je ne resterai pas ici, s'écria madame de Dey, j'irai dans la serre, d'où j'entendrai mieux ce qui se passera au dehors pendant la nuit.

Elle flottait encore entre la crainte d'avoir perdu son fils et l'espé-

hope of seeing him appear. The night was disquietingly silent. There was one ghastly moment for the countess, when the battalion of conscripts marched into the town, and each man repaired to his lodging. There were disappointed hopes at every footstep and every sound; then nature resumed its terrible tranquillity. Towards morning the countess was obliged to return to her room. Brigitte, who watched her mistress every moment, finding that she did not come out again, went to her room and found the countess dead.

"She probably heard the conscript dressing and walking about in Monsieur Auguste's room, singing their d——d *Marseillaise* as if he were in a stable!" cried Brigitte. "It was that which killed her!"

The countess's death was caused by a more intense emotion, and probably by some terrible vision. At the precise moment when Madame de Dey died at Carentan, her son was shot in Le Morbihan. We might add this tragic story to the mass of other observations on that sympathy which defies the law of space—documents which some few solitary scholars are collecting with scientific curiosity, and which will one day serve as basis for a new science, a science which till now has lacked only its man of genius.

1831.

rance de le voir reparaître. La nuit fut horriblement silencieuse. Il y eut, pour la comtesse, un moment affreux, quand le bataillon des réquisitionnaires vint en ville et que chaque homme y chercha son logement. Ce fut des espérances trompées à chaque pas, à chaque bruit ; puis bientôt la nature reprit un calme effrayant. Vers le matin, la comtesse fut obligée de rentrer chez elle. Brigitte, qui surveillait les mouvements de sa maîtresse, ne la voyant pas sortir, entra dans la chambre et y trouva la comtesse morte.

— Elle aura probablement entendu ce réquisitionnaire qui achève de s'habiller et qui marche dans la chambre de monsieur Auguste en chantant leur damnée *Marseillaise*, comme s'il était dans une écurie, s'écria Brigitte. Ça l'aura tuée !

La mort de la comtesse fut causée par un sentiment plus grave, et sans doute par quelque vision terrible. À l'heure précise où madame de Dey mourait à Carentan, son fils était fusillé dans le Morbihan. Nous pouvons joindre ce fait tragique à toutes les observations sur les sympathies qui méconnaissent les lois de l'espace ; documents que rassemblent avec une savante curiosité quelques hommes de solitude, et qui serviront un jour à asseoir les bases d'une science nouvelle à laquelle il a manqué jusqu'à ce jour un homme de génie.

Paris, février 1831.

A Passion in the Desert

Une passion dans le désert

The sight was fearful!" she cried, as we left the menagerie of Monsieur Martin.

She had been watching that daring performer *work* with his hyena, to speak in the style of the posters.

"How on earth," she continued, "can he have tamed his animals so as to be sure enough of their affection to——"

"That fact, which seems to you a problem," I replied, interrupting her, "is, however, perfectly natural."

"Oh!" she exclaimed, while an incredulous smile flickered on her lip.

"Do you mean to say that you think that beasts are entirely devoid of passions?" I asked her. "Let me tell you that we can safely give them credit for all the vices due to our state of civilisation."

She looked at me with an air of astonishment.

"But," I continued, "when I first saw Monsieur Martin, I admit that I exclaimed in surprise, as you did. I happened to be beside an old soldier who had lost his right leg, and who had gone into the menagerie with me. His face had struck me. It was one of those dauntless faces, stamped with the seal of war, upon which Napoleon's battles are written. That old trooper had above all a frank and joyous manner, which always prejudices me favourably. Doubtless he was one of those fellows whom nothing surprises, who find food for laughter in the last contortions of a comrade, whom they bury or strip merrily; who defy cannon-balls fearlessly, who never deliberate long, and who would fraternise with the devil. After looking closely at the proprietor of the menagerie as he came out of the dressing-room, my companion curled his lip, expressing disdain by that sort of meaning glance which superior men affect in order to distinguish themselves from dupes. And so, when I waxed enthusiastic over Monsieur Martin's courage, he smiled and said to me with a knowing look, shaking his head: 'I know all about it!'

"'What? You do?' I replied. 'If you will explain what you mean, I shall be very much obliged.'

"After a few moments, during which we introduced ourselves, we went to dine at the first restaurant that we saw. At dessert, a bottle of champagne made that interesting old soldier's memory perfectly clear.

Ce spectacle est effrayant ! s'écria-t-elle en sortant de la ménagerie de M. Martin.

Elle venait de contempler ce hardi spéculateur *travaillant* avec son hyène, pour parler en style d'affiche.

— Par quels moyens, dit-elle en continuant, peut-il avoir apprivoisé ses animaux au point d'être assez certain de leur affection pour... ?

— Ce fait, qui vous semble un problème, répondis-je en l'interrompant, est cependant une chose naturelle.

— Oh ! s'écria-t-elle en laissant errer sur ses lèvres un sourire d'incrédulité.

— Vous croyez donc les bêtes entièrement dépourvues de passions ? lui demandai-je ; apprenez que nous pouvons leur donner tous les vices dus à notre état de civilisation.

Elle me regarda d'un air étonné.

— Mais, repris-je, en voyant M. Martin pour la première fois, j'avoue qu'il m'est échappé, comme à vous, une exclamation de surprise. Je me trouvais alors près d'un ancien militaire amputé de la jambe droite, entré avec moi. Cette figure m'avait frappé. C'était une de ces têtes intrépides, marquées du sceau de la guerre et sur lesquelles sont écrites les batailles de Napoléon. Ce vieux soldat avait surtout un air de franchise et de gaieté qui me prévient toujours favorablement. C'était sans doute un de ces troupiers que rien ne surprend, qui trouvent matière à rire dans la dernière grimace d'un camarade, l'ensevelissent ou le dépouillent gaiement, interpellent les boulets avec autorité, dont enfin les délibérations sont courtes, et qui fraterniseraient avec le diable. Après avoir regardé fort attentivement le propriétaire de la ménagerie au moment où il sortait de la loge, mon compagnon plissa ses lèvres de manière à formuler un dédain moqueur par cette espèce de moue significative que se permettent les hommes supérieurs pour se faire distinguer des dupes. Aussi, quand je me récriai sur le courage de M. Martin, sourit-il et me dit-il d'un air capable, en hochant la tête :

— Connu !

— Comment, connu ? lui répondis-je. Si vous voulez m'expliquer ce mystère, je vous serai très obligé.

Après quelques instants, pendant lesquels nous fîmes connaissance, nous allâmes dîner dans le premier restaurant qui s'offrit à nos regards. Au dessert, une bouteille de vin de Champagne rendit aux souvenirs de

He told me his history, and I saw that he was justified in exclaiming: 'I know all about it!'"

When we reached her house, she teased me so, and made me so many promises, that I consented to repeat to her the soldier's story. And so the next day she received this episode of an epic which might be entitled *The French in Egypt*.

~

At the time of General Desaix's expedition to Upper Egypt, a Provençal soldier, having fallen into the hands of the Maugrabins, was taken by those Arabs to the desert which lies beyond the cataracts of the Nile. In order to place between themselves and the French army a sufficient space to ensure their safety, the Maugrabins made a forced march and did not halt until dark. They camped about a well, concealed by palm-trees, near which they had previously buried some provisions. Having no idea that the thought of flight would ever occur to their prisoner, they simply bound his hands, and one and all went to sleep, after eating a few dates and giving their horses some barley. When the bold Provençal saw that his enemies had ceased to watch him, he made use of his teeth to get possession of a scimitar; then, using his knees to hold the blade in place, he cut the cords which prevented him from using his hands, and was free. He at once seized a carbine and a poniard, and took the precaution to lay in a supply of dried dates, a small bag of barley, and some powder and ball; then he strapped a scimitar about his waist, mounted a horse, and rode swiftly away in the direction in which he supposed the French army to be. In his haste to reach camp, he urged his already tired beast so hard that the poor creature died, his flanks torn to shreds, leaving the Frenchman in the midst of the desert.

After walking through the sand for a long time, with the courage of an escaping convict, the soldier was obliged to stop; the day was drawing to a close. Despite the beauty of the sky of an Eastern night, he did not feel strong enough to go on. Luckily he had been able to reach an elevation, on top of which rose a few palm-trees, whose foliage, seen long before, had aroused the sweetest hope in his heart. His weariness was so great that he lay down upon a rock shaped like a camp-bed, and fell asleep there without taking the least precaution to protect himself

ce curieux soldat toute leur clarté. Il me raconta son histoire, et je vis qu'il avait eu raison de s'écrier : *Connu* !

Rentrée chez elle, elle me fit tant d'agaceries, tant de promesses, que je consentis à lui rédiger la confidence du soldat. Le lendemain, elle reçut donc cet épisode d'une épopée qu'on pourrait intituler *les Français en Égypte*.

~

Lors de l'expédition entreprise dans la haute Égypte par le général Desaix, un soldat provençal, étant tombé au pouvoir des Maugrabins, fut emmené par ces Arabes dans les déserts situés au-delà des cataractes du Nil. Afin de mettre entre eux et l'armée française un espace suffisant pour leur tranquillité, les Maugrabins firent une marche forcée, et ne s'arrêtèrent qu'à la nuit. Ils campèrent autour d'un puits masqué par des palmiers, auprès desquels ils avaient précédemment enterré quelques provisions. Ne supposant pas que l'idée de fuir pût venir à leur prisonnier, ils se contentèrent de lui attacher les mains, et s'endormirent tous, après avoir mangé quelques dattes et donné de l'orge à leurs chevaux. Quand le hardi Provençal vit ses ennemis hors d'état de le surveiller, il se servit de ses dents pour s'emparer d'un cimeterre ; puis, s'aidant de ses genoux pour en fixer la lame, il trancha les cordes qui lui ôtaient l'usage de ses mains et se trouva libre. Aussitôt, il se saisit d'une carabine et d'un poignard, se précautionna d'une provision de dattes sèches, d'un petit sac d'orge, de poudre et de balles ; ceignit un cimeterre, monta sur un cheval et piqua vivement dans la direction où il supposa que devait être l'armée française. Impatient de revoir un bivac, il pressa tellement le coursier, déjà fatigué, que le pauvre animal expira, les flancs déchirés, laissant les Français au milieu du désert.

Après avoir marché pendant quelque temps dans le sable avec tout le courage d'un forçat qui s'évade, le soldat fut obligé de s'arrêter, le jour finissait. Malgré la beauté du ciel pendant les nuits en Orient, il ne se sentit pas la force de continuer son chemin. Il avait heureusement pu gagner une éminence sur le haut de laquelle s'élançaient quelques palmiers, dont le feuillage, aperçu depuis longtemps, avait réveillé dans son cœur les plus douces espérances. Sa lassitude était si grande, qu'il se coucha sur une pierre de granit capricieusement taillée en lit de camp,

while asleep. The loss of his life seemed inevitable, and his last thought was a regret. He had already repented of having left the Maugrabins, whose wandering life had begun to seem delightful to him since he was far away from them and helpless.

He was awakened by the sun, whose pitiless rays, falling perpendicularly upon the granite, caused an intolerable heat. For the Provençal had been foolish enough to lie on the side opposite the shadow cast by the majestic and verdant fronds of the palm-trees. He looked at those solitary trunks, and shuddered. They reminded him of the graceful shafts, crowned with long leaves, for which the columns of the Saracen cathedral at Arles are noted. But when, after counting the palm-trees, he glanced about him, the most ghastly despair settled about his heart. He saw a boundless ocean; the sombre sands of the desert stretched away in every direction as far as the eye could see, and glittered like a steel blade in a bright light. He did not know whether it was a sea of glass or a succession of lakes as smooth as a mirror. Rising in waves, a fiery vapour whirled above that quivering soil. The sky shone with a resplendent Oriental glare, of discouraging purity, for it left nothing for the imagination to desire. Sky and earth were aflame. The silence terrified by its wild and desolate majesty. The infinite, vast expanse weighed upon the soul from every side; not a cloud in the sky, not a breath in the air, not a rift on the surface of the sand, which seemed to move in tiny waves; and the horizon terminated, as at sea in fine weather, with a line of light as slender as the edge of a sword. The Provençal embraced the trunk of a palm-tree as if it were the body of a friend; then, sheltered by the straight, slender shadow which the tree cast upon the stone, he wept, seated himself anew, and remained there, gazing with profound melancholy at the implacable scene before his eyes. He shouted as if to tempt the solitude. His voice, lost in the hollows of the hillock, made in the distance a faint sound which awoke no echo; the echo was in his heart. The Provençal was twenty-two years old; he cocked his carbine.

"I shall have time enough for that!" he said to himself, as he placed the weapon on the ground.

Gazing alternately at the dark stretch of sand and the blue expanse of the sky, the soldier dreamed of France. He smelt with a thrill of rapture the gutters of Paris, he recalled the towns through which he had

et s'y endormit sans prendre aucune précaution pour sa défense pendant son sommeil. Il avait fait le sacrifice de sa vie. Sa dernière pensée fut même un regret. Il se repentait déjà d'avoir quitté les Maugrabins, dont la vie errante commençait à lui sourire depuis qu'il était loin d'eux et sans secours. Il fut réveillé par le soleil, dont les impitoyables rayons, tombant d'aplomb sur le granit, y produisaient une chaleur intolérable. Or, le Provençal avait eu la maladresse de se placer en sens inverse de l'ombre projetée par les têtes verdoyantes et majestueuses des palmiers... Il regarda ces arbres solitaires, et tressaillit ! ils lui rappelèrent les fûts élégants et couronnés de longues feuilles qui distinguent les colonnes sarrasines de la cathédrale d'Arles. Mais, quand, après avoir compté les palmiers, il jeta les yeux autour de lui, le plus affreux désespoir fondit sur son âme. Il voyait un océan sans bornes. Les sables noirâtres du désert s'étendaient à perte de vue dans toutes les directions, et ils étincelaient comme une lame d'acier frappée par une vive lumière. Il ne savait pas si c'était une mer de glace ou des lacs unis comme un miroir. Emportée par lames, une vapeur de feu tourbillonnait au-dessus de cette terre mouvante. Le ciel avait un éclat oriental d'une pureté désespérante, car il ne laisse alors rien à désirer à l'imagination. Le ciel et la terre étaient en feu. Le silence effrayait par sa majesté sauvage et terrible. L'infini, l'immensité, pressaient l'âme de toutes parts : pas un nuage au ciel, pas un souffle dans l'air, pas un accident au sein du sable agité par petites vagues menues ; enfin, l'horizon finissait, comme en mer quand il fait beau, par une ligne de lumière aussi déliée que le tranchant d'un sabre. Le Provençal serra le tronc d'un des palmiers, comme si c'eût été le corps d'un ami ; puis, à l'abri de l'ombre grêle et droite que l'arbre dessinait sur le granit, il pleura, s'assit et resta là, contemplant avec une tristesse profonde la scène implacable qui s'offrait à ses regards. Il cria comme pour tenter la solitude. Sa voix, perdue dans les cavités de l'éminence, rendit au loin un son maigre qui ne réveilla point d'écho ; l'écho était dans son cœur. Le Provençal avait vingt-deux ans, il arma sa carabine...

— Il sera toujours bien temps ! se dit-il en posant à terre l'arme libératrice.

Regardant tour à tour l'espace noirâtre et l'espace bleu, le soldat rêvait à la France. Il sentait avec délices les ruisseaux de Paris, il se rappelait les villes par lesquelles il avait passé, les figures de ses cama-

marched, the faces of his comrades, the most trivial details of his life. In truth, his southern imagination soon brought before him the stones of his dear Provence, in the eddying waves of heat which shimmered above the vast sheet of the desert. Dreading all the perils of that cruel mirage, he descended the slope opposite that by which he had ascended the mound the night before. He was overjoyed to discover a sort of cave, hollowed out by nature in the huge fragments of granite which formed the base of that hillock. The remains of a mat indicated that the shelter had once been inhabited. Then, a few steps away, he saw some palm-trees laden with dates. At that sight the instinct which attaches us to life reawoke in his heart. He hoped to live long enough to await the passing of some Maugrabins; or perhaps he should soon hear the roar of cannon; for at that moment Bonaparte was marching through Egypt. Revived by that thought, the Frenchman shook down several clusters of ripe fruit, beneath the weight of which the trees seemed to bend, and he assured himself, on tasting that unlooked-for manna, that the previous occupant of the grotto had cultivated the palm-trees; in truth, the fresh and toothsome flesh of the dates demonstrated the care of his predecessor. The Provençal passed abruptly from the gloomiest despair to the most frantic joy.

He returned to the top of the hill, and employed himself during the rest of the day cutting down one of the sterile palm-trees, which had served him for a roof the night before. A vague memory brought to his mind the beasts of the desert, and, anticipating that they might come to drink at the spring which gushed out of the sand at the foot of the bowlders, he determined to guard himself against their visits by placing a barrier against the door of his hermitage. Despite his zeal, despite the strength which the fear of being eaten up during his sleep gave him, it was impossible for him to cut the palm-tree into pieces during that day, but he succeeded in felling it. When, towards evening, that king of the desert fell, the noise of its fall echoed in the distance, and the solitude uttered a sort of moan; the soldier shuddered as if he had heard a voice predicting disaster. But like an heir who does not mourn long over the death of his parent, he stripped that noble tree of the great green leaves which are its poetic adornment, and used them to repair the mat, upon which he lay down to sleep. Fatigued by the heat and hard work, he fell asleep beneath the red vault of the grotto.

In the middle of the night, his slumber was disturbed by a pecu-

rades, et les plus légères circonstances de sa vie. Enfin, son imagination méridionale lui fit bientôt entrevoir les cailloux de sa chère Provence dans les jeux de la chaleur qui ondoyait au-dessus de la nappe étendue dans le désert. Craignant tous les dangers de ce cruel mirage, il descendit le revers opposé à celui par lequel il était monté, la veille, sur la colline. Sa joie fut grande en découvrant une espèce de grotte, naturellement taillée dans les immenses fragments de granit qui formaient la base de ce monticule. Les débris d'une natte annonçaient que cet asile avait été jadis habité. Puis, à quelques pas, il aperçut des palmiers chargés de dattes. Alors, l'instinct qui nous attache à la vie se réveilla dans son cœur. Il espéra vivre assez pour attendre le passage de quelques Maugrabins, ou peut-être entendrait-il bientôt le bruit des canons ! car, en ce moment, Bonaparte parcourait l'Égypte. Ranimé par cette pensée, le Français abattit quelques régimes de fruits mûrs sous le poids desquels les dattiers semblaient fléchir, et il s'assura, en goûtant cette manne inespérée, que l'habitant de la grotte avait cultivé les palmiers : la chair savoureuse et fraîche de la datte accusait en effet les soins de son prédécesseur. Le Provençal passa subitement d'un sombre désespoir à une joie presque folle. Il remonta sur le haut de la colline, et s'occupa pendant le reste du jour à couper un des palmiers inféconds qui, la veille, lui avaient servi de toit. Un vague souvenir lui fit penser aux animaux du désert, et, prévoyant qu'ils pourraient venir boire à la source perdue dans les sables qui apparaissait au bas des quartiers de roche, il résolut de se garantir de leurs visites en mettant une barrière à la porte de son ermitage. Malgré son ardeur, malgré les forces que lui donna la peur d'être dévoré pendant son sommeil, il lui fut impossible de couper le palmier en plusieurs morceaux dans cette journée ; mais il réussit à l'abattre. Quand, vers le soir, ce roi du désert tomba, le bruit de sa chute retentit au loin, et il y eut une sorte de gémissement poussé par la solitude ; le soldat en frémit comme s'il eût entendu quelque voix lui prédire un malheur. Mais, ainsi qu'un héritier qui ne s'apitoie pas longtemps sur la mort d'un parent, il dépouilla ce bel arbre des larges et hautes feuilles vertes qui en sont le poétique ornement, et s'en servit pour réparer la natte sur laquelle il allait se coucher. Fatigué par la chaleur et le travail, il s'endormit sous les lambris rouges de sa grotte humide. Au milieu de la nuit, son sommeil fut troublé par un bruit extraordinaire. Il se dressa sur son

liar noise. He sat up, and the profound silence which prevailed enabled him to recognise a breathing whose savage energy could not belong to a human being. A terrible fear, increased by the dark, the silence, and the bewilderment of the first waking moments, froze his heart. Indeed, he already felt the painful contraction of his hair, when, by dint of straining his eyes, he perceived in the darkness two faint amber lights. At first he attributed those lights to the reflection of his own eyes; but soon, the brilliancy of the night assisting him little by little to distinguish the objects in the cavern, he discovered a huge beast lying within two yards of him. Was it a lion? Was it a tiger? Was it a crocodile?

The Provençal had not enough education to know to what species his companion belonged; but his terror was the more violent in that his ignorance led him to imagine all sorts of calamities at once. He endured the fiendish tortures of listening, of noticing the irregularities of that breathing, without losing a sound, and without daring to make the slightest motion. An odour as pungent as that given forth by foxes, but more penetrating, more weighty, so to speak, filled the cave; and when the Provençal had smelled it, his terror reached its height, for he could no longer doubt the nature of the terrible companion whose royal den he had appropriated for a camp. Soon the reflection of the moon, which was sinking rapidly towards the horizon, lighted up the den, and little by little illuminated the spotted skin of a panther.

The lion of Egypt was asleep, curled up like a huge dog in peaceable possession of a luxuriant kennel at the door of a palace; its eyes, which had opened for a moment, had closed again. Its head was turned towards the Frenchman. A thousand conflicting thoughts passed through the mind of the panther's prisoner; at first, he thought of killing her with his carbine; but he saw that there was not room enough between himself and the beast for him to take aim; the end of the barrel would have reached beyond the panther. And suppose she should wake? That supposition kept him perfectly still. As he listened to his heart beat in the silence, he cursed the too violent pulsations caused by the rushing of his blood, fearing lest they should disturb that slumber which enabled him to devise some plan of escape. Twice he put his hand to his scimitar, with the idea of cutting off his enemy's head; but the difficulty of cutting through the close-haired skin made him abandon the bold project. "If I missed, it would be sure death," he thought.

séant, et le silence profond qui régnait lui permit de reconnaître l'accent alternatif d'une respiration dont la sauvage énergie ne pouvait appartenir à une créature humaine. Une profonde peur, encore augmentée par l'obscurité, par le silence et par les fantaisies du réveil, lui glaça le cœur. Il sentit même à peine la douloureuse contraction de sa chevelure quand, à force de dilater les pupilles de ses yeux, il aperçut dans l'ombre deux lueurs faibles et jaunes. D'abord, il attribua ces lumières à quelque reflet de ses prunelles ; mais bientôt, le vif éclat de la nuit l'aidant par degrés à distinguer les objets qui se trouvaient dans la grotte, il aperçut un énorme animal couché à deux pas de lui. Était-ce un lion, un tigre, ou un crocodile ? Le Provençal n'avait pas assez d'instruction pour savoir dans quel sous-genre était classé son ennemi ; mais son effroi fut d'autant plus violent, que son ignorance lui fit supposer tous les malheurs ensemble. Il endura le cruel supplice d'écouter, de saisir les caprices de cette respiration, sans en rien perdre et sans oser se permettre le moindre mouvement. Une odeur aussi forte que l'odeur exhalée par les renards, mais plus pénétrante, plus grave, pour ainsi dire, remplissait la grotte ; et, quand le Provençal l'eut dégustée du nez, sa terreur fut au comble, car il ne pouvait plus révoquer en doute l'existence du terrible compagnon dont l'antre royal lui servait de bivac. Bientôt, les reflets de la lune, qui se précipitait vers l'horizon, éclairant la tanière, firent insensiblement resplendir la peau tachetée d'une panthère. Ce lion d'Égypte dormait, roulé comme un gros chien, paisible possesseur d'une niche somptueuse à la porte d'un hôtel ; ses yeux, ouverts pendant un moment, s'étaient refermés. Il avait la face tournée vers le Français. Mille pensées confuses passèrent dans l'âme du prisonnier de la panthère ; d'abord, il voulut la tuer d'un coup de carabine, mais il s'aperçut qu'il n'y avait pas assez d'espace entre elle et lui pour l'ajuster, le canon aurait dépassé l'animal. Et s'il l'éveillait ?... Cette hypothèse le rendit immobile. En écoutant battre son cœur au milieu du silence, il maudissait les pulsations trop fortes que l'affluence du sang y produisait, redoutant de troubler ce sommeil qui lui permettait de chercher un expédient salutaire. Il mit la main deux fois sur son cimeterre, dans le dessein de trancher la tête à son ennemie ; mais la difficulté de couper un poil ras et dur l'obligea de renoncer à ce hardi projet.

— La manquer ? ce serait mourir sûrement, pensa-t-il.

He preferred the chances of a fight, and determined to wait for day-light. And the day was not long in coming. Then the Frenchman was able to examine the beast; its muzzle was stained with blood.

"It has eaten a good meal," thought he, undisturbed as to whether the meal had been of human flesh or not; "it will not be hungry when it wakes."

It was a female; the hair on the stomach and thighs was a dazzling white. A number of little spots, like velvet, formed dainty bracelets around her paws. The muscular tail was white also, but ended in black rings. The upper part of the coat, yellow as unpolished gold, but very smooth and soft, bore the characteristic marking of rose-shaped spots which serve to distinguish panthers from other varieties of the feline family. That placid but formidable hostess lay snoring in an attitude as graceful as that of a cat lying on the cushion of an ottoman. Her blood-stained paws, muscular and provided with sharp claws, were above her head, which rested on them; and from her muzzle projected a few straight hairs called whiskers, like silver thread. If he had seen her thus in a cage, the Provençal would certainly have admired the beast's grace and the striking contrast of the bright colours which gave to her coat an imperial gloss and splendour; but at that moment, his eyes were bewildered by that terrible sight. The presence of the panther, even though asleep, produced upon him the effect which the snake's magnetic eyes are said to produce upon the nightingale. For a moment the soldier's courage oozed away before that danger; whereas it would doubtless have been raised to its highest pitch before the mouths of cannon vomiting shot and shell. However, a bold thought entered his mind and froze at its source the cold perspiration which stood on his brow. Acting like those men who, driven to the wall by misfortune, defy death and offer themselves defenceless to its blows, he detected in that adventure a trag-edy which he could not understand, and resolved to play his part with honour to the last.

"The Arabs might have killed me day before yesterday," he thought.

Looking upon himself as dead, he waited with anxious curiosity for his enemy to wake. When the sun appeared, the panther suddenly opened her eyes; then she stretched her paws, as if to limber them and to rid herself of the cramp; finally she yawned, showing her terrifying arsenal of teeth, and her cloven tongue, hard as a file.

Il préféra les chances d'un combat, et résolut d'attendre le jour. Et le jour ne se fit pas longtemps désirer. Le Français put alors examiner la panthère ; elle avait le museau teint de sang.

— Elle a bien mangé !... pensa-t-il, sans s'inquiéter si le festin avait été composé de chair humaine ; elle n'aura pas faim à son réveil.

C'était une femelle. La fourrure du ventre et des cuisses étincelait de blancheur. Plusieurs petites taches, semblables à du velours, formaient de jolis bracelets autour des pattes. La queue musculeuse était également blanche, mais terminée par des anneaux noirs. Le dessus de la robe, jaune comme de l'or mat, mais bien lisse et doux, portait ces mouchetures caractéristiques, nuancées en forme de roses, qui servent à distinguer les panthères des autres espèces de *felis*. Cette tranquille et redoutable hôtesse ronflait dans une pose aussi gracieuse que celle d'une chatte couchée sur le coussin d'une ottomane. Ses sanglantes pattes, nerveuses et bien armées, étaient en avant de sa tête, qui reposait dessus et de laquelle partaient ces barbes rares et droites, semblables à des fils d'argent. Si elle avait été ainsi dans une cage, le Provençal aurait certes admiré la grâce de cette bête et les vigoureux contrastes des couleurs vives qui donnaient à sa simarre un éclat impérial ; mais, en ce moment, il sentait sa vue troublée par cet aspect sinistre. La présence de la panthère, même endormie, lui faisait éprouver l'effet que les yeux magnétiques du serpent produisent, dit-on, sur le rossignol. Le courage du soldat finit par s'évanouir un instant devant ce danger, tandis qu'il se serait sans doute exalté sous la bouche des canons vomissant la mitraille. Cependant, une pensée intrépide se fit jour en son âme, et tarit dans sa source la sueur froide qui lui découlait du front. Agissant comme les hommes qui, poussés à bout par le malheur, arrivent à défier la mort et s'offrent à ses coups, il vit sans s'en rendre compte une tragédie dans cette aventure, et résolut d'y jouer son rôle avec honneur jusqu'à la dernière scène.

— Avant-hier, les Arabes m'auraient peut-être tué !... se dit-il.

Se considérant comme mort, il attendit bravement et avec une inquiète curiosité le réveil de son ennemie. Quand le soleil parut, la panthère ouvrit subitement les yeux ; puis elle étendit violemment ses pattes, comme pour les dégourdir et dissiper des crampes. Enfin elle bâilla, montrant ainsi l'épouvantable appareil de ses dents et sa langue

"She is like a dainty woman!" thought the Frenchman, as he watched her roll about and go through the prettiest and most coquettish movements.

She licked off the blood which stained her paws and her nose, and scratched her head again and again, with the most graceful of gestures.

"Good! give a little attention to your toilet!" said the Frenchman to himself, his gayety returning with his courage; "in a moment we will bid each other good day."

And he grasped the short poniard which he had taken from the Maugrabins.

At that moment the panther turned her face towards the Frenchman and gazed steadfastly at him without moving. The rigidity of her steely eyes, and their unendurable brilliancy, made the Provençal shudder, especially when the beast walked towards him; but he gazed at her with a caressing expression, and smiling at her as if to magnetise her, allowed her to come close to him; then, with a touch as gentle and loving as if he were caressing the fairest of women, he passed his hand over her whole body from head to tail, scratching with his nails the flexible vertebrae which formed the panther's yellow back. The animal stiffened her tail with pleasure, her eyes became softer; and when the Frenchman performed that self-interested caress for the third time, she began to purr, as cats do to express pleasure; but the sound came forth from a throat so deep and so powerful that it rang through the grotto like the last notes of an organ through a church. The Provençal, realising the importance of his caresses, repeated them in a way to soothe, to lull the imperious courtesan. When he felt sure that he had allayed the ferocity of his capricious companion, whose hunger had certainly been sated the night before, he rose and started to leave the grotto. The panther allowed him to go; but, when he had climbed the hill, she bounded after him as lightly as a sparrow hops from branch to branch, and rubbed against his legs, curving her back after the manner of a cat; then, looking into her guest's face with an eye whose glare had become less deadly, she uttered that wild cry which naturalists liken to the noise made by a saw.

"She is very exacting!" exclaimed the Frenchman, with a smile.

He tried playing with her ears, patting her sides, and scratching her head hard with his nails; and finding that he was successful, he tickled her skull with the point of his dagger, watching for an opportunity to

fourchue, aussi dure qu'une râpe.

— C'est comme une petite-maîtresse !... pensa le Français en la voyant se rouler et faire les mouvements les plus doux et les plus coquets.

Elle lécha le sang qui teignait ses pattes, son museau, et se gratta la tête par des gestes réitérés pleins de gentillesse.

— Bien !... fais un petit bout de toilette,... dit en lui-même le Français, qui retrouva sa gaieté en reprenant du courage ; nous allons nous souhaiter le bonjour.

Et il saisit le petit poignard court dont il avait débarrassé les Maugrabins.

En ce moment, la panthère retourna la tête vers les Français et le regarda fixement sans avancer. La rigidité de ses yeux métalliques et leur insupportable clarté firent tressaillir le Provençal, surtout quand la bête marcha vers lui ; mais il la contempla d'un air caressant, et, la guignant comme pour la magnétiser, il la laissa venir près de lui ; puis, par un mouvement aussi doux, aussi amoureux que s'il avait voulu caresser la plus jolie femme, il lui passa la main sur tout le corps, de la tête à la queue, en irritant avec ses ongles les flexibles vertèbres qui partageaient le dos jaune de la panthère. La bête redressa voluptueusement sa queue, ses yeux s'adoucirent ; et, quand, pour la troisième fois, le Français accomplit cette flatterie intéressée, elle fit entendre un de ces *ronron* par lesquels nos chats expriment leur plaisir ; mais ce murmure partait d'un gosier si puissant et si profond, qu'il retentit dans la grotte comme les derniers ronflements des orgues dans une église. Le Provençal, comprenant l'importance de ses caresses, les redoubla de manière à étourdir, à stupéfier cette courtisane impérieuse. Quand il se crut sûr d'avoir éteint la férocité de sa capricieuse compagne, dont la faim avait été si heureusement assouvie la veille, il se leva et voulut sortir de la grotte ; la panthère le laissa bien partir, mais, quand il eut gravi la colline, elle bondit avec la légèreté des moineaux sautant d'une branche à une autre, et vint se frotter contre les jambes du soldat en faisant le gros dos à la manière des chattes ; puis, regardant son hôte d'un œil dont l'éclat était devenu moins inflexible, elle jeta ce cri sauvage que les naturalistes comparent au bruit d'une scie.

— Elle est exigeante ! s'écria le Français en souriant.

Il essaya de jouer avec les oreilles, de lui caresser le ventre et de lui gratter fortement la tête avec ses ongles ; et, s'apercevant de ses succès, il lui chatouilla le crâne avec la pointe de poignard, en épiant

kill her, but the hardness of the bones made him afraid that he might not succeed.

The sultana of the desert approved her slave's talents by raising her head, stretching out her neck, and demonstrating her delight by the tranquillity of her manner. Suddenly the Frenchman thought that to murder with a single blow that savage princess he would have to stab her in the throat, and he had already raised his blade, when the panther, satiated no doubt, gracefully lay down at his feet, casting on him from time to time glances in which, despite their natural savagery, there was a vague expression of kindness. The poor Provençal ate his dates, leaning against one of the palm-trees; but he gazed by turns at the desert in search of rescuers, and at his terrible companion to observe the progress of her uncertain kindness. The panther watched the place where the date-stones fell, whenever he threw one away, and her eyes then expressed a most extraordinary degree of suspicion. She examined the Frenchman with the prudent scrutiny of a tradesman; but that scrutiny was evidently favourable to him, for, when he had finished his meagre meal, she licked his shoes, and with her rough, strong tongue removed as by a miracle the dust that had become caked in the creases of the leather.

"But what will happen when she is hungry?" thought the Provençal. Despite the shudder caused by that idea, the soldier began to observe with a curious ardour the proportions of the panther, certainly one of the finest examples of the species; for she was three feet in height, and four feet long, not including the tail. That powerful weapon, as round as a club, measured nearly three feet. The face, which was as large as a lioness's, was distinguished by an expression of extraordinary shrewdness; the unfeeling cruelty of the tiger was predominant therein, but there was also a vague resemblance to the face of an artful woman. At that moment, that solitary queen's features disclosed a sort of merriment like that of Nero in his cups; she had quenched her thirst in blood, and was inclined to play. The soldier tried to come and go; the panther allowed him to do as he pleased, contenting herself with following him with her eyes, resembling not so much a faithful dog as a great Angora cat, distrustful of everything, even her master's movements. When he turned, he saw beside the spring the remains of his horse; the panther had brought the body all that distance. About two-thirds of it were consumed. That spectacle encouraged the Frenchman. It was easy then for

l'heure de la tuer ; mais la dureté des os le fit trembler de ne pas réussir.

La sultane du désert agréa les talents de son esclave en levant la tête, en tendant le cou, en accusant son ivresse par la tranquillité de son attitude. Le Français songea soudain que, pour assassiner d'un seul coup cette farouche princesse, il fallait la poignarder dans la gorge, et il levait la lame, quand la panthère, rassasiée sans doute, se coucha gracieusement à ses pieds en lui jetant de temps en temps des regards où, malgré une rigueur native, se peignait confusément de la bienveillance. Le pauvre Provençal mangea ses dattes, en s'appuyant sur un des palmiers ; mais il lançait tour à tour un œil investigateur sur le désert pour y chercher des libérateurs, et sur sa terrible compagne pour en épier la clémence incertaine. La panthère regardait l'endroit où les noyaux de dattes tombaient, chaque fois qu'il en jetait un, et ses yeux exprimaient alors une incroyable méfiance. Elle examinait le Français avec une prudence commerciale ; mais cet examen lui fut favorable, car, lorsqu'il eut achevé son maigre repas, elle lui lécha ses souliers, et, d'une langue rude et forte, elle en enleva miraculeusement la poussière incrustée dans les plis.

— Mais quand elle aura faim ?... pensa le Provençal.

Malgré le frisson que lui causa son idée, le soldat se mit à mesurer curieusement les proportions de la panthère, certainement un des plus beaux individus de l'espèce, car elle avait trois pieds de hauteur et quatre pieds de longueur, sans y comprendre la queue. Cette arme puissante, ronde comme un gourdin, était haute de près de trois pieds. La tête, aussi grosse que celle d'une lionne, se distinguait par une rare expression de finesse ; la froide cruauté des tigres y dominait bien, mais il y avait aussi une vague ressemblance avec la physionomie d'une femme artificieuse. Enfin, la figure de cette reine solitaire révélait en ce moment une sorte de gaieté semblable à celle de Néron ivre : elle s'était désaltérée dans le sang et voulait jouer. Le soldat essaya d'aller et de venir, la panthère le laissa libre, se contentant de le suivre des yeux, ressemblant ainsi moins à un chien fidèle qu'à un gros angora inquiet de tout, même des mouvements de son maître. Quand il se retourna, il aperçut du côté de la fontaine les restes de son cheval, la panthère en avait traîné jusque-là le cadavre. Les deux tiers environ étaient dévorés. Ce spectacle rassura le Français. Il lui fut facile alors

him to explain the panther's absence and the forbearance with which she had treated him during his sleep. Emboldened by his good fortune to tempt the future, he conceived the wild hope of living on good terms with the panther from day to day, neglecting no method of taming her and of winning her good graces.

He returned to her side and had the indescribable joy of seeing her move her tail with an almost imperceptible movement. Thereupon he sat down fearlessly beside her and they began to play together: he patted her paws and her nose, twisted her ears, threw her over on her back, and scratched roughly her soft, warm flanks. She made no objection, and when the soldier attempted to smooth the hair on her paws, she carefully withdrew her nails, which were curved like Damascus blades. The Frenchman, who had one hand on his dagger, was still thinking of thrusting it into the side of the too trustful panther; but he was afraid of being strangled in her last convulsions. Moreover, he had in his heart a sort of remorse, enjoining upon him to respect a harmless creature. It seemed to him that he had found a friend in that boundless desert.

Involuntarily he thought of his first sweetheart, whom he had nick-named Mignonne, by antiphrasis, because she was so fiendishly jealous that, throughout all the time that their intercourse lasted, he had to be on his guard against the knife with which she constantly threatened him. That memory of his youth suggested to him the idea of trying to make the young panther answer to that name; he admired her agility, her grace, and her gentleness with less terror now.

Towards the close of the day, he had become accustomed to his haz-ardous situation and he was almost in love with its dangers. His companion had finally caught the habit of turning to him when he called, in a falsetto voice:

"Mignonne!"

At sunset, Mignonne repeated several times a deep and melancholy cry.

"She has been well brought up," thought the light-hearted soldier, "she is saying her prayers."

But that unspoken jest only came into his mind when he noticed the peaceful attitude which his companion maintained.

"Come, my pretty blonde, I will let you go to bed first," he said, rely-ing upon the agility of his legs to escape as soon as she slept, and trusting to find another resting-place for the night.

d'expliquer l'absence de la panthère, et le respect qu'elle avait eu pour lui pendant son sommeil. Ce premier bonheur l'enhardissant à tenter l'avenir, il conçut le fol espoir de faire bon ménage avec la panthère pendant toute la journée, en ne négligeant aucun moyen de l'apprivoiser et de se concilier ses bonnes grâces. Il revint près d'elle et eut l'ineffable bonheur de lui voir remuer la queue par un mouvement presque insensible. Il s'assit alors sans crainte auprès d'elle, et ils se mirent à jouer tous les deux : il lui prit les pattes, le museau, lui tournilla les oreilles, la renversa sur le dos, et gratta fortement ses flancs chauds et soyeux. Elle se laissa faire, et, quand le soldat essaya de lui lisser le poil des pattes, elle rentra soigneusement ses ongles recourbés comme des damas. Le Français, qui gardait une main sur son poignard, pensait encore à le plonger dans le ventre de la trop confiante panthère ; mais il craignit d'être immédiatement étranglé dans la dernière convulsion qui l'agiterait. Et, d'ailleurs, il entendit dans son cœur une sorte de remords qui lui criait de respecter une créature inoffensive. Il lui semblait avoir trouvé une amie dans ce désert sans bornes. Il songea involontairement à sa première maîtresse, qu'il avait surnommée « Mignonne », par antiphrase, parce qu'elle était d'une si atroce jalousie, que, pendant tout le temps que dura leur passion, il eut à craindre le couteau dont elle l'avait toujours menacé. Ce souvenir de son jeune âge lui suggéra d'essayer de faire répondre à ce nom la jeune panthère, de laquelle il admirait, maintenant avec moins d'effroi, l'agilité, la grâce et la mollesse.

Vers la fin de la journée, il s'était familiarisé avec sa situation périlleuse, et il en aimait presque les angoisses. Enfin, sa compagne avait fini par prendre l'habitude de le regarder quand il criait en voix de fausset : *Mignonne !* Au coucher du soleil, Mignonne fit entendre à plusieurs reprises un cri profond et mélancolique.

— Elle est bien élevée !... pensa le gai soldat ; elle dit ses prières.

Mais cette plaisanterie mentale ne lui vint en l'esprit que quand il eut remarqué l'attitude pacifique dans laquelle restait sa camarade.

— Va, ma petite blonde, je te laisserai coucher la première, lui dit-il en comptant bien sur l'activité de ses jambes pour s'évader au plus vite quand elle serait endormie, afin d'aller chercher un autre gîte pendant la nuit.

He waited impatiently for the right moment for his flight; and when it came, he walked rapidly towards the Nile; but he had travelled barely a quarter of a league through the sand, when he heard the panther bounding after him, and uttering at intervals that sawlike cry, which was even more alarming than the heavy thud of her bounds.

"Well, well!" he said, "she has really taken a fancy to me! It may be that this young panther has never met a man before; it is flattering to possess her first love!"

At that moment he stepped into one of those quicksands which are so perilous to travellers, and from which it is impossible to extricate one's self. Feeling that he was caught, he uttered a cry of alarm; the panther seized him by the collar with her teeth, and with a powerful backward leap rescued him from death as if by magic.

"Ah!" cried the soldier, caressing her enthusiastically, "it's a matter of life or death between us now, Mignonne!—But no tricks!"

Then he retraced his steps.

From that moment the desert was, as it were, peopled for him. It contained a living creature to whom the Frenchman could talk, and whose ferocity was moderated for him, without any comprehension on his part of the reasons for that extraordinary friendship. However desirous the soldier was to remain up and on his guard, he fell asleep. When he awoke he saw nothing of Mignonne; he ascended the hill, and saw her in the far distance, bounding along according to the custom of these animals, which are prevented from running by the extreme flexibility of their spinal column. Mignonne arrived with bloody chops; she received her companion's proffered caresses, manifesting her delight by reiterated and deep purrs. Her eyes, full of languor, rested with even more mildness than before on the Provençal, who spoke to her as to a domestic animal:

"Aha! mademoiselle—for you are a good girl, aren't you? Upon my word! how we like to be patted! Aren't you ashamed! Have you been eating up some Arab? Never mind! they're animals like yourself. But don't go eating Frenchmen, at all events. If you do, I shall not love you any more!"

She played as a huge puppy plays with its master, allowing him to roll her over and pat her by turns, and sometimes she challenged him, by putting her paw upon him, with an appealing gesture.

Le soldat attendit avec impatience l'heure de sa fuite, et, quand elle fut arrivée, il marcha rapidement dans la direction du Nil ; mais à peine eut-il fait un quart de lieue dans les sables, qu'il entendit la panthère bondissant derrière lui, et jetant par intervalles ce cri de scie, plus effrayant encore que le bruit lourd de ses bonds.

— Allons, se dit-il, elle m'a pris en amitié !... Cette jeune panthère n'a peut-être encore rencontré personne, il est flatteur d'avoir son premier amour !

En ce moment, le Français tomba dans un de ces sables mouvants si redoutables pour les voyageurs, et d'où il est impossible de se sauver. En se sentant pris, il poussa un cri d'alarme ; la panthère le saisit avec ses dents par le collet, et, sautant vigoureusement en arrière, elle le tira du gouffre comme par magie.

— Ah ! Mignonne, s'écria le soldat en la caressant avec enthousiasme, c'est entre nous maintenant à la vie et à la mort... Mais pas de farces !

Et il revint sur ses pas.

Le désert fut dès lors comme peuplé. Il renfermait un être auquel le Français pouvait parler, et dont la férocité s'était adoucie pour lui, sans qu'il s'expliquât les raisons de cette incroyable amitié. Quelque puissant que fût le désir du soldat de rester debout et sur ses gardes, il dormit. A son réveil, il ne vit plus Mignonne ; il monta sur la colline, et, dans le lointain, il l'aperçut accourant par bonds, suivant l'habitude de ces animaux, auxquels la course est interdite par l'extrême flexibilité de leur colonne vertébrale. Mignonne arriva les babines sanglantes ; elle reçut les caresses nécessaires que lui fit son compagnon, en témoignant même par plusieurs *ronron* graves combien elle en était heureuse. Ses yeux, pleins de mollesse, se tournèrent avec encore plus de douceur que la veille sur le Provençal, qui lui parlait comme à un animal domestique :

— Ah ! ah ! mademoiselle, car vous êtes une honnête fille, n'est-ce pas ? Voyez-vous ça !... nous aimons à être câlinée. N'avez-vous pas honte ! Vous avez mangé quelque Maugrabin ?... Bien ! C'est pourtant des animaux comme vous !... Mais n'allez pas gruger les Français, au moins... Je ne vous aimerais plus !

Elle joua comme un jeune chien joue avec son maître, se laissant rouler, battre et flatter tour à tour ; et parfois elle provoquait le soldat en avançant la patte sur lui, par un geste de solliciteur.

Several days passed thus. That companionship enabled the Provençal to admire the sublime beauties of the desert. From the moment that he found there moments of dread and of security, food to eat, and a creature of whom he could think, his mind was excited by contrasts. It was a life full of opposing sensations. Solitude made manifest all its secrets to him, enveloped him in all its charm. He discovered spectacles unknown to the world, in the rising and setting of the sun. He started when he heard above his head the soft whirring of the wings of a bird—rare visitant!—or when he watched the clouds melt together—ever-changing, many-tinted voyagers! During the night he studied the effects of the moon on the ocean of sand, where the simoom produced waves and undulations and swift changes. He lived in the gorgeous light of the Orient, he admired its wonderful splendours; and often, after enjoying the awful spectacle of a storm on that plain, where the sand rose in a dry, red mist, in death-dealing clouds, he rejoiced at the approach of night, for then the delicious coolness of the stars fell upon the earth. He listened to imaginary music in the skies. Solitude taught him, too, to seek the treasures of reverie. He passed whole hours recalling trifles, comparing his past life with his present one. Lastly, he conceived a warm regard for his panther, for affection was a necessity to him.

Whether it was that his will, magnetically strong, had changed his companion's disposition, or that she found abundant food, because of the constant battles which were taking place in those deserts, she spared the Frenchman's life, and he finally ceased to distrust her when he found that she had become so tame. He employed most of his time in sleeping; but he was obliged to watch at times, like a spider in the midst of its web, in order not to allow the moment of his deliverance to escape, if any human being should pass through the circle described by the horizon. He had sacrificed his shirt to make a flag, which he had hoisted to the top of a leafless palm-tree. Advised by necessity, he invented a way to keep it unfolded by the use of sticks, for the wind might not have stirred it at the moment when the expected traveller should look across the desert.

But it was during the long hours when hope abandoned him that he played with the panther. He had ended by learning the different inflections of her voice, the different expressions of her eyes; he had studied all the gradations of colour of her golden coat. Mignonne no longer even growled when he seized the tuft of hair at the end of her

Quelques jours se passèrent ainsi. Cette compagnie permit au Provençal d'admirer les sublimes beautés du désert. Du moment qu'il y trouvait des heures de crainte et de tranquillité, des aliments, et une créature à laquelle il pensait, il eut l'âme agitée par des contrastes... C'était une vie pleine d'oppositions. La solitude lui révéla tous ses secrets, l'enveloppa de ses charmes. Il découvrit dans le lever et le coucher du soleil des spectacles inconnus au monde. Il sut tressaillir en entendant au-dessus de sa tête le doux sifflement des ailes d'un oiseau, – rare passager ! – en voyant les nuages se confondre, – voyageurs changeants et colorés ! Il étudia pendant la nuit les effets de la lune sur l'océan des sables, où le simoun produisait des vagues, des ondulations et de rapides changements. Il vécut avec le jour de l'Orient, il en admira les pompes merveilleuses ; et souvent, après avoir joui du terrible spectacle d'un ouragan dans cette plaine où les sables soulevés produisaient des brouillards rouges et secs, des nuées mortelles, il voyait venir la nuit avec délices, car alors tombait la bienfaisante fraîcheur des étoiles. Il écouta des musiques imaginaires dans les cieux. Puis la solitude lui apprit à déployer les trésors de la rêverie. Il passait des heures entières à se rappeler des riens, à comparer sa vie passée à sa vie présente. Enfin, il se passionna pour sa panthère, car il lui fallait bien une affection. Soit que sa volonté, puissamment projetée, eût modifié le caractère de sa compagne, soit qu'elle trouvât une nourriture abondante grâce aux combats qui se livraient alors dans ces déserts, elle respecta la vie du Français, qui finit par ne plus s'en défier en la voyant si bien apprivoisée. Il employait la plus grande partie du temps à dormir ; mais il était obligé de veiller, comme une araignée au sein de sa toile, pour ne pas laisser échapper le moment de sa délivrance, si quelqu'un passait dans la sphère décrite par l'horizon. Il avait sacrifié sa chemise pour en faire un drapeau, arboré sur le haut d'un palmier dépouillé de feuillage. Conseillé par la nécessité, il sut trouver le moyen de le garder déployé en le tendant avec des baguettes, car le vent aurait pu ne pas l'agiter au moment où le voyageur attendu regarderait dans le désert...

C'était pendant les longues heures où l'abandonnait l'espérance qu'il s'amusait avec la panthère. Il avait fini par connaître les différentes inflexions de sa voix, l'expression de ses regards, il avait étudié les caprices de toutes les taches qui nuançaient l'or de sa robe. Mignonne ne grondait même plus quand il lui prenait la touffe par laquelle sa redou-

redoubtable tail, to count the black and white rings—a graceful ornament, which shone in the sunlight like precious stones. He took pleasure in gazing at the graceful and voluptuous lines of her figure, and the whiteness of her stomach, as well as the shapeliness of her head. But it was especially when she was playing that he delighted in watching her, and the youthful agility of her movements always surprised him. He admired her suppleness when she bounded, crept, glided, crouched, clung, rolled over and over, darted hither and thither. However swift her bound, however slippery the bowlder, she always stopped short at the word "Mignonne."

One day, in the dazzling sunlight, an enormous bird hovered in the sky. The Provençal left his panther to scrutinise that new guest; but after waiting a moment, his neglected sultana uttered a low growl.

"God forgive me, I believe that she is jealous!" he cried, seeing that her eyes had become steely once more. "Surely Virginie's soul has passed into that body!"

The eagle disappeared while the soldier was admiring the panther's rounded flank. There was so much youthful grace in her outlines! She was as pretty as a woman. The light fur of her coat blended by delicate shades with the dead-white of her thighs. The vivid sunshine caused that living gold, those brown spots, to gleam in such wise as to make them indescribably charming. The Provençal and his panther gazed at each other with an air of comprehension; the coquette started when she felt her friend's nails scratching her head; her eyes shone like flashes of lightning, then she closed them tight.

"She has a soul!" he cried, as he studied the tranquil repose of that queen of the sands, white as their pulsing light, solitary and burning as they.

~

"Well," she said to me, "I have read your argument in favour of wild beasts; but how did two persons so well fitted to understand each other finally come out?"

"Ah! there you are! It ended as all great passions do, by a misunderstanding. Each believes in some treachery; one refrains from explaining

table queue était terminée, pour en compter les anneaux noirs et blancs, ornement gracieux, qui brillait de loin au soleil comme des pierreries. Il avait du plaisir à contempler les lignes moelleuses et fines des contours, la blancheur du ventre, la grâce de la tête. Mais c'était surtout quand elle folâtrait qu'il la regardait complaisamment, et l'agilité, la jeunesse de ses mouvements, le surprenaient toujours ; il admirait sa souplesse quand elle se mettait à bondir, à ramper, à se glisser, à se fourrer, à s'accrocher, se rouler, se blottir, s'élancer partout. Quelque rapide que fût son élan, quelque glissant que fût un bloc de granit, elle s'y arrêtait tout court au mot de « Mignonne ! »

Un jour, par un soleil éclatant, un immense oiseau plana dans les airs. Le Provençal quitta sa panthère pour examiner ce nouvel hôte ; mais, après un moment d'attente, la sultane délaissée gronda sourdement.

— Je crois, Dieu m'emporte, qu'elle est jalouse ! s'écria-t-il en voyant ses yeux redevenus rigides. L'âme de Virginie aura passé dans ce corps-là, c'est sûr !...

L'aigle disparut dans les airs pendant que le soldat admirait la croupe rebondie de la panthère. Mais il y avait tant de grâce et de jeunesse dans ses contours ! C'était joli comme une femme. La blonde fourrure de la robe se mariait par des teintes fines aux tons du blanc mat qui distinguait les cuisses. La lumière profusément jetée par le soleil faisait briller cet or vivant, ces taches brunes, de manière à leur donner d'indéfinissables attraits. Le Provençal et la panthère se regardèrent l'un et l'autre d'un air intelligent ; la coquette tressaillit quand elle sentit les ongles de son ami lui gratter le crâne, ses yeux brillèrent comme deux éclairs, puis elle les ferma fortement.

— Elle a une âme ! dit-il en étudiant la tranquillité de cette reine des sables, dorée comme eux, blanche comme eux, solitaire et brûlante comme eux...

— Eh bien, me dit-elle, j'ai lu votre plaidoyer en faveur des bêtes ; mais comment deux personnes si bien faites pour se comprendre ont-elles fini ?

— Ah ! voilà !... Elles ont fini comme finissent toutes les grandes passions, par un malentendu. On croit, de part et d'autre, à quelque tra-

from pride, the other quarrels from obstinacy."

"And sometimes, at the happiest moment," she said; "a glance, an exclamation is enough—well, finish your story."

"It is very difficult, but you will understand what the old veteran had already confided to me, when, as he finished his bottle of champagne, he exclaimed:

"'I don't know how I hurt her, but she turned as if she had gone mad, and wounded my thigh with her sharp teeth—a slight wound. I, thinking that she meant to devour me, plunged my dagger into her throat. She rolled over with a cry which tore my soul; I saw her struggle, gazing at me without a trace of anger. I would have given anything in the world, even my cross, which I had not then earned, to restore her to life again. It was as if I had murdered a human being; and the soldiers who had seen my flag and who hurried to my rescue found me weeping. Well, monsieur,' he continued, after a moment's silence, 'since then I have fought in Germany, Spain, Russia, and France; I have marched my poor old bones about, but I have seen nothing comparable to the desert. Ah, that is magnificent, I tell you!'

"'What were your feelings there?' I asked.

"'Oh, they cannot be told, young man. Besides, I do not always regret my panther and my palm-tree oasis: I must be very sad for that. But I will tell you this: in the desert there is all—and yet nothing.'

"'Stay!—explain that.'

"'Well, then,' he said, with a gesture of impatience, 'God is there, and man is not.'"

1830.

hison, l'on ne s'explique point par fierté, l'on se brouille par entêtement.

— Et quelquefois dans les plus beaux moments, dit-elle ; un regard, une exclamation, suffisent... Eh bien, alors, achevez l'histoire.

— C'est horriblement difficile, mais vous comprendrez ce que m'avait déjà confié le vieux grognard quand, en finissant sa bouteille de vin de Champagne, il s'est écrié :

— Je ne sais pas quel mal je lui ai fait, mais elle se retourna comme si elle eût été enragée, et, de ses dents aiguës, elle m'entama la cuisse, faiblement sans doute. Moi, croyant qu'elle voulait me dévorer, je lui plongeai mon poignard dans le cou. Elle roula en jetant un cri qui me glaça le cœur, je la vis se débattant en me regardant sans colère. J'aurais voulu pour tout au monde, pour ma croix, que je n'avais pas encore, la rendre à la vie. C'était comme si j'eusse assassiné une personne véritable. Et les soldats qui avaient vu mon drapeau, et qui accoururent à mon secours, me trouvèrent tout en larmes...

— Eh bien, monsieur, reprit-il après un moment de silence, j'ai fait depuis la guerre en Allemagne, en Espagne, en Russie, en France ; j'ai bien promené mon cadavre, je n'ai rien vu de semblable au désert... Ah ! c'est que cela est bien beau !

— Qu'y sentiez-vous ? lui ai-je demandé.

— Oh ! cela ne se dit pas, jeune homme. D'ailleurs, je ne regrette pas toujours mon bouquet de palmiers et ma panthère,... il faut que je sois triste pour cela. Dans le désert, voyez- vous, il y a tout, et il n'y a rien...

— Mais encore, expliquez-moi...

— Eh bien, reprit-il en laissant échapper un geste d'impatience, c'est Dieu sans les hommes.

Paris, 1830.